Lawrence Durrell

FÜNFAUGE

oder
Was der
Frauenmörder
erzählt

Roman
Deutsch von Susanne Lepsius

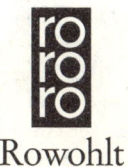

ro
ro
ro

Rowohlt

Die Originalausgabe erschien 1985
unter dem Titel «Quinx or The Ripper's Tale»
im Verlag Faber and Faber, London

Veröffentlicht im Rowohlt Taschenbuch Verlag GmbH,
Reinbek bei Hamburg, August 1993
Copyright © 1989 by Rowohlt Verlag GmbH,
Reinbek bei Hamburg
«Quinx or The Ripper's Tale»
Copyright © 1985 by Lawrence Durrell
Alle deutsche Rechte vorbehalten
Umschlaggestaltung Britta Lembke
Gesamtherstellung Clausen & Bosse, Leck
Printed in Germany
1090-ISBN 3 499 13131 5

Stela A. Ghetie
gewidmet

…muß den Geschmack erst bilden,
an dem es gemessen werden soll…
Wordsworth *dixit*

INHALT

EINS

DIE PROVENCE AUFS NEUE

Der Zug trug sie voran und hinab, vorbei an den Schleusen und Talsperren, die die unbändige Rhône in Schach hielten, und querfeldein über die schläfrige Ebene auf die Stadt der Päpste zu, wo jetzt im zarten Frühlingssonnenschein die Tauben wie Konfetti flatterten und die Türme im Läuten der heiligen Glocken ihre Schuld büßten. Altrosa und krapprote Himmel, blühende Judasbäume und Fuchsien, Maulbeerbäume und gleich hinter Valence die weisen grauen Oliven.

Sie wurden von den lang vermißten Kindern abgeholt (von ihnen *les ogres* genannt), die der treue Drexel begleitete. Sie waren gekommen, um – ein altes Versprechen – ihren Plan zu verwirklichen und sich in dem abgelegenen Schloß, das Bruder und Schwester geerbt hatten, zur Ruhe zu setzen. Und hier waren sie nun, wollten sich in ihrer Dreiecksliebe begraben, die Blanford einst so verwirrt und dazu gebracht hatte, aus der Ahnung einer solchen dreieinigen Liebe einen Roman zu formen. Leider war es ihm nicht gelungen. Die Idee war, wie die Wirklichkeit, zu gnostisch gewesen und sollte auch in der Wirklichkeit scheitern. Doch jetzt waren sie glücklich und voller Hoffnung – die schönen *ogres*: Blan begrüßte sie zärtlich.

Sie selbst sahen eher wie die dritte Besetzung einer Tourneetruppe in einem volkstümlichen Stück aus: die beiden blonden Frauen und der Knabe, Lord Galen,

Cade, Sutcliffe, Toby und so weiter. Lasset einen jeden Teil des anderen sein, dachte er. Wenn in dem Stück jeder eine Rolle hätte, dann könnten sie vielleicht auch die verschiedenen Schauspieler sein, die zusammen *eine* Persönlichkeit ergaben? Der Sonnenschein schlummerte zwischen den Rosen, und irgendwo führte eine Nachtigall ein Selbstgespräch. Er hatte eine Geste gemacht, die sein Gefühl, daß dies ein neuer Anfang in seinem Leben war, angemessen ausdrückte. Er hatte alle Notizen für sein neues Buch weggeworfen. Seine Aktentasche aus dem Zugfenster geleert und zugesehen, wie die Seiten davonstoben und ins Rhônetal wehten... wie ein Baum, der seine Blätter verliert – Schnipsel in allen Farben und Größen. Er hatte in der vorangegangenen Nacht beschlossen, sollte er je wieder schreiben, es ohne vorherige Überlegung zu tun, ohne Notizen, ohne Plan, einfach drauflos, wie eine Zikade in der Sommersonne draufloszirpt. Der fette Mann, sein Alter ego, hatte ihm zugesehen, während er es tat, und, Ausdruck einer leisen Skepsis, zweifelnd den Kopf geschüttelt, als die Blätter wie Tauben über einer Stadt in einem wirren Wirbel fortflatterten. So würde es nach einer atomaren Explosion aussehen, dachte er – nur Wolken von Notizen, die die Luft erfüllen –, Aufzeichnungen von Menschen. Die Summe all ihrer Teile wirbelte im Todessog der Geschichte – Stäubchen in einem breiten Sonnenstrahl.

Cade lachte plötzlich und schlug sich mit der Handfläche auf den Schenkel, aber er behielt seinen Scherz für sich. Vielleicht war es kein Scherz?

Sutcliffe sagte entsetzt: «Wir dürfen es aber doch nicht zulassen, daß die *ogres* wieder den gleichen furchtbaren historischen Fehler machen, der das Thema Ihres großen Epos war – die heroische Liebesdreisamkeit. Bloß nicht! Es hat im Leben genausowenig funktioniert wie im Roman, geben Sie es zu!» Aubrey gab es zu, wenn auch ungern. «Drei in eins geht nicht auf.» Fuhr sein Alter ego fort: «Obwohl, Gott weiß, warum nicht – wir sollten Constance fragen, vielleicht kann die gute alte Freudsche Lehre uns erklären, warum. Und überhaupt, was gut genug war für Shakespeare, ist gut genug für mich!»

«Was meinen Sie damit?»

«Die Sonette. Die Situation, die er dort andeutet, hätte sein bestes Stück werden können, aber er scheute davor zurück, weil er instinktiv fühlte, daß es nicht ging. Wir müssen wirklich versuchen, die armen *ogres* vor dem gleichen Schicksal zu bewahren, wir dürfen nicht tatenlos zusehen, wenn sie mit dem unseligen Drexel auf dem historischen Karussell noch einmal im Kreis herumfahren. Retten Sie sie! Geschichte, Erinnerung, Sie versprachen all diese Fallstricke zu vermeiden: Andernfalls bauen Sie einfach nur weiter an dem *caveau de famille* des traditionellen Romans, und Sylvie bleibt für immer in der Irrenanstalt unter ihren Tapisserien und schreibt...»

«Sie hat versucht, mein Buch zu schreiben, das Buch, das anzufangen ich im Begriff bin; methodisch ordnet sie all diese unordentlichen Tatsachen zu einem klar verständlichen Sprachlabyrinth, in dem jeder seinen oder jede ihren Platz findet, ohne sich zu drängeln oder zu beeilen. Aber mir ist jetzt klar: wenn man keinen inneren Sinn für immanente Tugend hat, wie, sagen wir, Epikur sie beschreibt, endet man bei einer übertrieben puritanischen Ethik und kompensiert mit Skrupellosigkeit oder gar mit schierer, sentimental eingefärbter Blutrünstigkeit. Zu gleicher Zeit muß man vorsichtig auf Zehenspitzen gehen, man muß sich vorwärts bewegen *au pifomètre*, den Kurs über den Daumen peilend.» Es war ihnen beiden bewußt, daß die Art Buch, die ihnen vorschwebte, die Mißgeschicke von Piers und Sylvie nicht wiederholen durfte, denn was sie auffrischen und neu beleben wollten, war die ursprüngliche Vorstellung von einem Paar, vom Entstehen der Gnade durch den Akt. Und es war ja wirklich geschehen, dank Constance; ihre Massagen und ihr körperliches Gutzureden hatten sein Rückgrat und damit das ganze Netz der Nervenknoten plötzlich erweckt und seine Kopulationskräfte neu belebt und tonisiert. Thaumatologie! die Todessprünge des göttlichen Orgasmus gleich einem Salm: Das Zwei-in-eins, verbunden durch eine riesige, doch nicht totale Amnesie, die sie nach und nach immer bewußter machen, gleichbleibend halten konnten bis zum Stadium der Meditation, wo sie blendete, um dann langsam ineinander zu verschmelzen mit einer Leidenschaft, die ganz verstohlen war... Wer in der Liebe verzichtet, gewinnt alles! «Der Garten der Hesperiden» liegt in Reichweite... Der Kuß ist die reine *copula* des unermeßlich miteinander geteilten Gedankens. «Ich liebe dich!» sagte er erstaunt, richtig erstaunt.

«Herrgott!» sagte er, «dank deiner bin ich zum erstenmal erwacht. Die grausige, schlafende Attrappe erwacht! Lady Vollkommenheit, was für eine Überraschung, dich zu sehen! Was bringt dich her?» Sie schmiegte sich enger in die Beuge seines Arms, sagte aber nichts. Sie wußte, daß das Wissen, das sie weitergegeben hatte, von ihrem toten Liebhaber Affad stammte. Er hatte immer gesagt: «Alles zu genau Erklärte wird wirkungslos, tot, und kann sich nicht verwirklichen. Sprich nie über Liebe, es sei denn, du blickst woanders hin, wenn du es tust; sonst wird die selbstzerstörerische Kopfkissenmusik dich irreführen.» Blanford sagte: «Liebling, du kannst mich vor deinem Behandlungszimmer in einem Glaskasten ausstellen, als ‹den Mann, der von den Toten zurückkehrte – den aufgerichteten Affen!›» Ah! Aber *sie* wußte, daß sich die Wissenschaft nicht für Happy-Ends interessiert – das ist das Privileg der Kunst!

Wie Sutcliffe zu summen pflegte:

An was er glaubte, keiner weiß Exaktes,
Doch die Ideen von ihm, sie hatten etwas Nacktes.

Wenn Erkenntnis sich zum Dogma erhärtet, stirbt sie ab, daher ließen sie alles in Fluß und beteten dennoch um mehr und noch mehr Erkenntnis; sie sollte das Herz disziplinieren. Wie langweilig die alte Welt des «Bevor» mit ihren ungehörigen Lüsten und ihren vergeudeten Beziehungen jetzt doch erschien. Sie saßen schweigend auf der Veranda ihres Häuschens in der Camargue und beobachteten die hereinbrechende Nacht und die Glühwürmchen, die wie Geister aufblitzen, die sich ihrer selbst kurz, abrupt bewußt werden, bevor sie verschwinden. In der Zwischenzeit machte sie sich Notizen für ihre psychoanalytische Abhandlung über den vergessenen Roman *Gynacocrasy*, den zu lesen (er war komisch pornographisch wegen der verblüffenden Naivität der Liebesszenen) ihnen beiden so viel Spaß gemacht hatte. Er war offensichtlich von einer Frau geschrieben, und Constance hatte sich vorgenommen, diese Tatsache (sie war nirgends erwähnt) aus der inneren Logik des Buches heraus mit psychoanalytischen und geschlechtsspezifischen Argumenten zu beweisen. Blanford war erstaunt, wenn er daran dachte, wieviel sie ihm beigebracht hatte, sogar physisch. Sie hatte gelernt, daß die priapische Konjunktion ein Zwangsgeschirr ist, die das Feld entstehen läßt, auf dem die Zukunft, am Beispiel des menschlichen Kindes exemplifiziert, in der Wirklichkeit Fuß fassen kann. Halb im Scherz konnte sie sagen: «Nun weißt du, was du tust, wenn du dich mit mir einläßt, du wirst nie mehr fähig sein, mich zu verlassen – es wäre gefährlich für deine Selbsterkenntnis! Für deine Kunst, die Handelsware Atem, *Sauerstoff*! Wir haben es geschafft, Liebling! Der Orgasmus, so miteinander geteilt, gewährt dir Zugang zu dem Bereich zwischen Tod und Wiedergeburt, der Werkstatt der Vergangenheit und der Zukunft. Diese Gleichzeitigkeit zu begreifen ist der Schlüssel. Zwischen Geburten – der Orgasmus ist ein Schattenspiel dieses Schmetterlingspuppen-Zustands – existieren wir unterdessen in der Fünf-Skanda-Form, Aggregate, Päckchen, Parzellen, Anhäufungen. Sie kohärieren, um ein menschliches Wesen zu formen, wenn man zusammenkommt und das alte Kraftfeld *quinx* erschafft, das fünfseitige Wesen mit zwei Armen, zwei Beinen und dem Kundalini als Merkmalen!»

«Nun», sagte er leicht ironisch, «im neuen Zeitalter wird der Mann Dornröschen sein und von einer Frau wachgeküßt werden! Ihre Wege treffen und gabeln sich auf Kommando der Natur. Und die menschliche Wahrheit, verdammt noch mal, muß sich der grundlegenden Gleichgültigkeit der Natur anpassen, wenn das Wunder geschehen soll. So als müsse man aufhören, für Menschen zu empfinden, und anfangen zu improvisieren! Natürlich kann man Liebe auf eine angenehme Geselligkeit reduzieren, aber die Wellenlänge oder die Skala ist beschränkt und kann das Herz oder die Erkenntnis nicht befruchten. Eine schlichte Entleerung kann nicht belehren!»

«Du solltest eine Weile von mir fortgehen, nicht für lang, damit du den richtigen Blickwinkel findest für den Bau, den du beginnen willst.»

«Ich weiß», sagte er. «Ich werde nicht glücklich sein, ehe ich nicht wirklich versucht habe, es so zu machen, wie ich es machen will – ernst, ohne feierlich zu sein. (Fürchte die Böswilligkeit, die in zuviel Güte liegt!) Sollte ich ein solches Gebäude erschaffen können, wäre es der sichtbare Beweis dafür, daß der Begriff der abgeschlossenen Identität etwas höchst Fragwürdiges ist. ‹Seid eines des anderen Glieder› oder ‹Ersatzteile›, *pièces détachées*!»

«Was noch?» sagte sie liebevoll triumphierend.

«Plädiere für koexistierende Zeitspuren in der menschlichen Phantasie. Beschäftige dich *endlich* ernsthaft mit der menschlichen Liebe, die eine jogische Denkform ist, das Steuerruder des menschlichen Narrenschiffs: Denn in der beseligenden Amnesie, die wir soeben geteilt haben, liegt die fünffältige Wahrheit über die menschliche Persönlichkeit verborgen. Indessen sollte der Text von hoher Erfindungsgabe zeugen wie auch dafür plädieren, daß die Ekstase ein Ziel der Kunst ist. Rede ich Unsinn? Dann ist es Euphorie.»

Tatsächlich hatte er recht, denn die Idee der Chronologie war gestört worden – die Geschichte war nicht Vergangenheit, sondern etwas, das gerade im Begriff war zu geschehen. Sie war der Teil der Wirklichkeit, der im *Gleichgewicht schwebte*. Er hätte den Verstand verloren bei all den Anzeichen für eine andere Version der Wirklichkeit, wenn ihre unentbehrliche Schönheit und die Einsamkeit ihrer Gegenwart nicht gewesen wäre. Sie hatte gesagt: «Wenn du gut sein willst, ohne Moral zu predigen, dann schreibe ein Gedicht», und dies, begann er zu spüren, mochte eines baldigen Tages im Bereich seiner Möglichkeiten liegen.

«Bald wirst du in der Lage sein, eine Studie über die Frau als Placebo zu schreiben – die Therapie findet statt, selbst wenn sie keine Göttin, sondern nur eine gewöhnliche Frau ist!» (Sutcliffe klang ein wenig eifersüchtig, vielleicht war er es.) Sie sagte: «Aber du hast *recht*. Es ist ihre Rolle. Und jeder Orgasmus ist eine Generalprobe für etwas Tiefergehendes, nämlich für den Tod, der immer deutlicher wird, bis er schließlich eintritt und mit einem Schlag das ganze Universum in uns wiederbelebt. Wenn du das weißt, weißt du auch, daß alles vergeben wird, keine unserer Übertretungen braucht zu ernst genommen zu werden, grundsätzlich sind wir alle Goldsucher.»

«Ich hasse diese Art von moralischen Betrachtungen», sagte er. «Sie riechen nach Selbstgerechtigkeit. Ich will schlecht sein, einfach schlecht. Es ist auch eine Art zu lieben – oder etwa nicht? Ich weiß, du denkst an den Philosophen Daimonax, aber hatte er recht mit seiner Behauptung, daß niemand wirklich schlecht sein möchte? Wir müssen Sabine fragen.»

Zum Glück war Sabine da, so daß man sie fragen konnte; sie saß am Tisch auf dem Balkon, hatte ihre unvermeidlichen Karten vor sich ausgebreitet und erforschte die Zukunft. Sie rauchte einen Zigarillo, während sie arbeitete – denn Wahrsagen ist eine mühsame Arbeit. Sie sagte: «Es ist sogar noch viel besser, denn das ganze Universum, der ganze Prozeß, solange er natürlich ist, wird schmerzfrei, angstfrei, stressfrei. Der Löwe ist dazu geschaffen, bei dem Lamm zu liegen – nur die Angst verursacht Furcht, verursacht Krieg. Das gleiche gilt für uns. Liebe und Lust sind Formen geistiger Bewegung, mit denen ein Mädchen instinktiv umgehen kann – das Stoßen und Zerren des sexuellen und bisexuellen Gefühls, die gute alte Ödipus-Konstellation. Solange man dies nicht begreift, lebt man fortgesetzt in Traurigkeit, nimmt das Grauen über die Sinnlosigkeit der Dinge ständig zu. Aber die Wirklichkeit ist im Grunde genommen auf den Kopf gestellte Glückseligkeit, wenn man so will. Constance muß Sie von Ihren Kinderzimmerwünschen läutern, Ihr Gefühl für die Leere fördern, Ihre prophetische Gabe entwickeln und das Herz dazu überreden, festlich zu werden!»

«Ja», sagte Constance langsam. «Und die Geburt ist kein Trauma, sondern eine Apotheose: Hier weicht meine Meinung von der meiner Wiener Kollegen ab, denn sie sind in die Sünde hinein geboren. Aber in Wirklichkeit ist man in die Glückseligkeit hinein geboren – wir sind es, die das Trauma hervorrufen mit diesen verrückten Doktrinen, die auf Schuld und Furcht gründen. Pathologie fängt zu Hause an.»

«Der Instinkt hat seine eigene Logik, der wir gehorchen

müssen, uns bleibt nichts anderes übrig. Wir müssen uns sozusagen von der Vorahnung überrollen lassen, ganz unabhängig von der quantitativen Methode, die doch nur Stichproben für die Analyse liefert, nur Teile eines inkommensurablen Ganzen.»

Und nun erzählte sie ihnen die Geschichte von Julio, dem Zigeuner-Poeten, und die Geschichte seiner Beine. Er war das einzige Kind, das die Stammesmutter geboren hatte, und keiner kannte seine Herkunft, denn niemand hatte je gesehen, daß sie einen Mann in ihrem Wagen ‹empfangen› hatte. Man hatte allgemein angenommen, daß eine solche Schwäche ihren ‹Blick› beeinträchtigen, ihre prophetische Kraft vermindern würde. Julio wuchs zu einer göttlichen Schönheit heran, physisch war er von edler Gestalt und seelisch so gelassen, als hätte er schon früher auf dieser Erde geweilt. Von seiner *sexualité à tout va...* ganz zu schweigen. Er machte alle Unzulänglichkeiten seiner Mutter wett und besaß alle körperlichen Vorzüge des Stammes, der ihn seinerseits liebte. Er wurde sozusagen zum Stammesbarden, obwohl es bei Zigeunern so etwas nicht gibt. Seine Kompositionen improvisierte er auf der Gitarre, und die Verse waren so mitreißend, daß sie in den Volksmund übergingen. Er lebt noch immer in Zitaten fort.

«Aber Julio war nicht nur der Liebe gewogen, er war auch ein Athlet und fand großen Gefallen am Viehdiebstahl und am Kokarde-Schnappen, einer in der Provence beliebten Abart des Stierkampfs. Er genoß den Geschmack der Gefahr bei den Kokarde-Kämpfen und wurde ein Champion – was für einen Zigeuner ungewöhnlich ist. Doch dann geschah das Unglück.» Ein schmerzlicher Unterton kam in Sabines ruhige Stimme. «Er war auf den berühmten Bullen Sanglier angesetzt, der seinerseits ein Champion war, und ein wütender Wettstreit begann. Julio stürzte sich mit Feuereifer in diesen Kampf, und der alte Stier benutzte jeden Trick aus seinem Repertoire, denn er war ein gewiefter Verteidiger der kleinen roten Kokarde. Dann kam der entscheidende Augenblick. Julio rutschte an der Barriere aus und verlor dadurch seinen Vorteil dem Stier gegenüber. Sanglier hetzte ihn bis an die Barrikaden und trampelte ihn mit erfahrener Heimtücke nieder. Wenn Sie durch die Camargue fahren und am Grab dieses heroisch-homerischen Tiers vorbeikommen, sprechen Sie ein Gebet für den Geist Julios, denn seine beiden Beine waren an der Barriere so schlimm zermalmt worden, daß sie amputiert werden mußten. Wir dachten, daß er den Kummer und die physische Demütigung nicht überleben werde. Aber nach einer Zeit tiefster Verzweiflung, während der er jede Art des Selbstmords in Betracht zog und verwarf, begann er ein neues Leben. Seine Dichtkunst gewann an Kraft und Tiefe. Er hatte darum gebeten, daß man ihm seine Beine aushändigte; er ließ sie sorgfältig einbalsamieren, als ein *ex voto* für die heilige Sara. Sie wurden in die Grotte mit der Quelle beim Pont-du-Gard gelegt, und um sie entstand ein Fruchtbarkeitskult. Doch das geschah erst nach seinem Tod, denn er lebte noch eine Reihe von Jahren – ein Fleischstumpf mit zwei Armen. Aber seltsamerweise nahm sein Erfolg bei Frauen eher zu statt ab. Es mangelte ihm nie an Verehrerinnen. Es hieß, daß die Unfruchtbaren nach einer Liebesnacht mit Julio fruchtbar waren. Die ganze sexuelle Kraft seiner verlorengegangenen Beine war anscheinend in sein Glied gefahren. Es wurde riesig groß und war, so sagte man, ständig erigiert. Ich selbst bin aus Neugier ein- oder zweimal zu ihm gegangen. Und er war wirklich außergewöhnlich. Er schien ins innerste Herz des Orgasmus zu bohren – der Reparatur-Punkt der Psyche, der Sitz ihrer sexuellen Gesundheit. Weil die Beine fehlten, konnte man sehen, daß das Rückgrat wirklich eine Art von Riesendamm ist, der zur jogischen Selbsterkenntnis führt – das Kundalini, die aufgerichtete Schlange. Julio hatte dies mit der Muttermilch eingeschlürft. Ich erkannte zum erstenmal, daß der Sex nicht stirbt, er wird mündig mit der Freiheit der Frau. Seine wirklichen Geheimnisse sind bislang im Westen nur halb ergründet. Die Mathematik des sexuellen Akts bleibt im dunkeln. Die Kraft der Fünf ist das eigentliche Rätsel des Quinx – lösen Sie es, so Sie es wagen! Julios Problem ist für uns jedoch ein sehr ernstes politisches Problem. Falls sie nicht wiederentdeckt und der Schrein der Sara uns nicht zurückgegeben wird, kann der Stamm weder vorwärtsschreiten noch sich fortpflanzen!»

«Zwei runter und fünf quer, eine beherrschende
Leidenschaft.»
«Von den Griechen bezeichnet als psyche-genährt?»
«Nein. Nein. Fünf Buchstaben, Liebes. Ich liebe dich!»
«Und dennoch psyche-genährt, denn Liebe ist
das obszöne Wort, an das wir uns am häufigsten
erinnern.
Niemals ein verqueres Wort oder ein langweiliger
Moment. Zwei
quer und eins rauf, niemals ein Wort über kreuz!»

Die Gelüste mit Hilfe von Joga kodifizieren – alle Küsse und süßen Anstrengungen, süßen Anspannungen und Atemübungen, und dabei den tiefen Gefäßreichtum der Muskeln und Venen bewahren.

Dann Meditation, so, als durchquere man den dunklen Garten des Bewußtseins und schütze eine angezündete Kerze, die vom leisesten Windhauch ausgelöscht werden kann. Sie beschirmen die kleine, gefährdete Flamme, behüten sie mit der vorgehaltenen Hand. Und so ganz allmählich bestätigt und stärkt Ihre Meditation die Flamme, und Sie können mit ihr den dunklen Garten triumphierend erekt durchqueren – dies ist die Joga-Erektion des Tao-Adepten, nein? Ja, im Sinne von Tao ist sogar die Liebe ein *praedicamentum*, als Folge des falschen Neigungswinkels zum Universum.

Er sieht keinen Widerspruch im Widerspruch, und dies zu wissen ist der Anfang einer wunderlichen neuen Sicherheit. Seine Dichtung beschäftigt sich mit der Übermittlung einer Ahnung, eines Atemzugs der höchsten Intuition, der einen innerlich für immer zum Lachen bringt!

«Ich bin Ägypten dankbar – wo mein Rücken zerschossen wurde. Vielleicht hätte ich mich sonst nie mit dieser Joga-Sache abgegeben und so eine tief umformende Erfahrung verpaßt. Eine Religion, die kein Wenn und Aber kennt, nicht einmal den Schatten eines Vielleicht. Keine süße Neurose, kein geistiger Chloroform-Wattebausch! Die herkömmliche Logik löst sich auf, und indem Sie Ihren Körper orchestrieren, tauschen Sie Schmalz gegen Sauerstoff ein. Das Verlangen zielt nicht auf Besitz, auf Eigentum, sondern auf Zugehörigkeit.»

> Teile und Ganzheiten
> Ganzheiten und Teile
> Intime Teile und
> Öffentliche Löcher
> Heilige Ständer
> Unheilige Ständer
> Gänzliche Ganzheiten.

«Wer darunter leidet, daß sein Priapus im Saturn steht, tut alles, um sich nach der Decke zu strecken.» (Sutcliffe)

Er träumte von etwas, das so lieblich und wohlerwogen war wie die Küsse türkischer *hanoums* in ihrem Sorbet-Himmel. Ein Überfluß an lächelnd Kitzelnden, ein Alphabet gebrochener Seufzer, orientalische Sexsitten. Aber alles, was er bekam, war ein Mädchen wie ein Pterodaktylus, das ihm im Bus von Gatwick einen runterholte und rief: «Gesegnet sei die Entspannung!» Wenn uns nichts kümmert, gewinnen wir ein wenig an Boden.

SUT UND BLAN
SEELE UND KÖRPER = Prototypen der Liebe und des Irrsinns liegen dort und spielen auf deinem vertikalen Banjo!

Puella lethargica dolorosa! Dich nur zu küssen war wie ein Telefonanruf vom lieben Gott! Warum gingst du dann fort und rittest auf die Fuchsjagd? Eine schlappe Gurke ist schlimmer als ein Schurke. Er wird deine Sinne verdorren lassen und deinen Lebenssaft aussaugen. «Nicht zu wissen, was man will, ist für eine Frau der Beginn der Weisheit!» (Inschrift auf einem persischen Nachttopf)

Als sie den graugrünen Fluß entlangliefen, hatten sie die berühmte, abgebrochene Brücke gesehen, die noch immer mit ihrem vorwurfsvollen Finger über das Wasser auf die wasserlose *garrigue* wies. Weder Blanford noch Sutcliffe konnten der Eingebung widerstehen und sangen leise:

> *Sur le pont d'Avignon*
> *on y pense, on y pense…*
> *sur le pont d'Avignon*
> *on y pense, tout en rond!*

«Wie lange bleiben wir noch zusammen?» fragte Blanford, und sein Alter ego erwiderte: «Noch für ein weiteres Buch, noch für einen weiteren Fluß. Danach müssen Körper und Seele ihre Verbindung beenden. Ich weiß. Es ist zu kurz. Es ist der einzige Vorwurf, den man dem Leben machen kann. Es ist zu kurz, als daß man irgend etwas lernen könnte.»

21

«Constance sieht krank aus.»
«Sie wird sich erholen. Ich verspreche es Ihnen.»
Rose de la poésie, o belle névrose!

Aber selbst Gott muß der Entropie untertan sein, wenn er existiert. Oder hat er gelernt, die Todesströmung von der Vollkommenheit zur Verderbtheit zu genießen und zu nutzen? Lebt er wie der Taoist in fortdauernder heiliger Unehrerbietigkeit?

mache sein Bett
nimm sein Leben
schreib auf
sein Kopfkissen
‹abwesende Gattin›
stopf seine Socken
rauch seinen Priem
tue alles
was die andere tat
such nach dem Pantoffel
such nach der Seele
daß Eros ihn lehre die
Atem-Kontrolle!

vielleicht ein paar Zeilen in Ur-Szene-Versen? Vielleicht würde Sutcliffe einen sentimentalen Akt mit seinem Alter ego teilen?

Szene der Epilepsie, der Perl-Speichel, die Zunge halb abgebissen, fast heruntergeschluckt.

«Kybele! Was gibt's zum Abendessen?»
«Uterus!» sagte sie.

Tragen Sie Ihre Eier hoch, Freund, *les couilles bien haut! Recuser, accoler, accusez, raccolez!*

Als ich jung war, verkleinerte sich mein Glied unter ihren Zärtlichkeiten wie eine Kerze; aber Alter und Meditation erhärteten die Entschlossenheit, und jetzt weiß sie, wie sie diese Trophäe des Schwellgewebes behandeln und lenken muß, um sie zu verantwortlichem Handeln zu bringen. Heutzutage könnte ich, wenn nötig, Schecks mit ihm unterschreiben. (Sutcliffe)

Der alte Recke richtet sich auf und hält seinen Erguß wohlerzogen zurück wie ein Pfarrer bei einer Teegesellschaft; er tut unbegrenzt Dienst mit unbegrenzter Höflichkeit. Aber er hängt ganz vom Geschick der Frau ab. Wenn sie will, kann sie ihn ausblasen wie ein Streichholz! (Blan)

Der Elefant lehrt, wenn man es ihm beibringt, daß die Kunst beides ist: Therapie und sittliche Konstruktion. Ihr Kaliber und ihre Relevanz mögen variieren. Ihre Arithmetik ist hermetisch. Etwas geht in Nichts nur einmal. Liebe!

Ah! Aber an ehrlichen Hämorrhoiden zu sterben oder durch Einatmen einer Banane, oder *d'une obésité succulente* – das würde sich lohnen, künstlerisch gesehen. Und bitte, warum nicht ein von der Regel abweichender Prosastil, um die Unstimmigkeiten im Herzen der Natur wiederzugeben? Feßle die Verben, verleih den Substantiven Flügel, bezahle mit dem siebenzackigen Adjektiv. Enthülle!

Oft, wenn sie zuviel getrunken hatten, gaben sie sich der Illusion hin, daß es noch immer möglich sei, den Dingen auf den Grund zu gehen. Dialoge wie:

BLAN: Was würden Sie tun, wenn jemand zu Ihnen sagte, Sie seien nicht lebensecht? Na? Offenbaren Sie sich.

SUT: Ich wäre ungemein verstimmt. Ich würde schmollen.

BLAN: Sehen Sie, für uns im Kino-Zeitalter ist die Wirklichkeit nur bei achtundzwanzig Einzelbildern in der Sekunde erkennbar und identifizierbar. Aber kaum kurbeln Sie zu langsam, wird das Bild ungenau und anomal, das Bild einer paranormalen Person, schizo oder parano, ganz wie Sie mögen.

SUT: Ist das die Beanstandung? Nicht lebensecht,

sagt man das? Es gibt also etwas, mit dem ich verglichen werden kann? Ich werde zu langsam gekurbelt und bin fiebrig? Das ist es also, was die Relativität uns angetan hat? Sie hat uns ins Provisorische katapultiert, mit der Wirklichkeit als einer Schatten-Welt?

BLAN: Als ich Einstein fragte, wieviel Wirklichkeit ich Ihnen zugestehen könne, sagte er: «Sie meinen diesen rosa Burschen, der wie ein Schwein aussieht? Richten Sie ihm von mir aus, daß der Mensch nur eine *Tendenz* zum Existieren hat. Näher kann ich mich auf die unqualifizierte Sicherheit seines tatsächlichen Seins nicht einlassen, zumindest nicht ohne ein Telex vom lieben Gott!»

SUT: Was für ein Dilemma! Ich bin also nur symbolisch, könnte man sagen. Rein symbolisch wie ein mit Kaviar gefüllter Teddybär? Wer so etwas sagt, scheint nicht zu wissen, daß er nur vorübergehend in seinem Körper kampiert, wie in einer Schmetterlingspuppe. Dann, puff!, eine Motte, die sich daranmacht, Stoff zu fressen. Eines Tages werde ich einen Sinn erlangen. Wie in einem Durchschnittsroman: «Eine sorgfältige Analyse des Nichts enthüllt, daß... Rettungswagen blöken die ganze Nacht lang nach Blut, nach Fleisch und Blut. Wer kann da schlafen?»

BLAN: Dann wachen Sie auf und schreiben Sie unser Buch – einen neuen Ulysses, der an liturgischer Elephantiasis stirbt. Oder träumen Sie von einem Mädchen mit langen, durstigen Beinen, aber so scheu wie Klebstoff. Die Kunst hat eine Haltung, aber kein bestimmtes Credo.

SUT: Sie könnte sich, wenn nötig, eins borgen. Viele

24

Mädchen wären besser. Sehen Sie, wir leben nur in dem Augenblick zwischen Einatmen und Aus-. Dieser Augenblick in der Jogazeit ist der einzig historische. Aber angenommen, wir verfeinern, säubern und stärken diesen flüchtigen Blick auf die wahre Zeit, nun, dann erlösen wir die Ewigkeit, die heraldische Vision, die panoramische Erkenntnis!

BLAN: Gut, und was dann?

SUT: Ja, da haben Sie mich erwischt. Was dann, fürwahr?

BLAN: Philosophaster oder Psycholopen
Kommt, das Ufer der Hoffnung erproben
Wie königliche Schwäne in hilfloser Brunst
Oder perverse Erpel mit heißer Glans
Wecke doch Psyche aus ihrer Trance
Damit sie nicht an Selbstbefleckung sterbe
Nehmt an eine Lehre von den Toten als Erbe
Denn die Geschichte ist ein Henkerknoten.

SUT: Ich bedeute also wirklich nichts? Ein Symbol ohne Übersetzung?

BLAN: Alle Symbole fangen so an. Glücklicherweise hat Bedeutung die Tendenz, mit der Zeit um ein Rätsel herum zu wachsen. Ich weiß nicht, warum. Als ob die Natur nicht zur Ruhe käme, ohne eine Erklärung anzubieten. In der Poesie wird das Obskure langsam mit Bedeutung umhüllt wie durch ein Naturgesetz. Die großen Rätsel der Kunst akkumulieren schließlich einfach dadurch, daß sie weiterbestehen, kraft kritischer Projektion ihre eigenen Erklärungen. Mozarts Commendatore, zum Beispiel, gilt als äußerst geheimnisvoll, doch da er noch immer lebt, dank der elektrischen Energie, die ihm sein Schöpfer zukommen

	ließ, wird er täglich bedeutsamer. Eines nahen Tages wird uns die ‹Bedeutung› aufgehen.
SUT:	Einverstanden. Aber diese Information steht der Frau auf Grund der Hilfsquelle ihrer weiblichen Intuition zur Verfügung. Sie mag unformuliert bleiben, aber irgendwo weiß die Frau, daß sie die Hüterin der männlichen Poesie ist; ihre Rolle besteht darin, den seltenen Schmetterling, der in der abscheulichsten Raupe hausen kann, zu entdecken und zu befreien. Der Sex-Akt sprengt den Behälter des Fleisches durch den Akt des Wiedererkennens. Presto! Der Poeten-Schmetterling ist befreit!
BLAN:	Wums!
SUT:	Sie sagen es. «Wums.»
BLAN:	*Touche-partout, couche-partout,* *Bon à rien, prêt à tout.*

Und was ist mit der Liebe?

Ein Mädchen ganz in Grau mit einem Stich von
Schwarz,
ein Wesen zwischen Fuchs und Taube,
sanft wie verwehtes Fernsehn, wird auch sie
dereinst wie alle unsere Liebenden zu Staube.

Denken Sie an die anderen, die diesen Weg gegangen sind. Lust auf eine allumfassende Vision, die der Tod in Staub zurückzahlt. Nicholas De S. Lieber ein Bestseller werden und sein Leben damit verbringen, die feuchteren Teile der Göttin des Mammons zu befingern! E. A. P. Sein Gehirn platzte dabei. Der gefährliche Aufstieg des artistischen Ichor in den Blutstrom, die Panoramasicht – es war zuviel für ihn. Es hat ihn verschlungen. An den Haaren wurde er in die Höhle des ozeanischen Bewußtseins gezerrt, in Grendels Höhle des Ursprungs der Kunst, Trunk trank ihn.

(Sutcliffe schenkte einen Trank ein.)

Und K.? Als sein Verstand abnahm, wurde er immer gelber und hagerer, strahlte jetzt wie ein Wachslicht, eine jüdische Leuchte, die in einem Sarg brennt. Seine Hände bedeckten sich mit Warzen, die eiterten. Er starrte in den Schlund des jüdischen Überichs.

Tolle lege, tolle lege. Stimmen von Kindern, die der heilige Augustinus hörte, sie sangen in irgendeinem verlassenen Garten zum Geburtstag eines Engels. Der Imperativ des Poeten. Psst, kannst du sie hören?

Das zum Untergang verurteilte Boot unserer Kultur füllt sich, das Narrenschiff. Aber das sieht nur so aus. Denn wenn Sie, so wie ich, daran glauben, daß alle Menschen allmählich zur gleichen Person werden und alle Länder zu einem Land verschmelzen, zu einer Welt, werden Sie nicht umhinkönnen, in allen diesen sogenannten Einzelwesen Beispiele für einen Trend zu sehen. Man kann sie am besten nach ihren Schwächen beurteilen, deren hervorstechendste und entblößendste ihre Neigung ist, zu lieben und fleischliche Kopien ihrer psychischen Bedürfnisse hervorzubringen. Verstehen Sie mich?

B. denkt: Der Tod erscheint verschiedenartig und sehr speziell, weil unsere Freunde auf so zerstreute Art sterben, einer nach dem anderen, sie rutschen aus dem Dekor und hinterlassen dort Löcher. Aber als Prinzip ist es so universal, wie alles Werdende ist – *semper ubique*, alter Knabe –, obwohl die Wirkung zeitlupenartig ist. Das Schiff bebt, sitzt fest mit einem Zittern, bevor es in die Tiefe sinkt. Erfahrene Matrosen bemerken das warnende Zittern und rufen: «Es sitzt fest!», lange bevor der Ruf erschallt: «Es geht unter!» Wenn wir erst einmal wieder in Avignon sind, wird der Frühling uns endlos erscheinen. Constance: Ich liebe dich, und ich möchte sterben.

Sutcliffe hatte einen Freund, der auf dem Schlachtfeld blieb, aber bis in den *rigor mortis* eine Erektion hatte. Es war ein ungewöhnlicher Anblick und zog eine Gruppe bewundernder Krankenschwestern an, die, schon längere Zeit auf schmale Kost gesetzt, voller Neugier auf diese Neuheit waren. Ein Ding wie dieses mauvefarbene Glied könnte eine ganze Armee von ihnen befriedigen, dachten sie und kehrten häufig zurück, nur um zu schauen und zu frohlocken. Aber es verwelkte bei Sonnenuntergang, als sie kamen, um ihn aufzubahren.

Blan sagte mürrisch: «Aber wir werden wie ein alter Wauwau enden und in den Hündchen-Himmel im Disneyland watscheln oder nach ‹Forest Lawns›, wo Klein Fido Telegramme ausgehändigt werden, nachdem er den Styx überquert hat. Charon überreicht sie wortlos und steckt grinsend ein Trinkgeld ein, während er fortrudert.»

> Jedem sein Plätzchen im Gras,
> Wie einst Miss Muffet saß.
> (Viele der Berufnen sind frigide,
> Doch hält sie Theosophie rigide.)
>
> Europa in die Todes-Trance fiel.
> Ihr Bursch' und Mädchen, kommt zum Spiel.
>
> *Fruits de mer* – nichts Leckeres, wie gesagt,
> Der schlürfe Süßres, der es wagt.
>
> So Asche denn zu Asche, Lust zu Lust,
> Der beiden Eheglück ist ein ‹Du mußt›.
>
> Er die Figurenurne, sie belebte Brust.

Der Tag, an dem Aristoteles beschloß *(malgrè lui)*, daß die Herrschaft des Magier-Schamanen (Empedokles) vorbei sei, war der Siegestag der Seele. Die Pfade des Geistes waren überwuchert. Von dem Moment an war die Jagd auf die meßbaren Gewißheiten eröffnet. Der Tod wurde eine Konstante, das Ich war geboren. Monsieur stieg herab, um die Aufsicht zu führen über die Natur des Menschen:

> Zu töten, um zu essen, war Naturmoral.
> Zu töten, um zu töten, war Skandal.
> Abstrakter Mord, der brachte stets Verdruß,
> Drum sublimierten ihn die Christen mit dem Kuß
> Und brachen, berauscht von Blut, des Körpers Brot
> Als kaltes Mahl für jene, die da tot!

Hören Sie, nichts, was SUT über BLAN zu sagen hat, sollte zu ernst genommen werden, denn er ist nur eine Schöpfung des letzteren, sein Tu Quoque existiert nur stellvertretend. Ist BLAN dann König? Ja, schon, aber seine Macht ist irgendwie gemindert, er kann nicht sehr weit sehen, während SUT sozusagen das dritte Auge ist. Sein Bauchnabel durchdringt die Zukunft – das allsehende Auge der Zeit. Ist es das, was das Leben des einsamen Autors vergiftet hat, während er seine Nägel feilt und den Schnee beobachtet, der ewig auf Blandshire fällt? Warum zum Teufel hatte er einen Beruf gewählt, der von ihm verlangte, daß er diese papierenen Artefakte herstellte – Charaktere, die so viel Leben aus ihm saugten, daß er sich oft ganz eindimensional fühlte, auch er nur eine Fiktion seiner Fiktionen? Na? Nach der Veröffentlichung von SUTs Autobiographie, in der er auftritt, ließ der Ruhm nicht lange auf sich warten, obwohl beide Männer sich nachgerade vollkommen postum fühlten. Aber SUT wurde langsam so populär, daß er sich ablöste wie eine Netzhaut oder sich frei machte wie eine Seifenblase und wie eine Art Mythos im öffentlichen Bewußtsein schwebt. Er hatte es geschafft, in die englische Sprache einzugehen, der alte Ripper, während Blanford es knapp ins *Who's Who* geschafft hatte.

«*O Anax* – der Big Boss, dessen Schrein in Delphi steht, verbirgt weder noch enthüllt er, sondern gibt nur zu verstehen oder macht Andeutungen!»

Gleichermaßen sind alle Schriftsteller ein und derselbe, Blake kritzelt Nietzsches Notizen über die gleiche Erfahrung… sickernd durch den großen Damm der menschlichen Sensibilität, die Tiefen und Untiefen aufzeichnend. Manchmal strahlen unvollkommene Texte das authentische Radium aus, wie die zersplitterten Zeilen von Heraklit, o Skotinos, der Dunkle! Es vibriert noch immer im Geist nach wie ein Trommelwirbel.

Rozanovs Originalität lag in seiner Wahrheit, er fing den Gedanken just in dem Moment ein, als dieser im Begriff war, wie eine Blase auf der Oberfläche des menschlichen Bewußtseins, der *Bedeutung*, zu zerplatzen. Weder gut noch schlecht, nur, was ist. Nur eine Ahnung. Nach westlicher Auffassung entsprang dieser Praxis eine höchst pathologische und prekäre Kunst; nach östlicher Auffassung schrieb er ausschließlich Koans und keine Epigramme. Aufzufassen als Anfang einer religiösen Suche – Zweifel, Angst, Stress. Die Zusammenziehung der Seele!

SUT erhält eine Postkarte von Toby, der in Schweden Vorträge hält: «Kommen Sie sofort nach dem Norden! Die Schweden sind einfach wunderbar. Sie haben Seelen wie weiche Hintern und Hintern wie harte Sohlen.»

Es hatte beträchtlichen Ärger gemacht, als er den *nouveau roman*, dem man abergläubische Ehrfurcht entgegenbrachte, als *«Les abats surgelés des écrivains qui refusent toute jouissance»* beschrieb.

In der Pariser *métro* erblickte er die neue Frau, die wir alle unbedingt endlich einmal treffen wollen – den Rosetta-Stein, frisch aus den USA. «Sie trug eine aufblasbare Schwimmweste, bei der Air France gestohlen. Die Hosen mit Zeitungspapier gefüttert – die *Tribune*. Sie hielt ein

Verkehrsschild in der Hand, lebendig aus der Landschaft um die Fifth und Sixth herausgerissen, darauf stand: VORFAHRT BEACHTEN. Wenn sie nichts tat, lutschte sie am Daumen – ihre Nägel waren bis auf die Wurzeln abgenagt. Und zuckte vor Haschrauch. Ein Prachtexemplar einer jungen Klitorikratin.»

Das Sperma altert nicht im gleichen Maß, wie der Mann selbst es tut. Sogar ein alter Mann kann noch ein junges Baby produzieren.

> Durch Einsamkeit vergiftet und durch *vanitas*,
> Gesund erschaffen, und doch versagt die *sanitas*.

SUT (zu seinem Rasierspiegel): «Ah! Liebes, altes Gesicht, wie das knochige Gehäuse für den kritischen Motor, Augen, Nase, Mund, grausame Unzial-Lächeln, Augenbrauen wie vorsichtige Zirkumflexe. Gegerbt vom Wetter, vergröbert durch Gedanken, verwittert durch Seufzer, so hart erworben. Braucht einen neuen Anstrich. Die Augen schreien ‹Hilfe!›. Die Augen plädieren auf verminderte Zurechnungsfähigkeit.»

Indem wir hoffen, wünschen und voraussehen, handeln wir wider die Natur. *Cogito* ist okay, aber *spero* macht einen Menschen aus dem gesichtslosen Tier des Aristoteles: verirrt im Vorderhirn.

SUT: «*La femme en soi si récherchée par l'âme.*
> *La femme en soie, brave dame.*
> *Boule Quies d'aramanthe et camfre*
> *Une veuve de Cigue*
> *Trinquer avec la mort!*
> *Cliquot, Cliquot, Cliquot*
> > *Trinc, trinc*
> > *La Veuve Cliquot!*»

BLAN: «In dem Bericht über Ihre Ehe, den abzufassen ich vorhabe, gedenke ich im Interesse meines Romans die Farben zu höhen und einige von Constance stammende Beobachtungen aufzunehmen, von denen sie mir voller Sympathie und Kummer erzählt hat. Mit der ganzen Lebendigkeit meines Prosa-Stils werde ich erklären, wie schwierig und unerträglich alles für Sie gewesen sein muß wegen dieser unseligen Ehe mit einer spitzfindigen, kleinen Königin von hohem Charme und größter Eleganz, die ihre Veranlagung sehr raffiniert verbarg, indem sie mit vielen Männern offen und mit ebenso vielen Frauen heimlich schlief. Es war natürlich ganz einfach, denn Sie sind ein intelligenter Mensch – das heißt ein Narr!»

SUT: «Ich war vermutlich unerfahren, und wenn man sich verliebt, ist man einfach ‹geprägt› von der Projektion seines eigenen Wunsches, wie ein Entenküken, das sich in den Schuh seines Hüters verliebt. Dennoch hätte ich es wissen müssen. Diese trockenen, blutleeren Küsse, die nach Stroh schmeckten, waren irritierend, die Liebkosungen einer Gottesanbeterin. Und die trockene, beutelartige Tasche der selten benutzten Vagina hätte die Aufmerksamkeit auf die riesige und schöne Klitoris lenken müssen. Es war ein wenig schmerzhaft, in sie einzudringen, aber sonst war sie in jeder Hinsicht normal und robust. Es dauerte eine Weile, bis ich herausfand, daß ihre Orgasmen nur vorgetäuscht waren oder daß sie (nach den wenigen ungewollten Worten, die ihren Lippen entschlüpften, zu urteilen) an jemand anderen dachte, während sie es tat. Sie hatte die Ehe jahrelang gemieden, warum machte sie bei mir eine Ausnahme?»

BLAN: «Ich weiß es nicht. Vielleicht hat der männliche Teil dieser Zunft eine Schwäche für junge, unverheiratete Frauen, und der Ring regt sie auf, denn so betrügen sie den Ehemann und äffen ihn gleichzeitig nach. Excalibur! Wie köstlich, ihn zu demütigen, den Alten, und zu hintergehen. Plötzlich wurde ihm die ganze Sache klar, er verstand, warum es den großen Kreis von Freundinnen gab, die alle sehr feminin und in ihrem Eheleben unbefriedigt waren (wenn man ihnen Glauben schenkt). Wie sie sagte: Sie haben sich an Hinz und Kunz ‹weggeworfen›. Und dann machen die Konventionen natürlich vieles leichter. Keinen stört es, wenn Frauen sich umarmen und küssen, ein bißchen konventionelles ‹Bemuttern› ist ganz in Ordnung, auch ein gemeinsamer Gang aufs Klo, während die Männer feierlich an ihren Pfeifen nuckeln und über die höheren Weihen reden!»

Sie war nicht größer als eine Prise Schnupftabak, aber sie produzierte ein gewaltiges Niesen! *Une belle descente de lit.*

S: Gott, was für ein furchtbares Französisch!

B: Ich weiß. Nichts als Angabe. Fahren Sie fort.

Nun, allmählich sah er sich in eine Art Travestie der weiblichen Rolle gedrängt. Er wusch ab und blieb zu Hause und paßte auf, daß das Essen nicht anbrannte, während sie mit einer Freundin davonhüpfte, um sich von einer anderen Freundin das Horoskop stellen zu lassen. Das Telefon war die ganze Zeit mit Beschlag belegt vom Gesurre diskreter Scherze und geselliger Verabredungen. Er öffnete eines Tages aus Versehen einen Privatbrief, er hatte die Handschrift verwechselt (er hätte nie gewagt, ihr nachzuspionieren, es nicht einmal gewollt), und interpretierte alle Vieldeutigkeiten sofort richtig. Dachte plötzlich an den sogenannten ‹maskulinen Protest› – der winzige Schnurrbart, der so qualvoll mit Enthaarungswachs entfernt oder mit Superoxyd betupft wurde. Die grüne Tinte und die Amulette und Halsketten und *der eine Ohrring!*

Amo, amas, amat. Je brûle, chérie, comme une chapelle ardente! Baise-moi! Selbstgerechtigkeit, Verlangen nach Aussöhnung, Prahlerei, Scheinheiligkeit – Sutcliffe: «Zu Ihren Diensten, alter Knabe, auf Gnade und Ungnade.»

Ich füge eine Anekdote über jemand anderen bei – über Fatima, um genau zu sein. «Laß uns ins Bett gehen, es wird unserem Französisch guttun.» Es war nicht sehr zufriedenstellend. Sie war von der Hoffnungslosigkeit der Frauen erfüllt, die wissen, daß sie zu fett sind. Aber sie war zu allen Schandtaten bereit, und später weinte sie mit einer Mischung aus Verdruß und reinem Vergnügen. Was mir an ihr gefiel? Sie hatte eine üppige Weltgewandtheit und ein pfirsichfarbenes, vulgäres Gesicht. Aber ihre Schenkel rochen stark nach instinktivem Schweiß, mit einem Hauch von Moschus; wo immer man ihre Haut leckte, war sie zart wie eine betaute Rose. Ich leckte und leckte wie ein *drogué en état de manque!* – ihr eigener Ausdruck.

Toby, der sich im Rasierspiegel mustert, ruft aus: «Kleingeistiger Zwerg! Wenn du nicht so schön wärst, würde ich dich verlassen!» Seine Annonce erscheint noch immer in der *Trib*. Sie lautet: «Ältlicher Vampir (mit Referenzen), der in einem vom Verfall bedrohten Landhaus in der Nähe von Avignon lebt, sucht geistige Zerstreuung.»

Er hat auch gesagt: «Andere Männer trinken, um zu vergessen, ich trinke, um mich zu erinnern!»

Die poetische Substanz losgelöst vom roten Faden der Erzählung, die träge Einschienenbahn der Story und der Personen. Besser läßt man die unentwickelten Keime der Anekdote sich im Geist auflösen. Wie der Unfall, der Tod in einer Schneewehe in der Nähe von Zagreb. Der riesige Wagen begraben in einem Berg aus Schnee. Sie war im langen Abendkleid und trug ein Pelzcape, und die kleine Katze ‹Rauch› schlief in ihrem Ärmel. Die Scheinwerfer verbreiteten einen kristallinen Glanz, so daß es wirkte, als sei der Schnee von innen beleuchtet. Aber sie hatten vergessen, die Heizung abzustellen. Ein weißer Mercedes mit begrabenen Lichtern. Warum weiterfahren? Sie erstickten langsam, während sie auf Hilfe warteten, die sie nicht vor der ersten Morgendämmerung erreichen konnte. Nur ‹Rauch› blieb übrig. Ihr lautes Schnurren schien den Wagen zu füllen.

Ein Brief aus dem weit entfernten London. Grauer Himmel. Pissestrahl bis zum Metallknopf in Schulterhöhe über Twyfords Urinbecken. BLAN konnte nicht umhin, auf eine Postkarte zu schreiben: «Seien Sie gewarnt: Tagträumen ist nicht Meditieren. Wißbegierde ist nicht Neugierde. Hüten Sie sich vor dem Abklatsch einer Dämonenkultur. Phantombild-Ehemänner und -frauen!»

Eclair, der die Kritik schrieb, war ein großzügiger alter französischer Schwuler, geizig wie die meisten und erfüllt von einem harten, poartigen Feuer. Er schrieb über den Poeten, als sei er eine Art Treppenläufer im Nieselregen. Er brannte sich mit heiß riechenden Brennscheren Locken und aß viel überzeugenden Knoblauch zu seinem erlesenen Hautgout-Wildbret. Dennoch verstand er alles, enthüllte alles! Es war unheimlich. «Ein guter Künstler hat allen Grund, seinen herannahenden Tod zu genießen – sein Leben wäre sonst eine skandalöse Unaufmerksamkeit gewesen!»

B: Wo enden Menschen? Wo fangen ihre Phantasien an? Ich war ein Schlafwandler in der Literatur. Meine Bücher sind mir *en route* passiert. Ich bin unfähig, sie zu erklären, ihnen irgendeinen besonderen Wert zuzumessen. Vielleicht sind sie für andere Schlafwandler wunderbar, dienen ihnen als Landkarten? Wer kann es sagen? Gesellschaftlich gesehen bin ich ein glänzender Feigenkäfer. Ich habe immer an mich selbst geglaubt – *credo quia absurdam!* Da ich zu einer barocken Sprache neige, möchte ich beim Schreiben Langweil-Prosa durch Raffinesse ersetzen.

Fällt die Hure, fang sie auf,
Denn sie wartet schon darauf.
Entblättre dich, frustrierte Schöne,
Daß dir der arme Jenkins fröne.
Andre Rosen – andre Namen,
Duften, woher sie auch kamen.
Fällt ihm die Hose, wird der Faun
Der Liebe unfreiwilliger Clown.
Um der Kunst ein karges Leben zu entreißen
Und sein Geschlechtsteil nicht mehr zu
verschleißen...

Der Liebhaber gehört heute zu einer bedrohten Tierart, die Wissenschaft droht ihm mit dem Aussterben. Vielleicht wird Stekel doch noch das letzte Wort über Ihre Ehe behalten: «Es ist offensichtlich, daß in dieser Ehe eine sadistische Atmosphäre kultiviert wurde. Beide Partner waren homosexuell, und das führte zu einer seltsamen Art von Inversion. Er spielte bei seiner Gattin die Rolle einer Frau, die mit einer Frau schläft, und sie die Rolle eines Mannes, der mit einem Mann Verkehr hat. Dies verband sie miteinander. Die Bewegungen, die ihn beim Koitus erregten, ähnelten den krampfartigen Todeszuckungen. Überraschenderweise war er sich, ganz im Gegensatz zu seinen Gewaltphantasien, bewußt, daß die Potenz verschwand, wenn diese Frau sich bewegte. Sie mußte still liegen, blaß werden, so stark wie möglich einer Leiche ähneln. Dadurch wurde er sadistisch erregt und erlangte seine volle Potenz wieder.»

Aus irgendeinem Grund irritierte dies Sutcliffe, der sagte: «Ich sehe uns oft als ein Paar alter Huren, die total betrunken in die Nacht hinauswanken, Richtung Marble Arch, nachdem jede aus Versehen ihre Blase in die Handtasche der anderen entleert hat.»

Offenbar jagten sie, wie die meisten von uns, einer

Spontaneität nach, die einst angeboren und ganz selbstver-
ständlich gewesen war, zu der aber der Schlüssel verlegt
ist.

Obwohl es Frühling war, war der zugige Bahnhof von
Avignon nicht der richtige Ort, um darüber zu streiten,
wer wo wohnen sollte. Am Ende beschloß der größte Teil
der Gesellschaft, bei Lord Galen zu wohnen, bis Constances Haus in Tubain bezugsfertig war. Sein Haus war das
bequemste. Das würde ihnen die wertvolle Ruhepause
von einigen Tagen verschaffen, die sie brauchten, um die
Klempner- und Malerarbeiten zu organisieren, die nach so
vielen Jahren der Vernachlässigung zweifellos notwendig
waren. Erstaunlich genug war das Gebäude während so
langer Zeit trocken geblieben, und das Dach hatte dicht
gehalten. Aber bestimmt konnte man alles für den Sommer herrichten; auf eine vage Art rief diese Aussicht den
Elan der früheren Ferien bei ihnen wieder wach – die, wie
es jetzt schien, in grauer Vorzeit lagen, als sie alle noch
jung gewesen waren. Vor dem Krieg?

Den Judaskuß – der vergiftete Pfeil unserer Geschichte
– konnte man inzwischen für den Hausgebrauch lernen.
Vom Standpunkt der Päpstestadt aus gesehen, war die
Wahrheit ganz einfach: Unsere ganze Zivilisation kann als
ein einziger schwerer psychischer Unfall betrachtet werden. Die Bariton-Tauben gurren zwischen den klingenden
Glockentürmen, die die Gläubigen zum Gebet rufen; es
ist nur noch eine Sache der Zweckmäßigkeit, nicht mehr
so natürlich wie das Atmen.

> «Ich schreibe eine Verteidigung der Ahnun-
> gen.»

zum ersten	«Ahnungen von was?»	sterben
zum zweiten	«Des Absoluten, Dummerchen.»	sterben
letzten	«Und was bitte könnte das sein?»	tot

> «Eine Ahnung.»

SUT sagte: «Ich habe einen anderen, weniger unüblichen Weg gewählt. Seit ich meine Gruppe ‹Mitleidsficken für hart Bedrängte› gegründet habe, hat es mir nie an Kunden gefehlt. Der Roboter hat alles gemacht.»

Lord Galen, der schweigend ins Zimmer gekommen war, um sie zum Abendessen zu bitten, spitzte die Ohren und sagte: «Habe ich das Wort Roboter gehört? Sie nehmen mir das Wort aus dem Mund. Wie Sie wissen, habe ich große Nachkriegspläne für verschiedene vernünftige Kapitalanlagen. Einer davon ist Ehehilfe. Es wird eine große Nachfrage nach Ehehilfen herrschen. Ich versuche zu arrangieren, daß einige davon vom Papst gesegnet werden, es ist ein Teil meiner Werbekampagne. Die Aussichten stehen im Moment nicht schlecht.»

Die beiden Männer, so man sie als solche bezeichnen kann, gratulierten ihm mit ungespielter Zuneigung und folgten ihm nach unten in die riesige Küche, wo auf Holztischen für sie gedeckt worden war, über denen die würzigen Gerüche von Schweinebraten und Ingwer wie Tauben der Verheißung schwebten. Natürlich herrschte eine gewisse Gezwungenheit – Constance mit ihrer schweigenden Begleiterin! Der kleine Junge hatte die beiden Töchter des Hausverwalters entdeckt und saß glücklich zwischen ihnen. Der Rest gruppierte sich um unbeendete Gespräche und machte sich an die Arbeit, bedient von einer alten Bauersfrau und ihrer jungen Nichte.

Blanford in seiner Schüchternheit und seinem Schmerz über Constance irritierte die Dame ganz ungemein, sobald er sie betrachtete; sie starrte auf ihre Hände und nahm ihm seinen Ausdruck von unentrinnbarer Keuschheit übel – die Verzweiflung eines Prometheus, angekettet an den kahlen Felsen seiner moralischen Jungfräulichkeit. Sie haßte ihn! Was für ein selbstzufriedener kleiner Tugendbold.

«Mein Jogalehrer hat mir erzählt, daß eines der größten Probleme der hermetischen Schule darin besteht, den Lama davor zu bewahren, sich in einen Roboter zu verwandeln, ihn daran zu hindern, am Webstuhl einzuschlafen. Finden Sie nicht, daß dies ein fairer Kommentar zu Galens Ehehilfe ist? Immerhin beschreibt ein einfacher Kuß eine Flugbahn durch das menschliche Bewußtsein, denn er erhöht die Bluthitze und verstärkt die Sekretion von Zucker und Insulin. Sie können sicher sein, daß Judas dies wußte.»

«Schade, daß Sie alle Ihre Notizen über das Tal ausgeschüttet haben. Sie werden Ihnen sehr fehlen.»

«Ich habe sie alle hier, nachts und am Tag.» Er klopfte sich an die Stirn. «Sie werden bemerken, daß sie in meiner Unterhaltung immer wieder vorkommen, weil es dabei um meine intimsten Zwangsvorstellungen geht, um Probleme, die ich nicht gelöst habe; und ohne Lösung konnte ich in meinem Herzen keinen Fortschritt machen. Zum Beispiel Probleme der Form und des Stils, die für mein neues Buch wesentlich sind. Der von Rozanov gezeigte Mut hat mich selbst sehr ermutigt, und auch die sprunghaften, hysterischen Notizen von Stendhal in seinen *Souvenirs Intimes* haben mir Mut gemacht – so halbverständlich einige auch sein mögen. Sie bezeugen seine authentische Verschrobenheit, seine unverkennbare Ausdrucksweise. Sie halfen mir bei meiner Suche nach einer Form. Ich sagte mir, daß man in einem Weihnachtsmärchen nicht nach großen Wahrheiten sucht, aber wie erfrischend, wenn man in dieser Form einige entdeckt. Nein?»

«Ich bin ein moderner Mensch», sagte SUT, «und ich finde im Prinzip die Menschen wundervoll, aber von allen Menschen, scheint mir, bin ich der wundervollste. Ich bin der Erhabene. Die Natur hat sich erschöpft, als sie mich erschuf. Andere Menschen – nun, es ist leicht zu sehen, daß ihresgleichen die Ideen ausgegangen sind. Sie sind

Kaulquappen. Wollen Sie mir sagen, daß Ihr Joga solch eine Überzeugung kurieren kann?»

«Ja, so wie es meine Rückenschmerzen kuriert hat. Die Linderung von Stress, hervorgerufen durch den Druck eines ungerechtfertigt aufgeblasenen Ichs. Es könnte auf die Dauer zu Schwierigkeiten führen.»

«Aber Sie sprechen so, als ob ich existierte. Dabei habe ich mich die ganze Zeit über so durchsichtig gefühlt, und nun erzählen Sie mir, daß ich greifbar bin.»

«So greifbar wie ein Lesezeichen in einem Gesangbuch, aber Sie können keinen der Psalmen singen, mein Junge.

> Im Pathos der Metapher wird es klar,
> Was deines Wunschbrunnens Geheimnis war,
> Wie Odalisken hirnlos sind,
> Ist zwischen uns der Unterschied auch blind.
> Den Wind zu fangen setz die Segel raus.
> Den Geist zu fangen schick die Seele aus.»

Der Wein, ein wunderbarer Fitou, forderte seinen Tribut und beschwingte die Unterhaltung. Sie stellten fest, daß sie ihr Zusammensein mehr genossen, als sie sich vorgestellt hatten. Nur Constance und ihre Begleiterin lebten in einem Käfig des Schweigens und aßen mit gesenktem Kopf. Lord Galen war gut gelaunt auf seine hirnlose Art, und Cade beobachtete sie alle unter gerunzelten Augenbrauen wie eine Maus aus ihrem Loch in der Unendlichkeit.

Und die schöne Ruchlose, Constances erwählte Begleiterin, was war mit ihr? Zuweilen weinte sie mit gesenktem Kopf aus reiner Freude über ihr Schicksal, ihr Glück. Blanford beobachtete sie peinlich genau mit unfreiwilliger Sympathie. Sie trug enorm breite goldene Schärpen, passend zu der Flut ihrer goldenen Haare und den blauen Augen voller Schalk, deren starrer Blick an die Topplichter einer vertäuten Yacht erinnerte. Ihre Unzial-Lippen voller süßer Einwilligung. Aber sie war nie ganz da; sie lauschte der mahnenden inneren Stimme ihres unruhigen, mit sich selbst uneinigen Geistes. Und dennoch, als er sie beobachtete und sich dabei daran erinnerte, was in ihren Manuskripten stand, die Constance ihm gezeigt hatte, erkannte er voller Neid die Wahrhaftigkeit ihrer Schönheit und ihres Genies. Leise wiederholte er im Geiste: «Ich träume davon, über eine unerträgliche Glückseligkeit zu schreiben. Ich möchte meinen Text mit meiner teleologischen Qual durchtränken und dennoch seine possenhafte Heiligkeit als etwas Kostbares bewahren, um die Lethargie, die Indolenz und die Qual meiner Seele zu durchbohren. Aber die Langeweile, die Wahrheit über die Dinge zu wissen, tötet mich – die umgeworfene Wiege! Sehen Sie, die Zeit, an die wir alle glauben, verfestigt sich, wenn sie lange genug ausharrt. Zeit wird *Masse* im mathematischen Sinn. Denn alles verwandelt sich hartnäckig und absichtlich in sein Gegenteil. Das ist das Charakteristikum des Prozesses, wenn man erst einmal dem Gesetz der kosmischen Trägheit auf die Schliche gekommen ist. Das Universum tut einfach das *Naheliegendste*; es hat kein Programm, sagt nichts voraus, weiß nicht, wohin es geht. Es herrscht die ständige Spontaneität!» Er war auf Sylvie eifersüchtig. Sie hatte kein Recht, so viel zu wissen.

Kein Wunder, daß Constance der Anziehungskraft eines solchen Herzens erlegen war. Und das Epigraph, das sie gewählt hatte, war ihrem Zustand angemessen – der Ausruf Laforgues: *«Je m'ennuie natale!»* Dennoch sagte er zu sich selbst: «Ich habe nicht erwartet, vollkommen originell zu sein; insgeheim habe ich nie gedacht, daß ich wirklich zur allerersten Klasse gehöre. Doch ich hatte beschlossen, nach den Höhen zu streben und zumindest ganz zeitgenössisch zu sein, alle Modetorheiten, alle Gifte und alle Wahrheiten meiner Zeit zu absorbieren, im vollen

Bewußtsein der Gefahr, daß alle meine Pläne über den Haufen geworfen werden könnten, wenn ich mich zu tief darauf einließ. Aber einfach nur so weiterzumachen, ohne etwas Besonderes zu erreichen – diese Idee war mir unerträglich. Und ins Greisenalter zu kommen, zerstört vom schrecklichen Priapismus der sehr Alten – wirkungslos, brennend, einsam und machtlos gegen den plötzlichen Schmerz der täglich wiederkehrenden Lust –, nein, das nicht!»

Die Tiefe der Konzentration ist das Wichtigste in der Leidenschaft wie in der Prosa. Nic wieder, behüt mich Gott, einen von diesen dickwanstigen, wirbellosen früheren Romanen voller Rosenwasser. Eine Einstellung zur Liebe, die dem Beischlaf alle Würze genommen hat. Ein Prosastil, den die Franzosen *genre constation de gendarme* nennen.

Die Wirklichkeit, die vollkommen erbarmungslos erscheint, ist vollkommen gerecht, denn sie ist weder dafür noch dagegen. Zuweilen wurde er ihres Profils ansichtig oder des Kopfes, der Quelle des Lichts halb zugewandt. Wie großzügig ihr tiefer, schadenfroher Blick, die üppige Dunkelhäutigkeit. (Die Toten sind um uns aufgehäuft in einem Zustand des Versagens). Der einzige Imperativ für den Künstler (für jedermann) lautet: *bricoler dans l'immédiat, c'est tout*! Vermindre die Arbeitslast des Herzens, des Touristen-Herzens. Sutcliffe mußte seinen Gedanken gefolgt sein, denn er sagte jetzt: «Vulgarität in der Liebe ist quälend, und für jene, denen an ihr liegt, wie vulgär Ovid doch ist! Heute hätte er in einer Werbeagentur gearbeitet, ein Laureat der Madison Avenue. Properz, Catull, *autre chose*.» Er hob eine tüchtige Portion Wein an die Lippen und trank. «Unheimliches Zeug, Wein!» sagte er und stellte sein Glas ab. «Ich ziehe Mädchen von territorialer Unermeßlichkeit vor, deren Schwerkraftzentren tellurische Brüste sind.» Blanford stimmte damit nicht überein.

Er beobachtete die andere. Mit ihrem langen, weißen Hals sah sie aus wie eine Lilie in Tränen.

Jemand machte eine Bemerkung über Tobys riesige Portionen, woraufhin er beleidigt sagte: «Ich habe keinen Vertrag mit dem Heiligen Geist unterschrieben, daß ich während der Fastenzeit auf Schweinefleisch verzichte.»

Das Landhaus von Lord Galen war auf dem Grundstück eines alten, zerfallenen *mas* errichtet worden, ein Landhaus im üblichen Stil der Provence, von dem nur wenig übriggeblieben war außer einigen riesigen Scheunen und Nebengebäuden, die in provisorische Wohnräume umgewandelt worden waren bis zur Renovierung der neueren (und eher vorstädtisch scheußlichen) Häuser. Während der Erntezeit und im Winter waren die zwei am weitesten entfernten vollgestellt mit landwirtschaftlichen Maschinen wie Traktoren, Eggen und Mähbindern. Aber das Gebäude, in dem sie ihre Mahlzeiten einnahmen, war normalerweise als Werkstatt und Abstellschuppen für defekte Maschinen benutzt worden. An der einen Wand dieses rustikalen Eßzimmers war ein Andenken an diese Werkstatt-Vergangenheit zu sehen, das man als Wanddekoration an seinem Platz gelassen hatte. Es handelte sich um eine Erklärungstafel, die sehr reizvoll war, da sie höchstens zehn Jahre nach der Erfindung des Benzinmotors entstanden sein mußte. Eine berühmte Automarke hatte sie ihren Kunden geschenkt, die sie als Anleitung für die Mechaniker an die Garagenwand hängten. Es war eine detaillierte graphische Darstellung eines vergrößerten und zerlegten Benzinmotors, so daß die einzelnen Teile getrennt studiert werden konnten und ihre Funktionen verständlich wurden. Jedes Teil schwebte sozusagen für sich in der Luft. Und diese Tafel bildete den Hintergrund, vor dem Blanford und Sutcliffe saßen. Constance blickte über beider Schultern darauf und betrachtete sie als Ärztin sozusagen aus Berufsinteresse. Es war eine Embryologie des Benzinmotors, ein fetaler Körper mit allen groben Analogien zum menschlichen: Arme, Beine als Räder, die Wirbelsäule, Ölwanne, Kupplung, cloaca maxima, Lungen, Därme…

Ein Teil dieses Denkens stammte natürlich von Blanford, der sein Steckenpferd bestieg und auf die Flucht des Ichs in den Westen zu sprechen kam. Ja, sie konnte seine Stimme hören, die ihre Überlegungen parodierte. «Plötzlich metastasierte der menschliche Wille, das Ich machte sich los, schwang sich in die Höhe in dem Wunsch, sich der Natur nicht anzupassen, sondern sie zu beherrschen! Ein ebenso folgenschwerer Augenblick wie der, in dem Aristoteles den Magier Empedokles ins Schleudern brachte und zum geistigen Vater Alexanders des Großen wurde, dessen Lehrer er war. Glauben Sie mir, die Alchimisten der Vergangenheit müssen gewußt haben, wohin dieser großartige Schwung des menschlichen Bewußtseins führen würde, diese Manie, nach der Süße der Ziehmaschine zu jagen. Wie Sie wissen, hat Tibet sogar das Rad abgelehnt – so als wollte es die ganze Sache so lange wie möglich aufhalten. Offensichtlich verhieß ein Ego-Kult, gezeugt auf einem angetriebenen Rad, den totalen Rausch – eine Fliegen-Kultur, über die Mephisto herrscht! Und dennoch, wie unwiderstehlich poetisch diese Suche ist und wie schön dieses rasende menschliche Diagramm in Schweißstahl, angetrieben durch einen Funken, Atem, die Zylinder-Lungen mit dem verbrennenden Sauerstoff und die Exsudation der Ausscheidungsprodukte von Oxyd oder Rauch durch einen fast menschlichen Anus. Ein Feuer-Wagen, gewebt aus mentalem Stress und narzißtischer Gier, Selbstliebe und Prahlerei. Es hat uns die unerträgliche Einsamkeit der Geschwindigkeit, des Reisens gebracht und zu guter Letzt den Orgasmus des Fliegens. Wie Sie sagen, an ihren Früchten wird man sie erkennen. Es hat keinen Frieden gebracht, dagegen hat ein unangebrachter alchimistischer Durst nach Gold die Unsichersten, die Juden, angezogen und hat uns Lord Galen beschert und die Weltbank und die marxistische Theorie des Mehrwerts...»

Dann bekam er einen seiner plötzlichen Verzweiflungsausbrüche und fügte, typisch für ihn, hinzu: «O Gott! Vermutlich ende ich in der Todeszelle irgendeines Klosters und zähle als Buße für meine Sünden die Monde des Jupiter und poliere meinen Ruf mit Sonetten auf.» Aber das Diagramm verfolgte sie, so daß sie gelegentlich davon träumte und mit einer Illustration aus einem medizinischen Werk über Embryologie verwechselte, mit Diagrammen des Fetus in verschiedenen Wachstumsstadien, dessen losgelöste Teile frei auf der Buchseite schwebten. Und dennoch spendete sie ihm innerlich Beifall, als er hinzufügte: «Aber ich bedaure diejenigen, die aus der Vedanta einen Unterstand oder eine Klagemauer machen wollen, wie verachtungswürdig unser augenblicklicher Zustand auch immer sein mag und wie wünschenswert es wäre, daß wir unsere Richtung ändern, bevor es zu spät ist. Aber Schicksal ist Schicksal, und unseres muß sich auf westliche Art vollenden und uns alle mit sich reißen. Vielleicht können wir den Willen davon abbringen, sich anzuklammern, vielleicht nicht. Persönlich sehe ich keine Hoffnung, dennoch schöpfe ich meinen Optimismus aus der Tatsache, daß ich keinen Grund dafür sehe. Ich glaube noch an einige Dinge. Sie sind eines davon.»

Sie hatte darauf nie geantwortet, sondern war einfach aus dem Zimmer gegangen; aber sie hatte Tränen in den Augen, und er bemerkte dies, und widerspruchsvolle Verwirrungen wühlten sein Herz auf.

Aber der barsche Kommentar Sutcliffes war durchaus passend. «Unausgegorenes, antithetisches Denken», sagte er, «ist bezeichnend für einen zweitklassigen Verstand. Es wäre verhängnisvoll, sich so zu verhalten, als hätten wir etwas Besonderes abzubüßen, es wäre die schiere Anmaßung. Hätten Sie jemals einen Händler aus Kaschmir oder einen bengalischen *bunia* oder einen hinduistischen Geschäftsmann gesehen, wäre Ihnen klargeworden, daß der Westen kein Monopol auf Materialismus und Selbstbeweihräucherung hat. Also!»

Es stimmte natürlich, und Blanford wußte es im tiefsten Inneren seiner Seele. Seine Version war zu platt. Er ließ sie einstweilen auf sich beruhen. Wichtigere Dinge standen bevor. Es gelang ihm am nächsten Tag, des Mädchens habhaft zu werden, während Sylvia ihre Siesta hielt – ein chemischer Schlaf –, um ihr zu sagen: «Du warst oben im Tu Duc und hast dennoch nichts darüber gesagt. Ich weiß nicht einmal, ob es noch steht, ich wage kaum, danach zu fragen.» Sie errötete, überwältigt von einer plötzlichen weiblichen Scham. Sie erkannte, daß Sylvies Gegenwart die Frage ihrer aller Rückkehr zum *status quo ante* zu überschatten begann. Könnte er es ertragen, mit ihr unter demselben Dach zu leben? Was sie ihm aufgezwungen hatte, war unverzeihlich, und sie wußte es. Sie war plötzlich voller Reue, ergriff mit all der früheren Zärtlichkeit seinen Arm und sagte: «Aubrey, Liebling, ja, es ist alles noch da und in bester Ordnung dank des neuen Ehepaars, das Blaise eingesetzt hat, bevor er nach dem Norden ging, wo er eine bessere Stellung mit weniger Arbeit gefunden hat. Alles ist noch so, wie es war.»

Aubrey sah sie neugierig, fast zärtlich an. «Und ist *es* noch da – du weißt schon, was ich meine?» Sie wußte es. Er meinte das mottenzerfressene Sofa Freuds, die Analytiker-Couch, die Sutcliffe vor tausend Jahren aus Wien gerettet hatte. «Oh, ja und wie! Es hat nur ein kleines Mäuseloch, aus dem das Werg herausquillt, aber das kann ich leicht stopfen.» Sie schwiegen eine Weile, und dann kam die Frage, die sie erwartet hatte und vor der sie sich ein

46

wenig fürchtete. «Werden wir alle zusammen leben und wenn ja, wie?» Es widerstrebte ihr, sofort und schroff und ohne entschuldigende Einleitung zu antworten – in seiner Stimme hatten so starke, unterdrückte Gefühle mitgeschwungen. «Ich dachte, ich gebe ihr erst mal Livias Zimmer. Sie scheint sich in das Zimmer verliebt zu haben und hat mich gefragt, ob sie die Couch haben dürfte, nachdem sie jetzt deren Herkunft kennt. Sie scheint sich auch in die Couch verliebt zu haben. Aubrey, das sind stabilisierende Faktoren, ich bin sicher, du wirst das verstehen und mir helfen. Bitte sag, daß du es tun wirst.»

Er blickte sie an und nickte langsam. «Ich werde sehen, ob ich ein Leben mit dir ertrage – im Moment ist alles provisorisch. Aber, Liebling, ich kann keine endgültige Position beziehen, dafür liebe ich dich zu sehr. Die ganze Sache war solch ein Schock. Und Cade wird vermutlich Sams ehemaliges Zimmer beziehen?» Sie nickte. «Wenn du es wünschst.»

«Galen wird nicht wollen, daß wir ausziehen; er muß Menschen um sich haben; sonst ängstigt er sich und fühlt sich einsam!»

«Ich weiß. Aber bald wird er als Ersatz für uns Felix und den Prinzen haben. Aubrey, ich hoffe, du kannst es ertragen und geduldig sein.» Er sagte: «Das hoffe ich auch!», aber sein Tonfall klang nicht sehr überzeugend. Andererseits hatte er keine andere Wahl, da er nicht reich genug war, um ein anderes Arrangement zu treffen. Innerlich verfluchte und verwünschte er diese Wendung des Schicksals, die um so schmerzlicher war, als sie beschlossen hatte, seine Behandlung zu übernehmen, inklusive Massagen, Joga und Elektrotherapie. Sie saßen eine Zeitlang hilflos und frustriert schweigend da und blickten einander an. Sie fragte sich, ob sie die Geschichte weiterführen und ihm mehr von dieser dramatischen, unwirklichen, engen Bindung erzählen sollte, die für sie wie für alle anderen so überraschend gekommen war. Aber sie zögerte. Das Dilemma war sogar noch größer, als man, oberflächlich gesehen, vermuten konnte – berufliche Überlegungen waren unlösbar damit verbunden. Und so war es vielleicht nicht zu vermeiden, daß sie ihre Schritte zu der Irrenanstalt in Montfavet lenkte, wo sich während des Krieges so vieles ereignet hatte und wo ihr Freund Jourdain, der Arzt, noch immer die Oberaufsicht führte. Sie hatte angerufen, um zu sagen, daß sie käme, und als Zeichen der Achtung für sie (denn er hatte sie immer geliebt, war aber – für einen Franzosen ungewöhnlich – zu scheu gewesen, es ihr zu sagen) trug er lächelnd seinen alten College-Blazer, ein dezenter Hinweis darauf, daß auch er seinen Doktor der Medizin in Edinburgh erworben hatte. Auch waren seine freudigen Ausrufe, er finde, sie sei jünger und schöner denn je, völlig aufrichtig gemeint. «Schmeichler!» sagte sie, aber er schüttelte den Kopf und wies auf sein ergrautes Haar. Ja, er war viel älter geworden und viel dünner, seit sie ihn das letzte Mal gesehen hatte. «Setzen Sie sich, und erzählen Sie mir alles, was passiert ist, seit ich Ihnen zuletzt begegnet bin», sagte er. Und als ihm bewußt wurde, was für eine unmögliche Aufgabe er ihr stellte, fügte er lächelnd hinzu: «Am liebsten in einem Wort!» Das war eine angemessene Bemerkung, sie ermöglichte es ihr, sein Lächeln zu erwidern und auf seine gelassene Stimmung einzugehen, obwohl das, was sie sagte, mit Kummer beladen war. «Das kann ich», sagte sie, «das eine Wort ist... Sylvie. Ich habe einen furchtbaren Fehler begangen und mich sehr unprofessionell verhalten. Ich sitze in der Patsche. Und brauche dringend Ihren Rat.»

«Wo ist sie?» fragte er. «Bei Ihnen?»

«Ja, aber als meine Geliebte, nicht als meine Patientin.»

Das Schluchzen in ihrer Stimme beunruhigte ihn. Er beugte sich vor, ergriff ihre Hände, sah ihr erstaunt und mitleidig in die Augen und stieß einen leisen Pfiff aus.

«Und das nach all diesen Vorsichtsmaßnahmen? Indien? Ich dachte...» Sie schüttelte den Kopf und sagte: «Ich muß es Ihnen der Reihe nach erklären... obwohl diese entsetzliche und höchst erstaunliche Verirrung nicht zu entschuldigen ist. Aber wo soll ich anfangen?»

Ja, wo?

Wie demütigend, nach so vielen Jahren hierher zurückzukehren, und nicht etwa für eine Behandlung, sondern für einen moralischen Rat – für etwas, das Schwartz immer den ‹schmuddeligen *baisodrome* der französischen Psychiatrie› genannt hatte! Sie mußte die sprichwörtliche Kröte schlucken! Sie lachte wehmütig. «Aber was ist schiefgegangen?» fragte er mit anhaltendem Erstaunen. «Immerhin haben wir zu Beginn, als die Situation sich entwickelte, alle einen einwandfreien, professionellen Eifer bewiesen. Sie waren angeblich nach Indien gefahren, und ich habe Ihren Platz eingenommen. Anschließend haben Sie sie nach Genf zu Schwartz in Behandlung geschickt. Und dann?»

«Es ging einigermaßen gut bis zu dem Tag, an dem Schwartz beschloß, Selbstmord zu begehen, und ich den Fall übernehmen mußte, weil kein anderer verfügbar war. Ich kam sozusagen aus Indien zurück, und wir standen uns wieder Angesicht zu Angesicht gegenüber. Mir widerfuhr die dramatischste und unwiderstehlichste Gegen-Übertragung, die Sie sich vorstellen können. Der Grund muß eine schlummernde und vernachlässigte homosexuelle Prädisposition gewesen sein, aber was alles in Gang setzte, war unerklärlicherweise der Tod von Schwartz, der ein lieber lebenslanger Freund und Kollege war, aber mehr auch nicht. Unerklärlich! Unerklärlich!»

«Liebe ist so!» sagte Jourdain und blickte traurig auf ihr niedergeschlagenes blondumrahmtes Gesicht mit den gesenkten Augen voller Kummer. «Es war keine Liebe, sondern blinde Leidenschaft – obwohl, was bedeuten schon unsere dummen Klassifizierungen? Ich fühle mich einfach schuldig und bin beschämt – ich hätte nie der Versuchung erliegen dürfen, aber ich erlag.»

«Und nun?»

«Es kommt noch schlimmer», sagte sie. «Denn eine weitere seltsame Erfahrung erwartete mich. Dieses Erlebnis hielt mich mit einer so wilden Intensität gefangen, daß ich glaube, ich muß ein wenig den Verstand verloren haben. Ich konnte ohne sie nicht atmen, nicht schlafen, lesen, arbeiten... Ja, aber all dies (ich sehe die verzweifelten Gesichter meiner Freunde) – all dies schmolz dahin wie ein Gletscher, als wir die französische Grenze passierten. Es war so, als hätte ich ein Gebiet betreten, das noch immer von dem Teil meiner selbst, der Sam gehört, bewacht wird – ein älteres Selbst, das anscheinend so lange tot und vergessen war. Aber nein. Mir wurde schlagartig klar, daß ich überhaupt nicht homosexuell bin, sondern eine Frau – eines Mannes Frau. Der Schock verbreitete sich in meinem ganzen Nervensystem, und ich glaube, daß ich für einen kurzen Augenblick das Bewußtsein verlor. Ich liebte sie noch mit der gleichen Intensität, aber als Freundin. Die sexuelle Komponente, wie Onkel Freud so keusch sagen würde, war verflogen. Ich war plötzlich völlig unempfindlich gegen weibliche Zärtlichkeiten. Sie waren so leicht, so unwirklich, trivial wie Federn. Ich wußte plötzlich, daß ich der haarigen Rasse der Männer gehöre. Aber Aubrey hat schon immer gesagt, daß ich eine ziemliche Tranfunzel bin und Angst habe, ohne ein *garde-feu* zu lieben. Sehen Sie jetzt mein Dilemma? O Gott!» Sie war bleich vor Zorn.

«Aber warum sind Sie hierher zurückgekehrt?» fragte er.

«Ich hatte verschiedene Gründe, darunter eine unvollendete Aufgabe, die ich mir selbst gestellt habe – ich wollte ein wenig mehr über meine Schwester Livia, über ihren Tod und so weiter herausbekommen. Dann hatte ich das vage Gefühl, daß es, psychologisch gesehen, von Vorteil sein könnte, sie in eine vertraute Umgebung zurückzubringen – obwohl ich es noch nicht gewagt habe, mit ihr zu Ihnen zu kommen. Sie weiß jedoch, daß ich hier bin, und hat sogar mit dem Gedanken gespielt, Ihnen eine Nachricht zu schicken, was heißt, daß sie sich noch an Sie erinnert... Aber nun bin ich es, die sich in Schwierigkeiten befindet, denn ich traue mich einfach nicht, sie über meinen Seelenzustand aufzuklären. Ich muß eine Zärtlichkeit vortäuschen, die ich nicht mehr empfinde, um ihr gefährdetes inneres Gleichgewicht nicht wieder über den Haufen zu werfen! Das Ganze wäre zum Lachen, wenn es nicht so qualvoll und demütigend wäre. Verstehen Sie, sie ist wertvoll, wertvoll für uns alle wegen ihres Talents oder sogar Genies. Wir haben nicht das Recht, dies alles aufs Spiel zu setzen – ich zumindest wage es nicht. Andererseits fühle ich mich wie eine Hausfrau aus der Vorstadt, die sich in den Milchmann verliebt hat, aber nicht wagt, dafür eine Scheidung zu riskieren! Sutcliffe hatte recht, mich auszulachen, als ich ihm alles erzählte. Statt Mitgefühl zu zeigen, sagte er: ‹Ich finde eure Polizisten einfach wundervoll!› Wie der berühmte Amerikaner in London. Vermutlich hat er recht.»

«Aber ich kann mir nicht vorstellen, wie Ihre *ménage* ohne gelegentlichen Stress funktionieren soll.»

«Ich weiß.»

«*Ménage* oder *manège*! Das ist die Frage.»

«Helfen Sie mir!»

«Wie kann ich das? Sie müssen es durchstehen.»

«Ich weiß.» Sie stand auf und schaute auf ihre Armbanduhr. «Ich muß gehen. Aber verstehen Sie mich? Ich fühle mich bereits besser, weil ich darüber gesprochen habe, obwohl ich von vornherein wußte, daß Sie mir keine Lösung bieten können – woher auch? Ich habe den Schlamassel selbst verschuldet und muß diese Tatsache akzeptieren. Andererseits sehe ich nicht, wie das endlos so weitergehen kann. Im Augenblick spiele ich einfach auf Zeit.»

«Meine arme Kollegin», sagte er trocken, aber aufrichtig. In seinem Tonfall lag nicht die geringste Spur von Ironie – denn er verspürte den gleichen schmerzlichen Stich, der auch Blanfords Herz traf, wann immer er ihr niedergeschlagenes Gesicht und ihre abgewandten Augen sah. Aber er war wenigstens über die Entwicklungen, die sie für Jourdain kurz umrissen hatte, nicht auf dem laufenden. Schwer zu sagen, wie er darauf reagiert hätte – freudig erregt, mitfühlend, entsetzt? Das Repertoire des menschlichen Herzens ist immens, eine wahre Besenkammer. Sie hatte den Wagen auf dem kleinen Platz geparkt mit seinen stillen Bäumen und der kleinen, weißen Kirche, die so viele Erinnerungen an die Vergangenheit barg. Jourdain hatte ihr das feste Versprechen abgenommen, daß sie bald bei ihm zu Abend essen würde.

Sie stand eine Zeitlang da und ließ die Atmosphäre des kleinen Platzes in sich einsickern, durch ihren Verstand sickern.

Wie lang einem das Leben doch erschien, wenn man an die Vergangenheit dachte – besonders an all jene traurigen, vergeudeten Kriegsjahre mit ihren Leiden. Auch ihre Freundin Nancy Quiminal hatte die kleine Kirche oft besucht. Während der *fêtes votives* hatte sie Blumensträuße auf den Altar gestellt, im Namen ihrer alten Tante, die im Dorf von Montfavet zur Welt gekommen war und in der Kirche, die sich um nichts verändert hatte, an Katechismusstunden teilgenommen hatte. Constance griff zur Türklinke.

Sie saß längere Zeit in einer Kirchenbank und zählte ihre ruhigen Herzschläge, fast ohne zu atmen. Die grenzenlose

Erschöpfung der Kriegsjahre war noch nicht ganz von ihr gewichen, während die Gegenwart mit ihren Problemen hoffnungs-glanzlos erschien. Waren sie zu früh zurückgekommen, um ein wenig von dem *élan* und dem Optimismus der Vergangenheit wieder einzufangen? War es eine fatale Fehlrechnung gewesen? Vielleicht stimmte es, daß man nie versuchen sollte, an den Ort zurückzukehren, wo man einmal glücklich gewesen war.

Eine Welle der Depression erfaßte sie, und einen Moment lang war sie versucht, ein Gebet tiefsten Selbstmitleids zu sprechen, obwohl sie ungläubig war. Sie lächelte über diesen Impuls. Als Kompromiß bekreuzigte sie sich, als sie vor den Zuschauern auf dem Bild stand. Wer weiß? Dies war das Land der Zigeuner, und Frömmigkeit könnte wie ein *grigri* wirken... Dann stieg sie wieder in ihren kleinen Leihwagen und fuhr zurück, um Sutcliffe abzuholen, den sie in der Stadt zurückgelassen hatte, wo er mit Blanford ein paar Besorgungen machen wollte.

Aber als sie den Weg zu der kleinen Taverne am Fluß, wo sie verabredet waren, endlich gefunden hatte, wurde sie wütend, weil beide betrunken waren – nicht volltrunken, aber in einem fortgeschrittenen Stadium der Redseligkeit. Blanford konnte sehr enervierend sein, wenn er anfing, zusammenhanglos zu reden, und Sutcliffe sprach in Rätseln. Sie hatten das gesundheitsschädliche Gebräu, das bei den Bauern *riquiqui* hieß, getrunken, ein aus mehreren Giftstoffen zusammengemixtes Feuerwasser. «O Gott!» sagte sie entsetzt. «Ihr seid beide betrunken!» Was sie heftig bestritten, aber ein wenig unzusammenhängend, wodurch sie sich verrieten. «*Au contraire,* meine Liebe», sagte Blanford, «auf diese Art geht meine Welt unter, nicht mit einem Knall, sondern à la Werther. Es ist das erste Mal, daß ich das Zeug probiert habe. Es ist plebejisch, spendet aber reichen Trost. *Vive, les enfants du godmichet!*» Sutcliffe sagte sogleich: «Ich erwidere den Toast in aller Feierlichkeit. Wußten Sie, daß die Stadt jahrhundertelang ihre Berühmtheit bewahren konnte, weil zwölf Kirchen als Reliquie die echte Vorhaut Jesu besaßen? Zwölf verschiedene Vorhäute, aber jede echt und authentisch...» Sie hatten sich ein Spiel Karten geben lassen, mit denen sie sich die Wartezeit verkürzen wollten. «Eine Smegma-Kultur», sagte Blanford ernst und nachdenklich, und sein Freund sagte: «Wenn ich dieses Wort höre, entsichere ich meine Haarspraydose. Die Ebenen des Nichtseins wachsen mit wachsender Bevölkerung. Wer wird das Sterben für uns erledigen? Ich kannte einmal einen Pfarrer, der den Anblick von frisch ausgehobenen Gräbern nicht ertragen konnte; er erlitt einen schweren Nervenzusammenbruch. Sein Arzt sagte beruhigend: ‹Für einen geborenen Quälgeist gibt es nichts Quälenderes, als sich nicht quälen zu können.› Der arme Pfarrer ging ins Wasser.» Blanford kramte in seinen Einkäufen und sagte: «Als ich Sie in meinem Roman umgebracht habe, wollte ich, daß die Sache nicht ganz eindeutig wirkte. Ihre Leiche und das Pferd wurden in Arles ans Ufer geschwemmt. Aber die Polizei fand heraus, daß die Zahnabdrücke der Wasserleiche nicht mit den Unterlagen Ihres Londoner Zahnarztes übereinstimmten. Ein hübsches Rätsel!»

Aber um Blanford Gerechtigkeit widerfahren zu lassen, muß man ihm zugestehen, daß am Grunde der Trunkenheit mit ihren Schein-Tröstungen eine tiefe Verzweiflung und Leere in ihm war, hervorgerufen durch den Abfall (wenn das der richtige Ausdruck ist) Constances und ihr Versunkensein in Sylvie. Und was das Programm eines zukünftigen Lebens *à trois* anging... so war es extrem problematisch geworden. «Es war bedrückend, Tu Duc wiederzusehen», sagte er zu Sutcliffe. «Der große, tauige Obstgarten, dessen Äpfel so fest und süß waren wie ein Nonnenpopo. Und ironischerweise kam ich beim ersten Hahnenschrei an – es schien, als ob der Frühling nur nach

Avignon gekommen war, um zu verkünden, daß ich ein Hahnrei bin!»

Sie konnte die beiden nur mit Mühe in den Wagen verfrachten. Sutcliffe schwor, daß seine Achselhöhlen von dem *riquiqui* rauchten. Aber sie waren sanftmütig genug, ihr zu gehorchen.

ZWEI

FINGERZEIGE

Während dieser Tage der etwas gezwungenen Geselligkeit wurde Constance klar, daß es Blanford im geheimen vor dem Umzug und allem, was er mit sich brachte, graute. Er hatte angefangen, ziemlich viel zu trinken, und sein Leibeigner und Doppelgänger tat es ihm natürlich nach – wodurch sie zu idealen Kumpanen für Toby und zu einer Heimsuchung für Lord Galen wurden, dessen Sinn für Humor reichlich beschränkt war.

Paradoxerweise jedoch übte der Alkohol eine belebende Wirkung auf sein Talent aus, und das Buch der Gemeinplätze begann sich wieder zu füllen mit etwas, das Sutcliffe ‹Fingerhüte› oder streunende Gedanken und Blanford ‹Fäden› nannte. Er schrieb: «Perlen können ohne Faden existieren, aber der Roman ist ein Kunstgebilde und braucht einen Faden, an dem man nicht so sehr die Perlen als den Leser auffädelt! Es stimmt nicht, daß alle großen Themen verbraucht sind. Jedes Zeitalter bringt neue hervor. Für uns Erwägungen wie diese: Was dachten die Frauen, die der Kreuzigung zusahen? Es heißt, daß Buddhas Frau seine erste Eingeweihte wurde, wie auch die Tochter des Pythagoras. Das waren noch Zeiten! Oder um das Thema zu wechseln: Was wurde aus dem einen Spartaner, der die Schlacht bei den Thermopylen überlebte? Er wurde für tot auf dem Schlachtfeld zurückgelassen und kam wieder zu sich, als der Feind fort war. Aber er konnte den Schimpf, dem Gemetzel entkommen, den Verdacht, weggerannt zu sein, nicht ertragen. Er tötete sich aus Verzweiflung. Ein Don Juan, der sich vor Frauen fürchtet? Crusoe mit den Augen Freitags gesehen? Ein Leben Jesu nach Freud und umgekehrt?» Sutcliffe unterbrach mit: «Und Liebe? Was ist mit der Liebe?» In seiner neuen bekümmerten und schuldbewußt unversöhnlichen Stimmung sagte Blanford: «Die größte aller menschlichen Illusionen. Sie ist nicht die Küsse wert, auf denen sie gedruckt ist. Perlen vor die Säue, was!»

«Ich sinne über eine Liebesgeschichte nach, die von einem idealen Paar handelt. Sie würde Rosealba heißen, ein Mädchen, das wie kein anderes Erkenntnisse detonieren läßt. Er hingegen – ich habe noch keinen Namen ausgewählt – ist der echte Todes-Ertrag eines liebesgebündelten Bums-und-Wimmer-Manns. Überdies führen sie eine vollkommene Ehe. Jeden Morgen erzählt er ihr etwas, das sie noch nicht weiß. Jeden Abend gibt er ihr etwas so Großes und Warmes in die Hand, daß sie nachdenklich wird. Sie sterben fast an schierer Ja-samkeit. Sie hat sein Herz mit glorioser Blindheit erfüllt.» Blanford protestierte. «Es ist altmodisch. Das neue abstrakte Image des Romans ist anders. Alle Personen sind Teile von größeren Personen oder aus Teilen von kleineren Personen zusammengesetzt, vergrößert oder verkleinert, gemäß der Notwendigkeit. Alle Vorkommnisse sind das gleiche Vorkommnis aus einem anderen Gesichtswinkel gesehen. Das Werk wird zu einem Palimpsest mit einem Aufriß von übereinandergeschichteten Profilen. (Mein Gott! Welch außerordentliche, preiswürdige Langeweile! Nichtsdestoweniger *avec cela j'ai fait mon miel!*)»

«Die Thebaner des vierten Jahrhunderts waren bekannt für ihre sexuellen Beziehungen zu Männern – sowie für eine entscheidende militärische Neuerung: die Heilige Legion. Sie bestand aus 150 homosexuellen Paaren und wurde von Pelopidas befehligt. Sie war das *corps d'élite* der

Linienregimenter und die einzige Einheit von Berufssoldaten. Vielleicht hat ihr Legionär, der die Thermopylenschlacht überlebte, aus einem anderen Grund Selbstmord begangen: weil er seinen Geliebten verlor?»

«Vielleicht. Das erinnert mich an einige Zeilen von Shakespeare: Der Drehpunkt meines Liebsten Hintern / wird einen Alptraum nicht verhindern.»

«Pelopidas.»

«Das erste, was ich tu, wenn ich morgens aufstehe, ist, meine Uniformen zu zählen und meine Orden zu betrachten. Ich fange immer mit der Großen Bandage der Äußeren Mongolei an, wo ich eine Woche lang Konsul war. Ein Künstler im Schmuck seiner Orden ist immer ein ehrfurchtgebietender Anblick. Soll ein Poet beruhigende Laute von sich geben? Ja–hm, ja–hm, ja bitte!»

«Die Muschel ist das Telefon des Mystikers. Nur in der Muschel kann man das mystische *toc sonore* vernehmen und voll verstehen, daß in der Kunst eine methodische Zügellosigkeit herrscht und daß Größe weder einengt noch lasterhaft ist. Und schließlich, daß mit jedem Atemzug, jedem Pulsschlag, jedem Gedanken das Universum seine Kraft neu in die Wirklichkeit investiert. Mein Freund, diese kühnen Worte sind mir diktiert worden, während ich schlief.»

«Im neuen Zeitalter der plastischen Karyatiden werden wir die Frauen mitten im Strömen wechseln dürfen, um so eine verborgene Göttin in ihrem Kilt aus toten Ratten zu ehren! Ah, Sie sollten diesen Brief lieber zerreißen, bevor Sie ihn lesen. Constance! Der prophetische zweite Zustand, dem Sie so mißtrauen, ist ohne Mühe zu erreichen. Ich trieb in mein Leben hinein wie eine Luftblase in eine alte Aorta. Zerplatzte eines Tages und starb für sie. Explodierte wie ein Aneurysma.»

«Gott sei für das Benzin gedankt. Die Araber, die feinfühlige Menschen sind, kaufen Frauen wie andere Leute

Bilder. Wenn Bilder die Beine spreizen könnten, würden sie Bilder kaufen!»

Aber der Spott konnte das tiefe Unglück des inneren Monitors nicht verdecken. «Ich habe das Gefühl, daß ich ständig vor Sex glühe – wie ein verlassener Misthaufen!» sagte der unverbesserliche Sutcliffe. «Und ich habe eine Methode entdeckt, Galen zum Weinen zu bringen, wenn er mich zu sehr irritiert. Jede Anspielung auf seine verstorbene Katze Wombat treibt ihm die Tränen in die Augen. Will ich Salz in die Wunde streuen und spreche von den ‹alten Zeiten›, holt er sein Taschentuch hervor und sagt: ‹Fahren Sie nicht fort: Wir waren so glücklich. Ich fühle mich jetzt so verloren. Buh huh!› Er ist sehr empfindsam, unser großer Koordinator.»

«Ein anderes Problem. Wie schützen Sie sich vor Eigendünkel? Wie verhindern Sie, selbstzufrieden auszusehen, wenn Sie es sind? Es muß irgendeinen Apparat dafür geben. Das Ziel der Christen ist, gut zu sein, das der Buddhisten, frei zu sein. Eine andere Wellenlänge. Wenn der Tod immer näher kommt, sich durch den Verlust von Freunden bemerkbar macht, wird dieser Unterschied immer markanter, und man neigt dazu, eine höhere Feuerversicherung abzuschließen. Die geheimnisvolle Wurzelkraft, die der Kunst fortdauerndes Leben verleiht, kann mit den Begriffen der Architektonik empfunden und beschrieben werden, aber ihre Natur und Wesenheit bleibt geheimnisvoll – ein dunkler Fluß, der von nirgendwo nach nirgendwo fließt. Die Feder, die das Papier berührt, markiert nur den Schnittpunkt. Aber wenn die Künstler eines Zeitalters anfangen, Architektonik ohne Demut zu benutzen, sind wir in Gefahr, den Faden zu verlieren, den sie weben. Wagner, Picasso sind wie vollautomatische Muezzins, deren Gebete auf Band aufgenommen und ausgestrahlt werden, ein quasi politischer Aspekt. Die Intimität ist weg, der sinnliche Austausch ist nicht mehr da. Ein

Mikrofon ist dazwischen. Und was den Künstler betrifft... armer Kerl, nach der Geburt schlägt der Terror des Ichbewußtseins zu, die Ehrfurcht, die Furcht dringen ein, und das Selbst hüllt sich sofort in zahllose Schichten von schützenden Gefühlen, um nicht zugrunde zu gehen: wie bei einer Zwiebel, Schicht auf Schicht von Verteidigungsplänen. Dagegen versuchte der gute alte Buddha anzugehen mit seiner Taktik, das arme Ich aus den Mumienbinden zu wickeln – den nervösen, aggressiven Reaktionen. Er machte eine äußerst wichtige Entdeckung, aber es ist schwer, die Menschen davon zu überzeugen, daß die Bedrohung durch die Natur rein fiktiv ist. Haben sie diese Tatsache aber erst einmal kapiert, breitet sich Frieden um sie aus, Ring für Ring. Aber es ist eine große Kunst, sich selbst verwundbar zu machen, sich sogar dem Tod zu öffnen. Ja, wenn Sie erst mal Bescheid wissen, ist nichts mehr besonders wichtig, der Groschen ist gefallen. Sie erkennen, daß Harmlosigkeit das höchste Gut ist.»

«Gute Kunst ist nie deutlich genug.»

«Wie kann sie es sein? Sie enthält keine Ethik. Sie können den Code der Schönheit, zum Beispiel einer Rose, nie brechen. Gesegnet sei das Prinzip der Unbestimmbarkeit, das jede mögliche Sekunde der Zeit wunderbar macht: denn alle Schöpfung ist willkürlich, launenhaft, spontan. Ohne Gedanken an Zukunft oder Vergangenheit.»

«Alle zwei Sekunden wird ein geistig Behinderter geboren. Dennoch klopfe ich dem Universum auf die Schulter und rufe: ‹Gut gemacht, alte Henne, gut gemacht.›»

«Ein Affe zählt seine Läuse, ein Priester die Perlen an seinem Rosenkranz. Doch ich bin sicher, daß irgendwo ein Generalplan existiert. Er ist auf einer riesigen Wandkarte genau abgesteckt, und nichts, das sich auf uns bezieht, fehlt. Da sind unser Auftreten und Abtreten vermerkt, unsere Namen, unsere Lebensweisen, unsere Eigenschaften und Schicksale. Ich bin mir ganz sicher!»

«Sie erinnern mich an den armen Quatrefages!»

«Ja, und an seine große Karte der Tempelritter. Er hat sich in die Sicherheit von Montfavet zurückgezogen – *la vie en rose!* Er hat Galen noch nicht ganz davon überzeugt, daß es keinen Schatz des Tempelritters gibt, den man ausbeuten kann, aber doch beinahe. Der wirkliche geheime Schatz war der Gral, der Lotos der Erkenntnis. Erstens hatten sie sich mit der alten, im Mittleren Osten *(outremer)* weitverbreiteten Gnostik infiziert; und zweitens, und zwar ein für allemal, mit den Joga-Praktiken. Denken Sie nur an den Strick aus Hirsestroh, den sie um die Taille trugen. Die Katholiken hatten vollkommen recht. Sie *waren* Ketzer, und ihre Praktiken *waren* eine Gefahr für die katholische Welt.»

«Galen muß Qualen leiden, nachdem er so viel Geld in die vergebliche Erforschung dieser Sache investiert hat. Und desgleichen der Prinz, der sich zu dem Projekt hat überreden lassen. Wir werden es ja hören, wenn er nächste Woche kommt.»

«Sie werden etwas Neues finden – etwas Neues für Witwen und Waisen. Nach dem Krieg gibt es so viele.»

«Eine Welt ohne Menschen – wie war es wohl, frage ich mich oft, bevor wir auftauchten? Vielleicht waren Bäume die Urbevölkerung, vor der Menschheit. Der Mensch entsprang dem Humus, als er sich mit Wasser mischte. Daher der Wunsch der Mystiker, in die Unangreifbarkeit des pflanzlichen Lebens zurückzukehren – zu dem sorglosen Lotos –, um den Abschwung in die Auflösung wiederzuerlangen – ein Echo der Kraft, die wir auf Körper und Geist wirkende Schwerkraft nennen. Was würden Sie dazu sagen? Vortrefflichkeit – die Grundidee von Vortrefflichkeit kommt von Rarität, Seltenheit, Wenigkeit. Die robusten Mutationen der Natur ermutigen die Entwicklung der Arten und führen die vielen zu dem alleinig Einen. Ah! Des Gehirns alte Bettlerschale! Vielleicht waren die ersten

Fische wasserlöslich und konnten der reibenden Flut nicht widerstehen, aber allmählich, durch Willenskraft und Neugierde, lernten sie zu überleben. Und die Elefanten trieben wie bescheidene Raumschiffe dahin, ohne den Boden zu berühren...»

«Dann kam der Mann. Die Frau bläst den Mann wie gesponnenes Glas aus ihrem Schoß. Der Mann ist der Schwächere der beiden, sie schreibt seine Bücher, obwohl er sie ausführt. Dennoch ist sein Sperma ihr allerhöchstes Beweisstück; wenn die Qualität nachläßt, erkrankt sie an Unterernährung und Seelenhunger, eine Art Vampirismus ergreift sie. Das Paar, das Fundament des Verstehens, ist in Gefahr. Und kompromittiert ist die sexuelle Bindung, die mit der Einsicht kommt.»

«Der heilige Augustinus hatte in gewisser Weise recht damit, Briefe an seinen Punchingball zu schreiben und den Heiligen Geist zu verhöhnen. Er hatte recht – diejenigen, die sprechen, wissen nichts, diejenigen, die wissen, können nicht sprechen... Die logische Folge ist, daß diejenigen, die verdammt nichts wissen, verdammt nichts sagen können, jedoch heutzutage den größten Lärm machen.»

An diesem Punkt stürmte Lord Galen herein, klatschte in die Hände und sagte: «Für heute genug der höheren Gedanken, Aubrey. Das Mittagessen steht auf dem Tisch, es gibt selbstgesammelte Pilze.»

DREI

DER PRINZ KOMMT AN

Galen bat sie so herzzerbrechend inständig, ihre Abfahrt zu verschieben, daß Constance aus schierem Mitleid beschloß, bis zur Ankunft des Prinzen zu bleiben, der dann schließlich auch eintraf, in Begleitung von Felix Chatto in seiner neuesten Version als Weltmann, ja sogar als Jungbotschafter in spe, der darauf wartete, daß seine südamerikanische Republik sozusagen reif wurde. Der Prinz war übelster Laune wegen des jüngsten Zusammenstoßes mit den Briten, die fünfundzwanzig Mitglieder der Geheimen Brüderschaft festgenommen hatten, weil sie angeblich politisch tätig und infolgedessen umstürzlerisch gesinnt seien. Aber sonst war er entzückt, Constance wiederzusehen, und umarmte sie zärtlich mit Tränen in den Augen. Er hatte die Prinzessin in Kairo zurückgelassen – die Engländer würden ihr nichts tun, erklärte er, da sie sich immer neutral verhalten habe. Abgesehen davon war sie eine Busenfreundin des gegenwärtigen Botschafters, und wie üblich lagen sich die Botschaft und die Armee in den Haaren; der widerwärtige Geheimdienst-Brigadegeneral hatte die Verfolgungen in Gang gesetzt. «Er und ein greulicher kleiner Mann namens Telford, der in Friedenszeiten ein Markör war und sich jetzt bei der Armee beliebt zu machen versucht, indem er falsche Informationen liefert. Er spricht kein Wort Arabisch oder Griechisch. Und er stammt aus Barnsley. Ich bitte Sie, aus *Barnsley*!» Er zischte förmlich vor Verachtung. «Wie soll ich in Zukunft meine Briten lieben, wenn sie zulassen, daß solch scheußliche Leute uns verfolgen?» Er küßte mehrfach ihre Hand, und sie wußte, daß er an Affad dachte, obwohl er ihn nicht erwähnte. Statt dessen sagte er: «Und der Junge?»

Der Junge hatte sich gut eingelebt und auf dem Bauernhof gleichaltrige Freunde gefunden. Bei dem Bauern und seiner Frau war er sogleich Kind im Hause und immer willkommen. Und was sonst als ein Bauernhof mit seinen Tieren konnte ein Kind so in helle Begeisterung versetzen? Aber er hatte sich auf eine seltsame Weise auch eng an Blanford angeschlossen, er zog seine Gesellschaft deutlich der der anderen vor. Oft, wenn Aubrey sich hinlegte – gezwungenermaßen eine Siesta machte oder wegen seines Rückens eine Ruhepause einschob –, erschien der Junge und bat ihn, ihm vorzulesen. Oder er wollte irgendein Spiel spielen oder Backgammon lernen. Blanford war davon tief gerührt und willigte stets sofort ein. Es war, als hätte Constance ihn um diese kleinen Gefallen gebeten. Er liebte den Jungen mit dieser übertragenen Liebe, den Rivalen Sylvies sozusagen. Er fragte sich, wie es wohl wäre, selbst ein Kind zu haben – er vermutete, daß es im Leben wohl keine seltsamere und einzigartigere Erfahrung gebe, als ein anderes menschliches Wesen zu schaffen. Einmal sagte der Junge: «Sie werden bei uns bleiben, nicht wahr?» Er war erstaunt, denn er nahm an, daß das Kind einige ihrer Unterhaltungen, ihre zweifelnden und zaudernden Äußerungen belauscht hatte. «Möchtest du das?» fragte er und fühlte sich über alle Maßen geschmeichelt und ergriffen. Der Junge nickte feierlich. «Sie spielen so nett mit mir», verkündete er, «und Sie erklären mir immer alles!» Eine unverständliche Scheu hielt ihn davor zurück, Constance von diesem Gespräch zu berichten. Aber es fiel ihr selbst auf – kleine Beweise von Zuneigung und Vertrauen kennzeichneten die Beziehung: Wenn sie zum Beispiel im

Hof spazierengingen, ergriff der Junge unbewußt Blanfords Hand, oder er wechselte den Schritt, um im Gleichschritt mit ihm zu gehen. Andrerseits machten Sylvies Umarmungen, die recht überschwenglich waren, das Kind leicht nervös – es versuchte, sich frei zu machen. Es war eine seltsame Polarität innerster Gefühle, die aber auf eine Art von Unterscheidungsvermögen und Einsicht zu beruhen schien, denn als Felix Chatto ankam, wurde er von dem Jungen sofort von gleich zu gleich akzeptiert, ganz spontan. Über Felix war Blanford nicht erstaunt – er hatte sich zu einem äußerst charmanten menschlichen Wesen entwickelt. Ein wenig beruflicher Erfolg und das Eindringen in die Gesellschaft, wo er die Gunst der Frauen erwerben und somit Ansehen und Selbstsicherheit gewinnen konnte, waren ihm gut bekommen, und er hatte seine Zeit nicht vergeudet. Sein Gesichtskreis hatte sich mit seinem neugewonnenen Charme erweitert; sogar sein Äußeres hatte sich verändert und verbessert. Er war schlank und braun gebrannt, und er hatte viel Sinn für Ironie, wie es sich für einen Diplomaten gehört, der immer in der Gefahr ist, durch Protokoll und Übervorsicht zu verdummen. Ein trockener Humor strich seine scheue, sich selbst nicht zu ernst nehmende Art aufs vorteilhafteste heraus. Aber am allerwichtigsten war, daß er es fertiggebracht hatte, sich auf gleichen Fuß mit Lord Galen zu stellen; der Schatten des großen Manns schüchterte ihn nicht mehr ein und drückte ihn nicht mehr nieder. Er konnte sich jetzt behaupten und seine Meinungen vertreten. Ja, ihre Positionen hatten sich umgekehrt, denn nun war Lord Galen *ihm* gegenüber gehemmt und unsicher und hatte in letzter Zeit angefangen, *ihn* nach seinen Ansichten zu fragen. Er hatte ihn sogar dazu aufgefordert, sich über die Investitionen in die Suche nach dem Tempelritter-Schatz zu äußern – lohnte es sich, sie fortzuführen, oder sollte sie als verfehlt abgebrochen werden? Die bevorstehende Debatte darüber, ob das ganze Unternehmen denn vernünftig sei, hing vor allem von seiner Meinung ab. Nun war es an der Zeit, gegenüber den Älteren den Spieß umzudrehen. All dies versetzte ihn in gute Laune und half ihm, des Prinzen gedrückte Stimmung mit Gleichmut zu ertragen. Aber es war offensichtlich, daß er wegen dieser sogenannten Investition mehr Zweifel denn Hoffnungen hegte, trotz der verblüffenden Tatsachen, die dank Quatrefages Templer-Wandkarte ans Licht gekommen waren, und obwohl es Lord Galen widerstrebte, alle Hoffnungen, den Schatz in der Krypta irgendeines alten Schlosses doch noch zu entdecken, fahrenzulassen. «Es wird mir leid tun, daß ich der Spielverderber bin», sagte er zu Blanford, «aber nüchterne Überlegungen sind nun einmal nüchterne Überlegungen, zumal wenn es um Finanzen geht.»

«Wieder diese Finanzen!» rief Sutcliffe später am Abend aus. «Aber hat Felix Ihnen von seinem chinesischen Auftrag erzählt? Er sollte sie beraten, wie sie ihren Staatshaushalt ausgleichen können. Galen hat ihn von Genf aus hingeschickt, nicht wahr?» Blanford schüttelte den Kopf. Sutcliffe, von seiner eigenen Aufregung übermannt, schlug sich mit den Fäusten gegen die Schläfen (jedoch sanft) und sagte: «Gut, dann erzähle ich es. Meine Güte, was für ein Abenteuer für Felix!

Als er ankam, fand er sie alle voll schwärmerischer Begeisterung für den Zen-Buddhismus – ausgerechnet! Ja, ich weiß, ich weiß. Im marxistischen Finanzministerium hatten sie von so etwas noch nie gehört. Aber sie arbeiteten mit einem amerikanischen Berater zusammen namens O'Schwartz (das auch noch!), und der hatte ihnen gesagt, daß Chinas einzige Zukunft im Tourismus läge. Sie müßten für die Unterbringung sorgen, und dann würde er, O'Schwartz (er sagte, er stamme aus einer alten irischen Familie, Madison Avenue irisch), die Touristen herbeischaffen. Ganz Amerika würde sich darum reißen, China zu besuchen, aber sie brauchten nicht nur Unterkünfte, sondern auch Tennis- und Golfplätze, Wasserskimöglichkeiten und Zen-Buddhismus. Sie blickten ihn verwirrt an und fragten, was zum Teufel das nun wieder sei. Sie hatten nie davon gehört. Nun, O'Schwartz sagte ihnen, daß jeder wüßte, was es sei, irgendwas Religiöses, das aber nicht anstrenge. Und es bringe Geld, denn die Rothschilds seien groß eingestiegen, und im Club Mediterranée bekomme man es gratis zu jeder Tüte Kartoffelchips dazu. Well, der amerikanische Tourist verlange eben das Beste vom Besten, und wenn Zen nicht mit auf der Speisekarte stehe, fühle er sich betrogen. Sie machten sich gehorsam an die Arbeit und fanden einen Professor, der von der Sache gehört hatte. Er berichtete ihnen von der epochemachenden Ankunft des Bodhidharma aus Indien. Dort war er der achtundzwanzigste Patriarch gewesen, nun sollte er der erste in China werden. Sie lauschten ihm ganz verwirrt, als er die lange Inkubationszeit in der Höhle beschrieb, wo der Weise viele Jahre lang eine kahle Wand angestarrt hatte, bis der König ihn fragte, was er durch diese Übung gewinne, nur um zur Antwort zu erhalten: ‹Gar nichts, Euer Majestät!› Das brachte die Chinesen vollends durcheinander, aber O'Schwartz ließ nicht locker, und so wandten sie sich an Felix und ließen sich von ihm bestätigen, daß die amerikanischen Touristen sich wohler fühlten, wenn sie zum Beispiel die Original-Höhle oder die Original-Wand besichtigen könnten. Sie hatten Späher ausgeschickt, die versuchen sollten, die Original-Höhle ausfindig zu machen, von der die Lehre des Zazen ausgegangen war. Während sie auf Nachricht warteten, wandten sie sich den gewaltigen Problemen zu, die die anderen Forderungen an sie stellten: die großen Hotels, die Badestrände, Tagesausflüge, Einkaufszentren. Schließlich kam die Nachricht, daß eine Höhle – vielleicht die Original-Höhle, vielleicht nicht – gefunden worden sei und inspiziert werden könne. Aber sie lag weit entfernt und würde eine lange Reise mit dem Zug, dem Jeep und schließlich einem Maultier notwendig machen. Der alte Weise hatte sich nie auf Halbheiten eingelassen. Sie lag fernab, diese Höhle. Felix war voller Zweifel, aber O'Schwartz beharrte auf seinem Standpunkt. Man müsse im Hinblick auf die zukünftigen Touristen alle Mühen auf sich nehmen. Um dem Ministerium Gerechtigkeit widerfahren zu lassen, muß gesagt werden, daß es nicht auf der *Original*-Höhle bestanden hatte – es war der unnachgiebige amerikanische Berater, der sich auf keinen Kompromiß einließ. Jede beliebige Wand, irgendeine Höhle würde den Zweck auch erfüllen, dachte das Ministerium. Aber auf Drängen von O'Schwartz übernahm der Professor die Führung, und sie machten sich auf die lange Reise den Fluß entlang und durch dichte Dschungel zu dem Grundstein des Gebäudes des alten Weisen. Ein wildes Land, fürwahr, voller Bergpanther von schöner elfenbeinfarbener Tönung, aber sie wurden ihrer nur selten ansichtig, denn sie waren scheu und hatten ein schlechtes Gewissen. Dieses Tier liebt Hundefleisch, so wie Menschen Geflügelfleisch lieben. Zuerst errieten sie ihre unsichtbare Gegenwart, weil ihre Hunde einer nach dem anderen verschwanden, und zwar lautlos, fast ohne ein Bellen oder Jaulen. Sie lösten sich in Unsichtbarkeit auf, als hätte eine unbekannte Hand sie ausgesiebt. Es war unheimlich – sie verschwanden wie Schwimmer, die ein Hai verschlingt. Ein- oder zweimal erhaschten sie einen Blick auf diese begünstigten, großartigen Geschöpfe, die einem alten Stich oder einer lavierten Zeichnung der mittleren Periode entsprungen zu sein schienen. Des Nachts scharten sie sich eng um das Feuer, das anzuzünden sie in der Wildnis gezwungen waren, um die Panther fernzuhalten. Sie schliefen schlecht inmitten ihrer zusammengekauerten Hunde. Es war ein unwirtliches Land ohne Städte, ohne Gasthöfe. Endlich erreichten sie die Höhle.

Der alte Gelehrte, der die Gruppe anführte, war ein weitschweifiger alter Mann, dessen Erklärungen verschwommen waren und dessen Wissen große Lücken hatte. Glücklicherweise wußte Felix ein wenig Bescheid und O'Schwartz ebenfalls. Und was Bodhidharma betraf, so war das einzig vorhandene Porträt zu spät, um nach dem Leben gemalt zu sein. Die Augen des Weisen schielen vor Überanstrengung. Diplopie vermittelt den Eindruck des pinealen Auges, des Dritten Auges in voller Blüte. Das einzige Porträt zeigt den zarten Clown mit gemalten, dem Gesicht aufgesetzten Tränen, fixiert wie die geblähten Nüstern eines gemalten Schaukelpferds, das sich aufbäumt zu den Winden des Himmels. Als der arme, kleine, wissensdurstige König den alten Bod fragte, was ihm die vierzig Jahre wortlosen Wand-Beschauens eingebracht hätten, gab der große Mann eine eher unwirsche Antwort. ‹Vergiß es, Kumpel›, sagte er oder irgend etwas Dementsprechendes. Und in der Tat gab es nichts, was man über die Erfahrung, die er gemacht hatte, hätte aussagen können. Entweder fiel der Groschen, oder er fiel nicht; über ein so privates Erahnen der Wahrheit ließ sich nichts sagen. Der König seufzte. (War das Gedächtnis denn so zäh? Der Schlüssel für die alltäglichen menschlichen Probleme war immer der gleiche: Stress, Ärger und Wut. Das schmutzige und mollige Selbst war noch immer der Mittelpunkt des Bildes.)

Zazen, wie er es getauft hatte, war das schreckliche und absolute Verfahren, das ihm einen Durchbruch in andere Register des Bewußtseins ermöglichte – das unbegrenzte Gebiet oder Feld, wo die Ganzheit des Bewußtseins frei schwebte, losgelöst und beschwingt. Die Höhle, die sie gefunden hatten, war groß und still, ihre Wände glichen großartigen natürlichen Fresken aus blutrotem Stein – verschlungen und verflochten, so daß man fast vermeinte, ein Werk von Menschenhand zu sehen. Es war aber nicht hier, wo der Weise sich niedergelassen hatte, denn diese *graffiti* hätten ihn an weltliche Dinge erinnern können, und es war ihm nicht gestattet, Assoziationen oder gar Erinnerungen zu haben. Seine geläuterte Sicht auf das Erhabene war von totaler Voraussetzungslosigkeit! Er sah, flüchtig, das ‹Es-Sein› der Dinge, der ganzen Natur, wenn man so will. Er rupfte diese feste Wand aus Stein, wie man eine Gans rupft oder wie ein Pflücker Früchte oder Moos pflückt, abwesend anwesend, die ganze Zeit über. In dieser Art von Wirklichkeit gab es kein Deshalb. Körperlos, knochenlos, lautlos und sinnlos – sie war reich an Informationen für seine ausgedörrte Intuition. Die Wirklichkeit jetzt war süß wie eine Pflaume, romantisch wie ein Hochzeitskuchen zwischen diesen neolithischen Adern des großartigen Steins, die er zugunsten eines öden, farblosen Streifens der Höhlenwand verworfen hatte. Ein entfernter Winkel, der nicht mit lauter Stimme sprach, der sein Gewicht wert war in … Das gewaltige Gefieder des Nichtseins – indem er darauf starrte, wurde ihm der ganze Reichtum seiner innersten Mitgift bewußt. Jeder Sesam öffnete sich – es gehörte nur ein geistiger Trick dazu, die Blende vor dem Spiegel der Wahrheit zurückzuschieben! Der für ihn so alltägliche Ort war zweifellos erst durch die krasse Zudringlichkeit der Horde geheiligt worden. Touristen mußten schon früher gekommen sein. Sie besichtigten Knochen, bis die sich in Staub auflösten. Mit befeuchtetem Finger leckten sie dann an seinem Staub, oder seinem angeblichen Staub. Jetzt war nur noch die Höhlenwand für ein oder zwei Jahrhunderte zu besichtigen übrig – Befehl des Ministeriums. Aber ‹Ist sonst *wirklich* nichts mehr zu sehen?› fragen sie den Führer. Vielleicht könnte man die Wand röntgen und einen Blick auf die Schätze in ihr werfen? Nein, seit damals hat der Mensch mit ständig wachsender Bestürzung über diesen Stromausfall in der Zentral-Sicht gelebt. Die Reisebüros können nicht mehr tun, als zu wiederholen, daß sie in gutem Glauben handeln. Es ist nicht die Original-Wand – es stellte sich heraus, daß sie zu weit entfernt lag, und so einigte man sich auf eine Höhle, die für die Touristen leichter erreichbar war. Aber das Original – Felix war sich der Wichtigkeit der Erfahrung, die O'Schwartz ihm vermittelt hatte, wohl bewußt und war dementsprechend dankbar. Er stand im Schweigen der Höhle und zählte das goldene Register seiner zögernden Herzschläge. Auch konnte er nicht verhindern, daß er in Zitaten dachte – Platos mystische Höhle mit ihren Schatten ragte in seinem Gedächtnis auf. Platos Höhle war die ungeläuterte Höhle des menschlichen Bewußtseins. Der Sonderangebotskeller der Seele, den der alte B. in einen Ramschladen verwandelt hatte! *Fecit!* Nur mit seinen Augäpfeln als Sonden entleerte er die Inhalte der kahlen Wand durch eine unablässige Aufmerksamkeit auf ihre konzentrierte Schönheit. Mit der Ur-Schau rupfte er eine kahle Wand – eine Wand so vollgesogen mit Musik wie irgendeine fleischliche Pflaume. Daher hatte der alte Knabe sein fatales ZA – sein *do-re-mi-fa-sol!* Mit was er belohnt wurde, war etwas, das nicht in Schweigen zerschmelzen, noch im Wind sich kräuseln, noch von Störenfrieden bejammert, noch von Clowns beansprucht werden kann. In alldem hörten alle Polaritäten auf. Niemals konnte es desavouiert werden durch falsche Liebe.

In dieser einen Höhlenwand sah er einen Spiegel, der das ganze wiederzugewinnende innere Chaos des Menschen reflektierte. Er machte sich die Energie, die sie abgab, nutzbar in dem vollen Bewußtsein, daß eines Tages aus lokaler Bekanntheit Weltruhm werden würde; dennoch konnte die Misere des menschlichen Glücks nicht verändert werden, indem man einfach die Metapher für das Begehren änderte. Die wirkliche Erbsünde des Affekts lag in dem Versuch, dem Vergänglichen Dauer zu verleihen. Wasser, das Symbol der Alten für Reinheit, steht ab,

71

wenn es sich nicht bewegt, sich nicht regt. Dies war des alten B.s einfaches ZA gewesen! Er hatte einer alten Spontaneität nachgespürt, die einstmals angeboren, nicht einstudiert gewesen war. Er hatte sich danach gesehnt, noch einmal und diesmal für immer in der vollkommenen Unbekümmertheit des Seins zu weilen! Dies war ihm gelungen mit dem blanken Dolch seiner menschlichen Sonde – seinen Augäpfeln. Das alte TU QUOQUE war der Ruhe und dem Schweigen gewichen. Wie er zu dem König gesagt hatte: ‹Ahmen Sie die Pflanzen in ihrer Wehrlosigkeit nach. Wenn Sie ein Kind der Liebe sind, ist es gleichgültig, ob Ihr Vater nur ein Stallknecht war. Die Kunst des Fischens besteht darin, den Fisch nie wissen zu lassen, daß Sie ihn lieben! Um das Vergnügen zu erhöhen, verstärken Sie den Schmerz. Die höchste Wollust liegt im Unterdrükken des Hungers.› Was für wundervolle Einsichten entstehen aus Entbehrung! Was für ein wunderbares Gesprächsthema war das Schweigen! (Der König war in Tränen ausgebrochen. Er hatte sich *so* große Mühe gegeben, und hier war er nun und wußte weder ein noch aus!) Alle diese Aphorismen, Früchte der Einsicht! Es zeugte von so schlechtem Geschmack – alles in allem viel zu literarisch. Die sanfte Umkehrung des Wirklichen verursacht bei den Starrsinnigen ein gesundes Schwindelgefühl. Die Haarnadelkurve biegt, wo der Tod siegt. Das geheime Gefieder des Felsens sagte ihm, was er wissen mußte. Er staunte über die Weisheit seines triumphierenden ZA! Es gab keinen geschriebenen Text, keinen Code für diese Leidenschaft. Ein Ausrutschen der Feder in den Hundstagen der Liebe – er wußte jetzt, wie man wachsam im Schweigen und ganz ohne Kummer sein konnte. Die Quellen der Kultur waren jetzt augenscheinlich. Der Ursprung aller Dramen war Inzest! Die Rolle des Arztes war es, unsere Kindheit von Wünschen zu entleeren.

Dort saß er, der alte Kristallkugelreiber, und putzte ru-

hig an seinem milden Pamphlet herum und
Menschheit dazu heraus, Herausforderungen zu

Des trockenen Kopisten knappes Wort für mü
liches Verlangen, vier Buchstaben, der erste ein L. Lu
Leib? List? Leid? Lieb? Die Auswahl ist extensiv und
doch intensiv. Das ganze Erlebnis, die seltsame Reise, die
Höhle, die närrischen Vorschläge der Marxisten, übten
eine seltsame Wirkung auf Felix aus; er fühlte sich irgendwie von Grund auf verändert, aber hätte nicht genau
sagen können, wie. Und ausnahmsweise war er nicht gewillt, über das Erlebnis zu reden, ausgenommen, um sich
über dessen bizarre Seite lustig zu machen: der Gedanke,
daß Amerikaner mit ihren Fotoapparaten durch dieses
Feld trapsen würden... O'Schwartz hatte sich sogar ausgedacht, wie sie eine Urkunde über eine religiöse Initia-
tion in das Dharma erwerben konnten – er hatte einen
kalifornischen Mönch bestochen, der ihm bei diesem
Projekt helfen sollte. Der Tourist konnte etwas vorweisen, wenn er wieder nach Hause kam – nicht nur Fotos.
Eine Urkunde!

Etwas zum Vorweisen! Ein Zeugnis für höhere Trägheit! Felix beschrieb Galen sein ganzes geistiges Abenteuer, er hörte mit einem Ausdruck gequälter Verwirrung
zu. Es war offensichtlich, daß die Chancen für spekulative
Investitionen bei den Schlitzaugen gering und recht unsicher waren – und überdies bei Schlitzaugen zur linken
Hand, die eine Gehirnwäsche hinter sich hatten! Dennoch... mit dem Tourismus hatten sie vermutlich recht,
wenn erst mal die Verkehrswege wieder geöffnet und die
Kriegsschäden beseitigt worden waren. «Was meint der
Prinz?» fragte er klagend, und Felix antwortete: «Er ist
schlecht gelaunt und hat erklärt, er würde keinen Penny in
ein chinesisches Projekt stecken. Andrerseits möchte er
den Plan mit dem Templerschatz nur ungern aufgeben. Er
glaubt noch immer, daß Grund zur Hoffnung auf einen

Durchbruch besteht und der Schatz gefunden wird. Ich persönlich...» Sein Achselzucken war höchst ausdrucksvoll. Aber mittlerweile war der Prinz leise ins Zimmer gekommen und hatte das Zwiegespräch mit angehört. «Es ist nicht ganz mein Standpunkt», sagte er reichlich verdrossen, «aber Sie dürfen nicht vergessen, daß ich aus einem Land komme, wo die Basare mit lügenden Wahrsagern überfüllt sind. Ich habe einen von ihnen im großen Basar in Kairo befragt, mitten in der Nacht bei dem gespenstischen Licht einer dieser großen, zischenden Acetylenlampen, bei deren Schein jeder totenbleich und blutleer wirkt! Abgesehen davon sprangen – wie Aubrey sagen würde – ganze ‹Wirbel› von Kindern wie die Flöhe herum. Nun, dieser alte Mann sprach mit großer Bestimmtheit über das ganze Unternehmen. Er sagte mir, ich hätte mich auf eine Schatzsuche eingelassen, aber mir seien allmählich Zweifel gekommen, und ich fragte mich, ob ich die Hoffnung nicht aufgeben sollte. Aber er sagte, ich sollte mindestens noch sechs Monate durchhalten. Er könnte mir zwar nicht sagen, ob der Schatz tatsächlich noch existiere, da er zu weit von dem Ort entfernt sei, aber er schlug vor, daß ich jemanden an Ort und Stelle befragen solle. Deshalb habe ich mich beeilt und meine Ankunft für Mai geplant.»

«Warum gerade im Mai?» fragte Galen und erhielt die lakonische Antwort: «Das Zigeunerfest endet im Mai, erinnern Sie sich?» Galen erinnerte sich nicht, aber gab vor, es zu tun. Felix nickte und nannte die genaue Örtlichkeit und das genaue Datum: Les Saintes Maries de la Mer! «Ich werde unsere Zukunft noch einmal von einem Zigeuner voraussagen lassen», sagte der Prinz, «und dann werden wir sehen, ob wir das Projekt weiter verfolgen oder fallenlassen.»

«Wahrsagen?» fragte Galen reichlich unglücklich. «Es ist nicht sehr *verläßlich*, nicht wahr? Ich meine, sich aus der Hand lesen lassen und so?» Der Prinz nickte zustimmend. «Nichtsdestoweniger», sagte er mit Bestimmtheit, «ist das ganze Unternehmen so fragwürdig, daß ein kleiner Wahrsager auch keinen Unterschied mehr macht. Ich habe nicht vor, den Rat der *Financial Times* in den Wind zu schlagen. Aber der Wahrsager in Kairo hat mir gesagt, daß ich einen Partner hätte, der zu vorsichtig sei und der zuviel von Mäßigung halte. Er hat gesagt, daß ich ihn ermutigen müsse, mehr zu riskieren. Was halten Sie davon?»

Galen warf ihm einen seiner verletzten Blicke zu. «Nichts halte ich davon!» sagte er vorwurfsvoll. «Nach allem, was wir durchgemacht haben! Und was lügende Wahrsager angeht, so haben wir mit dem geheimniskrämerischen, jungen Quatrefages bereits unseren Teil abbekommen. Und wir wissen noch immer nicht, woran wir sind!»

Mit den Zigeunern behielt der Prinz jedenfalls recht, denn ihr langsames, stetiges Einsickern in die Provinz hatte bereits begonnen – ein gemächliches Vordringen nach Avignon und dann weiter in die Camargue. Dahinter stand vermutlich ein wohlerwogener Plan, um die Landbevölkerung nicht durch eine zu gewaltige Zusammenrottung von Zigeunern zu erschrecken – obwohl es vorkam, daß in einigen kleineren Dörfern die Kirchenglocken geläutet wurden und die Hausfrauen riefen: «Die Zigeuner kommen!» Es war das Signal, die Kornspeicher oder Scheunen zu verriegeln und zu verrammeln, die Wäsche von der Leine zu nehmen und von den Fenstersimsen zum Alltag gehörende Dinge wie Töpfe mit Basilikum und wilder Minze zu entfernen, da die Zigeuner für ihre leichtfingrigen Taktiken und sorglose Frechheit gegenüber den Schüchternen und Gesetzestreuen nur zu wohl bekannt waren. Sie belagerten die kleinen Städte des Midi so gerissen wie Freibeuter – und genau das waren sie auch. Die Frauen verkauften Körbe oder gaben an der Haustür vor, die Messer zu schleifen, aber da mußte man die Augen offenhalten, denn während eine dunkelhäutige Schöne mit den Messern hantierte, schlüpfte die andere ins Haus und stahl. Aber sie waren hübsch und unverschämt und bunt gekleidet wie Paradiesvögel, so daß man hin und her gerissen war zwischen Angst und Bewunderung, während die Schönheit der Frauen den Saft in den Adern der Männer in Wallung brachte. Sie hatten auch nichts gegen einen schnellen Liebeshandel in einer Scheune oder im Wald – Grund genug, daß die Ehefrauen Angst bekamen, wenn der Ruf erscholl: Sie sind da. *Aber sie schienen sich nichts daraus zu machen!* Das traf eine abgearbeitete Hausfrau wie ein Messerstich ins Herz! Mit ihrer dunklen Haut und ihren glühenden Augen schienen sie alle Gefahren und alle Freuden einer absoluten Freiheit auszudrücken. Und obwohl sie in alle Himmelsrichtungen verstreut waren, gab es doch dieses eine Fest, zu dem sie alle zusammenkamen. Es fand zu Ehren ihrer Schutzpatronin, der dunkelhäutigen Sara, statt, deren Grotten sich in der Krypta der kleinen Kirche von Saintes Maries de la Mer befanden, in dem berühmten Dorf am Meer, wohin sich ihrer aller Schritte jetzt lenkten. Aber zuerst einmal überschwemmten sie Avignon und verursachten bei den Kaufleuten und Bürgern ein aufgeregtes Herzflattern. Auf dem Hauptplatz gelang es einem Zigeunergeiger, einige junge Paare so weit zu entflammen, daß sie nach seiner Musik tanzten – er war nordischer Herkunft und klang wie ein Ungar, oder vielmehr seine Musik klang so. Nach und nach kamen ihre verschiedenen Truppen zusammen, um die Ankunft ihrer Königin-Mutter zu erwarten, die noch irgendwo unterwegs war.

Ohne sie gab es keine *fête* für die Mondleute – denn die Zigeuner sind ein Lunarvolk. Und so vertrieben sie sich die Zeit bis zu ihrer Ankunft, indem sie die Zukunft aus der Hand, aus Teeblättern und dem Kaffeesatz lasen.

Allmählich wurde sich auch die Stadt ihrer aufregenden

und ärgerlichen Gegenwart bewußt, und die unvermeidbare Reaktion setzte ein in Form von erhöhter Polizeibewachung, kleineren Schikanen und Verfolgungen auf Zeltplätzen und in städtischen Anlagen oder wo sonst ein Wagen oder ein Zelt auftauchte. In früheren Zeiten – doch noch gar nicht so lange her – hätte man sie verhaftet, eingesperrt oder sie an Straßenkreuzungen ausgepeitscht für Übertretung der Gesetze, Diebereien oder unerlaubtes Betreten von Privatgrundstücken. Heutzutage waren sie nur noch den milderen Abarten der ehemaligen rabiaten Verfolgung ausgesetzt; man wollte sie loswerden, wollte sie zwingen, weiterzuziehen. Härtere Maßnahmen waren nicht notwendig, da jedermann wußte, daß ihr Ziel nicht Avignon war, sondern Les Saintes, und daß sie sich bald ruhig davonmachen würden in Richtung auf die Ebenen der Camargue. Die Stadt war nur eine Zwischenstation auf dem großen Marsch nach Süden. Aber man erhielt einen interessanten Einblick in die Organisation dieser geheimnisvollen ethnischen Gruppe. «In einem Ihrer früheren Leben erfuhr ich einiges über sie von einem Mädchen namens Sabine», sagte Sutcliffe, als sie vor ihren Weingläsern auf der breiten Terrasse oberhalb des Olivenhains saßen. Blanford nickte: «Ich erinnere mich noch gut daran», sagte er, «und ich habe mich oft gefragt, was wohl aus ihr geworden ist. Man sagt, sie sei mit einem Zigeuner auf und davon.» Blanford lachte stillvergnügt in sich hinein. «Es galt als romantisch und war sehr in Mode, so etwas zu sagen oder gar zu tun, damals vor dem Krieg, meine ich.» Aber in diesem Fall war mehr daran gewesen. Sabine war nämlich erzählt worden, daß sie von der berühmten Zigeunerin Faa abstamme, die sich als eine der ersten das Recht erkämpft hatte, in Amerika einwandern zu dürfen. Sutcliffe schenkte sich nach und fuhr, in Erinnerungen schwelgend, fort: «In meinem von Wein verwirrten Sinn erinnere ich mich nicht nur an ihre Gunstbezeigungen, sie war übrigens erstaunlich zärtlich und verletzbar, sondern auch an ihre Gespräche. Ich hatte die Zigeuner immer für ein verfolgtes Volk gehalten, einfach deshalb, weil sie so ruhelos waren und sich in keine seßhafte Gemeinde eingliedern konnten. Aber die Legende von der langen Verfolgung – ich hatte nicht ganz begriffen, wie verhängnisvoll ihre Auswirkungen waren. Sie hatte sie geprägt und ihre Persönlichkeiten abgeschliffen, bis sie so hart waren wie ein Metallbarren. Sie können sich nicht mehr ändern.»

Der Prinz hörte mit größter Aufmerksamkeit diesen leicht betrunkenen Ausführungen zu. «Wie dem auch sei», sagte er, «in Ägypten gelten sie als verschlagene und windige Gesellen. Ihr englischer Name leitet sich anscheinend von *gypt* ab, was ‹uns› bedeutet. Wenn sie, wie Sie sagen, sich nicht ändern können, dann nur deshalb, weil sie selbst die Veränderung *sind*. Sie sind so veränderlich wie das Wasser und nehmen jede Gestalt an, bleiben sich aber immer gleich. Ach, ganz nebenbei, ich habe heute mit einem untergeordneten Beamten der *mairie* gesprochen, der sagte, wie erstaunlich es doch sei, daß so viele Stämme es fertigbringen, jedes Jahr nach Saintes zu kommen zum Fest der heiligen Sara. Sie kommen sogar aus Ländern hinter dem Eisernen Vorhang, wie Sie an ihren Wagen gesehen haben müssen. Seltsames Volk!»

Aber zweifellos sahen sie selbst *en masse* fast genauso seltsam aus, denn sie hatten für ihre Ausflüge einen kleinen roten Bus samt Chauffeur gemietet. Es war die Idee des Prinzen gewesen. Man hatte ihm erzählt, daß die sich langsam fortbewegenden Wohnwagen und die Pferde einen fast unerträglichen Verkehrsstau verursachten – ganz zu schweigen von den Staubfahnen, die der Zigeunerzug aufwirbelte und die ihm wie ein Waldbrand folgten. Ein Bus dagegen würde sie von den Verantwortungen der Landstraßen befreien, und sie blieben in einer Gruppe zusammen. Unnötig zu sagen, daß die Vorbereitungen für die Fahrt, die Picknickkörbe mit köstlichen Speisen und Wein eingeschlossen, jeden in beste Laune versetzten. Der Prinz hatte sich selbst übertroffen und getrüffelte Pastetchen herbeigezaubert, um die Gaumen der Pilger zu reizen – als solche betrachteten sie sich nämlich. Denn schließlich verfolgten sie ein bestimmtes Ziel, sie machten diesen Ausflug in der Absicht, die heilige Sara anzurufen und sie zu bitten, für sie den Ozean der Zukünftigkeit auszuloten. Dieses Reisen quasi als Gemeinde gestattete den redseligeren (oder schlicht betrunkeneren?) unter den Teilnehmern, sich in volltönenden Diskussionen über was immer für Themen gerade aufkamen zu ergehen. Besonders der Gedanke an die verschwundene Sabine rief weitere Erinnerungen an das überlieferte Sagen- und Märchengut der Zigeuner wach, mit denen der nostalgische Sutcliffe den ersten Teil der Reise belebte. Sie fuhren zuerst durch die blühenden Wiesen der Provence, die aber bald den traurigen flachen Ebenen der Camargue wichen – ein Land der Sümpfe, Flüßchen und Seen, wo es von Fliegen und Moskitos wimmelte und wo die robusten, einheimischen Bullen als Kokarden-Kämpfer für die provenzalischen Stierarenen gezüchtet wurden. Auch sahen sie häufig die für die Gegend typischen Cowboys, die *gardiens*, mit ihren breitkrempigen Sombreros und dem Dreizack, den sie wie ein Amtszepter trugen. Während die langgezogenen Wagenkolonnen sich staubaufwirbelnd über das Land zum Meer hinschlängelten, war äußerste Vorsicht geboten, denn die Zigeuner waren Langfinger und stahlen unerbittlich, während ihre Hunde die Bullen foppten und nach den Pferden schnappten – kleine, weiße, paläolitische Pferde, die die einheimischen Poeten immer mit Schaumkronen vergleichen, da sie über das Land dahinjagen wie die Wellen über das blaue Meer, das vor ihnen lag – die Krönung der Reise, die Kirche der heiligen Sara.

«Nach diesem Wein fühle ich mich wunderbar», sagte der unbarmherzige Doppelgänger Blanfords. «Ich neige manchmal dazu, ein wenig dröhnend zu reden; sollte ich es tun, bremsen Sie mich bitte mit einem Stirnrunzeln.»

«Wird gemacht. Und überhaupt finde ich die Zigeuner nicht so geheimnisvoll. Für mich sind sie einfach wild gewordene Juden ohne jeden Sinn für Geld.»

«Oje», sagte Lord Galen unglücklich, «jetzt werden Sie auch noch antisemitisch, ich sehe es kommen. Wechseln Sie bitte das Thema!» Sutcliffe schenkte ihm ein Glas Wein ein, das er leerte.

Und so reisten sie in einem angenehmen Zustand des Abgesondertseins und schlängelten sich, so gut sie konnten, an den dunkelhäutigen Kolonnen der ‹griechischen›, ‹ägyptischen›, ‹rumänischen› und ‹bulgarischen› Zigeuner vorbei; jeder Stamm hatte seine eigene charakteristische Musik und sein typisches Gewerbe – Korbflechten bei den ‹Franzosen›, Töpfe und Pfannen bei den ‹griechischen› Schmieden.

Einige der von Pferden gezogenen Wohnwagen waren bunt bemalt mit englischen oder sizilianischen Szenen. Am Wegrand waren kleine Zeltlager aufgebaut, wo die Kinder wie junge Katzen oder Hunde in dem bläulichen Staub herumlagen. Die Menschenflut strömte jedoch unaufhaltsam dem Meer zu, wo die kleine Kirche der Heiligen ihren schroffen Turm über den Strand emporreckte und jeden daran erinnerte, daß sie einstmals eine Festung gewesen war, ein Bollwerk gegen Piraten, die die Küste verheert hatten. Der Strand selbst hatte sich in ein einziges großes Zeltlager verwandelt, das aussah, als wäre es von dem großen Souk in Kairo gezeugt worden. Hier vermischten und zankten sich die verschiedenen Rassen; die verschiedenen Musiken wetteiferten miteinander – und mit dem Lärm der Wellen, die ohne Unterlaß am weißen Sand zerbarsten. «Von Messina bis zur Ostsee, von Rußland bis nach Spanien ist dieses Volk versklavt, gefoltert und oft getötet worden – ihr Leben galt nichts. Noch lange nach dem sechzehnten Jahrhundert hielt die Verfolgung an. Ja, zu jener Zeit wurde sogar jeder, der mit ihnen Umgang hatte oder ihnen beistand, als Schwerverbrecher angesehen und konnte ohne Schwurgericht zum Tode verurteilt werden.» Blanford holte diesen Informationsfetzen aus irgendeinem vergangenen Gespräch hervor, aus einem mit Sabine vielleicht? Ihr Name war ihm wieder ins Gedächtnis gekommen und umsummte ihn wie eine hartnäckige Fliege. Er fragte sich, was wohl aus ihr geworden war. Und natürlich, wie es immer der Fall ist, würde er sie in Bälde wiedersehen und alles herausfinden!

Und so kämpfte sich der kleine Bus durch die Staubwolken, bis der breite, von der geschwungenen Küste eingerahmte Strand in Sicht kam. Die Pferde und Wagen hatten vom Strand Besitz ergriffen unter den wachsamen Blicken der einheimischen Reiter, die jetzt zu einer Art von Schutzgeistern geworden waren und auf ihren kleinen, weißen Pferden zwischen den Zelten auf und ab patrouillierten. Ein großer Jahrmarkt entstand am Rande dieses Ereignisses, das mit einem Gottesdienst und einer Prozession enden würde, bei der die drei Marien auf ihren blumengeschmückten Schragen aufs Meer getragen wurden. Alle Beteiligten waren voller Inbrunst und vergossen Freudentränen, sie stürzten sich ins seichte Wasser, bis das Meer ihnen bis zur Brust reichte und die ganze Kavalkade auf dem Wasser dahinzutreiben schien, umringt von den Fischerbooten des kleinen Hafens, die ihnen zu Ehren beflaggt und geschmückt waren.

Ihr eigenes Ziel war ein Strandcafé, in dem sie einen schattigen Winkel der Terrasse unter einer riesigen grünen Markise reserviert hatten. Es sollte ihnen sozusagen als Hauptquartier dienen, von dem aus sie sich je nach Lust und Laune in das Jahrmarktsgetümmel stürzen konnten.

Hier packten sie ihre Picknickkörbe aus und stellten Teller und alles übrige Zubehör auf die langen Holztische – das Ganze hatte den Reiz eines Pfadfinder-Picknicks. Sie saßen beim Aperitif, als sich ihnen langsam und neugierig eine Zigeunerin näherte, so, als suche sie nach jemand Bestimmtem, der sich in ihrer Mitte befinden könnte. Ein noch unsicheres Vertrautsein schien in ihr beim Anblick von Blanfords Gesicht zu erwachen. Aber es war Sutcliffe, der sie als erster wiedererkannte und einen Ruf des Erstaunens ausstieß. «Sabine, Liebling!» rief er. «Endlich, nach so langer Zeit! Wir haben in unseren jeweiligen Büchern seit Ewigkeiten nach Ihnen gesucht! Wo waren Sie?» Die so angesprochene Frau war tatsächlich kaum wiederzuerkennen, verglichen mit der Sabine, die sie von früher in Erinnerung hatten.

Sie war stämmig, schmutzig und verrunzelt, ihre Kleider und ihr Schmuck waren von der billigsten Sorte. Ihr Haar war fast ergraut, und ihre ehemals wunderschönen Augen hatten unter ihrer Kurzsichtigkeit gelitten, die es ihr jetzt erschwerte, jene, die einst ihre Freunde und Bekannten gewesen waren, wiederzuerkennen. Als sie sie musterte, kam es ihnen so vor, als sähen sie sie von neuem, aber durch verschiedene Schleier der Wirklichkeit, verschiedene Lasuren von Farben. Natürlich hatte sie sich schon immer bewußt als Vagabundin aufgespielt wie so viele Universitätskinder ihrer Zeit. In jener fernen Zeit bewies man seine intellektuelle Unabhängigkeit, indem man sich nicht wusch. Aber Sabine hatte es weiter getrieben und war mit den Zigeunern verschwunden, was das Glück und den Seelenfrieden ihres Vaters, Lord Banquo, mehr oder minder zerstört hatte. Der Lord war ein alter Geschäftsfreund von Galen gewesen und hatte sogar den Prinzen gekannt. Als Sabine sich ihnen zu erkennen gab, fanden also verschiedene Arten des Wiedererkennens statt, und viele Fragen prasselten gleichzeitig über sie herein – über ihre Vergangenheit und ihren Vater. Lord Banquos *château* in der Provence war jetzt mit Brettern zugenagelt und unbewohnt, und es hatte anscheinend den ganzen Krieg über so gestanden. «Er ist tot», sagte sie mit ihrer rauhen, aber ruhigen Stimme – es war seltsam, diese dunkelhäutige Frau mit einem Cambridger Akzent sprechen zu hören. «Viele sagen natürlich, ich hätte ihn umgebracht, als ich auf die Landstraßen ging – nun ja, vielleicht haben sie recht. Aber mir blieb keine andere Wahl. Ich hätte ihm gerne alles zu Gefallen getan, und es gab nichts, womit ich meinen Entschluß hätte entschuldigen können. Ich habe mich sogar monatelang einer Freudschen Analyse unterworfen, um mir mein Ich erklären zu lassen, aber die Analyse hat mir nichts erklärt. Ich bin buchstäblich gegen meinen Willen zu diesem Entschluß gekommen und nicht etwa aus Liebe oder Leidenschaft wie in den Romanen. Es war, als entschließe man sich, nach Amerika auszuwandern oder in ein Kloster zu gehen. Es war wie eine Art Magnetismus. Ich war wie eine Schlafwandlerin und bin es immer noch. Ich würde dies gegen nichts in der Welt eintauschen.» Zu aller Überraschung stemmte sie die Hände in ihre feisten Hüften und lachte wie eine Polizeisirene. Wie sehr hat sie sich doch verändert, dachte Blanford, und plötzlich stieg das Gesicht Banquos aus seiner Erinnerung auf, der sie mit so viel Bewunderung, so viel Schmerz und Angst betrachtet hatte.

Sie setzte sich und neigte den Kopf zur Seite, als lausche sie ihren eigenen Worten, was sie tatsächlich tat. «Gott!» sagte sie. «Ich bin so begierig, englisch zu sprechen nach so langer Zeit. Und doch klingt es aus meinem Mund so seltsam. Ich dachte, ich hätte es vergessen nach all den Jahren des Küchen-Esperantos. Aubrey, sprechen Sie mit mir.» Und sie lächelte dieses neue schauerliche Lächeln voller blitzender goldener Zähne. Sie zog ihn freundschaftlich, fast flehentlich am Ärmel. Er sagte:

«Zuallererst will ich wissen, *warum*! Warum haben Sie es getan?»

Sie zündete sich einen Haschischzigarillo an und rauchte in kurzen, tiefen Zügen, hielt ihn jedoch nicht zwischen den Fingern, sondern in ihrer Handfläche wie eine Pfeife. «Ich habe es Ihnen doch schon gesagt», antwortete sie, «so wie ich es dem netten alten Freund gesagt habe, der Jagd auf meinen Ödipuskomplex gemacht hat. Mario, der Mann, zu dem ich ging, war viel älter als ich, und alle dachten, er sei ein Vaterersatz. Also wirklich!» Sie lachte wieder auf ihre neue, wilde und lustvolle Art und schlug sich mit der Hand auf den Schenkel. «Als ich aus Cambridge kam, war ich ein Nationalökonomie-Star und wollte in einer wissenschaftlichen Untersuchung haargenau aufzeigen, wie unsere Gesellschaftsordnung uns daran hindert, den perfekten, utopischen Staat zu schaffen – einen Staat, der so gerecht und unparteiisch ist, daß wir alle dieselbe Zahnbürste benutzen. Sie wissen doch, wie man als junger Mensch ist. Idealismus. Am Ende hatte ich alles auf den Grundgedanken der Unberührbaren in ihren verschiedenen Erscheinungsformen zurückgeführt. Mein Buch sollte die Unberührbarkeit an sich analysieren. Schließlich waren wir Juden ein guter Ausgangspunkt. Dann ging ich nach Indien und machte meine gräßlichen Erfahrungen mit dem Brahmanismus; und zu guter Letzt stieß ich unter anderen kleinen ethnischen Rätseln auf die Zigeuner. Zuerst in den Höhlen von Altamira und dann eines Tages in Avignon, als ich von einem grobschlächtigen Zigeuner auf dem Hauptplatz einen Korb kaufte. Am folgenden Tag, als ich denselben Platz überquerte, stand er noch immer da und erkannte mich. Er sagte: ‹Komm mit mir. Es ist wichtig. Unsere Mutter will mit dir sprechen. Sie sagt, sie hätte dich *wiedererkannt*.› Sie ist unsere Stammesmutter – *puri dai*, wie sie genannt wird. Unser Stamm ist ein Matriarchat. Die alte Frau nahm meine Hand und

84

sagte voraus, daß ich mich ihnen am Ende des Sommers anschließen und daß Mario mich schwängern würde – was er auch tat. Sie vergaß hinzuzufügen, daß er mich auch mit Syphilis anstecken würde! Aber verglichen mit den anderen Schicksalsprüfungen war das eine Kleinigkeit, und ich war immerhin so gut erzogen, daß ich mich behandeln ließ. Ich war fasziniert von der unleugbaren Tatsache, daß ich eine *Zigeunerin* war – die ganze europäische Kultur glitt von meinen Schultern wie ein Umhang. Mario war viel älter als ich, aber wie eine Eiche. Nach der ersten Nacht in seinem Zelt ging ich zu meinem Vater und sagte ihm, daß ich ihn verlassen würde.» An diesem Punkt ihrer Erzählung verriet ihre Stimme Schmerz. Blanford erinnerte sich an den schwierigen Sommer, als der alte Mann sich einschloß und alle Einladungen ablehnte. Wie hart Frauen doch sein können!

Die ruhige Sicherheit, mit der sie ihren Weg ging, gab ihrem Ausdruck etwas Unzerstörbares. «Wir waren mehrmals in Indien. All diese Gräßlichkeiten! Und in Spanien und Mitteleuropa. Meine Kinder starben an der Cholera. Wir äscherten sie ein und zogen weiter. Wir sprechen immer vom wirtschaftlichen Überleben, und ich bin eine ausgebildete Nationalökonomin, aber woher kommt es, dieses ethnische Rätsel? Sogar Freud wußte es nicht, wie ich herausfand. Aber die Zigeuner sind findig, sie müssen es sein, weil sie oft durch ein Land ziehen, das, wenn auch nicht direkt feindlich gesinnt, ihre Töpfe und Pfannen, ihre gewebten Teppiche, ihre Binsenkörbe, ihr Hufschmiedehandwerk oder ihr Messerschleifen nicht braucht. Was sollen sie dann tun, um zu essen? Mario gab mir die ökonomische Erklärung.» Hier brach sie in ein so helles Lachen aus, daß sich ihre Augen mit Tränen füllten. «Es war an vielen Orten unsere Haupteinnahmequelle. In den Annalen des amerikanischen Zirkus nennt man es die ‹Hund-und-Enten-Nummer›, und wir besitzen sogar ein vergilbtes Plakat, das wir an dem Zelt, wo die Vorstellung stattfindet, aufhängen.» – «Das muß ich sehen», sagte Sutcliffe, und sie sagte: «Sie werden es sehen, schon heute abend. Unsere Stars, unsere Hauptdarsteller heißen Hamlet und Leda, und wenn ich zusehe, wie sie sich paaren, denke ich zuweilen, daß sie die europäische Kultur repräsentieren – das Paar, das nicht zusammenpaßt, der Grundstein jeder Kultur. Was für ein Kind kann dabei herauskommen? Nun, so etwas wie wir!» Der Prinz war voller Begeisterung und Mitgefühl, ein Beweis, daß er begriff, was für eine ungewöhnliche Frau sie war. «Es berührt mich tief, was Sie sagen», rief er aus, wischte sich eine Träne fort, nahm ihre Hand und bedeckte sie mit Küssen. «Es erinnert mich lebhaft an Ägypten!» sagte er. «Mir läuft direkt eine Gänsehaut über den Rücken.» Und er erschauerte vor intellektueller Bewunderung über diese unheimliche Zigeunerin, die jetzt völlig ungezwungen war und durch Haschisch beruhigt und voller Freude darüber, daß sie alte Freunde wiedergefunden hatte, die gut hätten tot sein können nach einem so langen Krieg... Sie ertrug die Bewunderung des Prinzen mit Würde und zeigte so, daß sie gerührt war und sich freute, verstanden zu werden. Dennoch, wie seltsam klang ihr die englische Sprache, die aus ihrem Mund floß.

«Hamlet ist ein kleiner, scheinbar altersloser und unsterblicher Foxterrier, und Leda ist eine fette alte Gans, faul und durch und durch lüstern, wie alle Gänse. Sie liebt es, vom Hund besprungen zu werden, plustert billigend ihre Federn auf und schreit, während er, wie ein Hund oder ein Bankier sein Bestes tut. Mir wurde nach dem Tod meiner Kinder bewußt, daß die beiden im Grunde genommen unsere Kinder sind, unser eigener kleiner Beitrag zum Lauf der Dinge. Wie seltsam die Welt doch ist. Sogar Gott stirbt vor Langeweile – man nennt es Entropie!»

«Sagen Sie das nicht!» rief Lord Galen aus – für ihn eine ungewöhnliche Unterbrechung –, «sagen Sie das nicht, bitte. Sonst bleibt nichts, in das man investieren kann!» Und nun brachen die Glocken im Turm der Wehrkirche in ein bekümmertes Geläut aus, gleichsam als antworteten sie auf Lord Galens Bitte. Und Sabine lachte wieder und sagte: «Sie müssen jetzt gehen und Sara Ihre Ehrerbietung erweisen, denn bald beginnt die Prozession, und in der Menschenmenge können Sie sich dann nicht mehr rühren. Danach kommen Sie hierher zurück, und ich werde Ihnen jemanden besorgen, der Ihnen wahrsagt, aus der Hand liest, die Zukunft deutet, wie immer Sie es nennen wollen – jemand Zuverlässiges, vielleicht sogar unsere Mutter selbst, denn so viele von uns sind Betrüger, Gauner, Angeber. Auch Indien ist voll von Schwindlern und diebischen Swamis, wie Sie wohl wissen!»

Sutcliffe zitierte leise die volkstümlichen Verse, die sie sich nie genau merken konnten.

> Ein schleim'ger Swami zog an seinem Zipper,
> doch Mrs. Gilchrist gab ihm dann den Tripper.

«Nein, nein», sagte Blanford, «ich schwöre, daß meine Version die richtige ist. Ich wünschte, wir könnten es beweisen!» Und er zitierte die Zeilen mit einem anderen Text.

> Den Tripper, schwor er, gaben ihm die Feen.
> Doch Mrs. Gilchrist mußte dafür stehn.

Er fügte hinzu: «Auf diese Weise trug die britische Armee auch ihr Quentchen zur indischen Weisheit bei. Ich wollte die Biographie von Mrs. Gilchrist schreiben, die in Benares das erste vornehme Teestuben-Bordell eröffnete und Vorstadthupfdohlen aus Peckham als Personal importierte. Aber es gab nie genügend Material.»

Während sie noch sprachen, wendeten sie die Köpfe der

Hauptstraße zu, aus der plötzlich Musik hervorbrach und eine Flut, buchstäblich eine Flut von weißen, feurigen Rössern mit wehenden Mähnen, auf die sich die *gardiens* der Camargue schwangen, Sombreros auf dem Kopf, Dreizack in der Hand. Sie würden während des Zugs zum Meer die Eskorte der Heiligen bilden. Sie waren eher förmlich gekleidet, sie trugen die Galauniform ihres Berufs – prächtige Cordhosen mit schwarzen Biesen und blumengemusterte Hemden, dazu schwarze Samtjacken und kurze Stiefel. Es war eine Uniform, die zwei verschiedene Einflüsse zu einer harmonischen und aristokratischen Einheit verschmolz – Spanien und den Wilden Westen Amerikas. Bei ihrem Anblick brachen die zuvor zögernden Gitarren in wilde Leidenschaft aus, und die Luft pulsierte von der Wärme der Kastagnetten und dem Schwung der andalusischen Tänze, dem Wirbel der Röcke und dem Rascheln und Knattern der bunten Papierwimpel. Sie hatten gerade noch genug Zeit, Sara ihre Reverenz zu erweisen; später, nachdem sie es getan hatten, wunderten sie sich über ihren eigenen Mut, dieser dichten Masse von dunklen Gestalten die Stirn geboten, sich ihren Weg buchstäblich durchgeboxt zu haben.

Sutcliffe war sofort bereit, auf das Abenteuer zu verzichten, als er die Menschenmenge sah, die sich in den Schiffen der kleinen Kirche drängte. Die Wände waren mit allen nur erdenklichen *ex votos* geschmückt, die Schiffsuntergänge, Unfälle, Feuersbrünste, Erdbeben, Gewalttaten sowie auch Gottestaten, zerschmetterte Köpfe und Glieder, sterbende Kinder und ihre Eltern, gekenterte Boote und durch Unfälle getötete Pferde darstellten – ein ganzes Krankenhaus der Leiden, die die heilige Sara geheilt oder abgewendet hatte. Sie wartete jetzt in ihrem neuen vestalischen Gewand unten auf ihre Träger. Aber wie konnten sie zu ihr gelangen? Sie stand auf einem Tischgestell im fernsten Winkel einer niedrigen Krypta oder eines Kellers, wo der Mangel an Sauerstoff einem sofort die Luft nahm und die helle Lichtwelle von Hunderten von Kerzen flackerte und pulsierte – aber auch sie verbrauchten Sauerstoff. Trotzdem mußte man eine weitere Kerze anzünden und sie in den eisernen Leuchter stecken und eine Münze in den Opferstock gleich neben der Statue werfen. Das dumpfe Aufschlagen der Münzen in dem Holzkasten begleitete den langsamen, spukhaften Gesang und das Stöhnen der Menge, die sich zu der großartigen schwarzen Statue der Heiligen hinbewegte und wieder zurückwogte. Ja, sie ist schwarz, aber ihre Gesichtszüge sind rein europäisch westlich. Schönheit, Jugend und Unbestechlichkeit scheinen sich in ihrem leuchtenden, glücklichen Antlitz zu vereinen. Sie blickt durch alles hindurch in ein Jenseits von einer so vollkommenen Seligkeit, daß man sich danach sehnt, die Reise mit ihr zu machen. Die Zigeuner wimmerten und schwitzten, bekreuzigten sich und murmelten, erfüllt von einer Ekstase der Ergriffenheit und der erwiderten Liebe. Die zwei anderen Heiligen waren eher enttäuschend – simple biblische Statisten, aber die heilige Sara strahlte die herrliche Erhabenheit einer Wissenden aus. Sie sah wie ein Glückskind aus, das vor Verlangen platzte, sein Geheimnis jedem zuzuflüstern – wenn nur der Lärm, der Gesang, der allgemeine Krach nicht so laut wären, denn Tausende von Kindern erhöhten mit ihrem Gepiepse und Geschubse noch die allgemeine Konfusion. Und dieses ganze schwitzende Menschenknäuel drängte sich in diesen kleinen Hohlraum der Krypta, wo Atmen eine Qual war. Wie kam es, daß sie nicht zerschmolz, fragte man sich unwillkürlich, denn Sara war aus schwarzem Wachs geformt.

«Nichts für mich», sagte Sutcliffe. «Ich kann solche Sachen nicht ausstehen. Eine Hand auf der Brieftasche, die andere auf den Eiern – das geht zu weit.» Und so beschloß er, zwischen den Zelten auf und ab zu gehen, während die

Heiligen auf ihren Gestellen zur See hinuntergetragen wurden – ein Teil des traditionellen Gottesdienstes.

Am Strand wimmelte es von Familien, die sich dort für die üblichen drei Festtage rund um die prasselnden Lagerfeuer niedergelassen hatten, an denen Fleisch an Spießen briet. Sabine begleitete ihn. Sie blieb gelegentlich stehen, um Bekannte oder Freunde zu begrüßen und ein Wort mit den Kindern zu wechseln, die ihnen nachliefen.

«Als wir durch die Kastanienwälder der Oberen Provence ins Tal kamen, hatten wir ungemeines Glück», sagte sie, «denn wir trafen auf eine ganze Kolonie von Igeln. Sie wissen ja, daß Igel für die Zigeuner die größte Delikatesse sind. Das ist es, was Sie jetzt riechen. Mario bereitet drei oder vier fürs Mittagessen vor. Wir haben eine alte, verlassene Lehmgrube dafür ausgehoben. Wir nehmen die Tiere aus und packen sie dick in Lehm, bevor wir sie zum Braten auf ein in der Erdkuhle aufgeschichtetes Feuer legen. Haben Sie je Igel gegessen?» Er hatte es nicht. «Etwas fetter als chinesische junge Hunde, aber sehr gut im Geschmack. Wenn der Lehm gebrannt und abgekühlt ist, wird er mit einem Hammer oder Stein abgeschlagen, die Stacheln und die Haut gehen mit ab, und nur das reine Fleisch bleibt übrig. Ich weiß, es klingt scheußlich!» Denn er schauderte bei der Beschreibung. «Ich werde Sie daher heute lieber nicht zum Mittagessen einladen!»

«Sabine!» sagte er und blieb plötzlich stehen und sah sie eher kläglich an. «Liebste, warum hast du mich verlassen? Du wußtest doch, daß du mich liebst.» Sie lächelte und legte eine Hand auf seinen Arm. «Natürlich liebte ich dich», sagte sie, «aber diese Frage mußt du Aubrey stellen. Ich konnte dich schließlich nicht mitnehmen. Unsere Leben wurden in zwei Teile gespalten, und ich sah keinen Weg, sie wieder zusammenzufügen.»

Sie standen eine lange Weile so da, starrten einander an, während die Menge, die im Gefolge der Heiligen zum

Strand hinunterströmte, sie umtrudelte. Sie gingen gegen den Menschenstrom zurück und fanden in einer stilleren Seitenstraße einen dunklen Weinkeller voller Fässer mit einheimischem Wein; und dort setzten sie sich an einen schmutzigen Tisch und bestellten ein Glas. Sie sprach noch immer mit einer Art bewußtem Ungestüm, einfach aus Freude, wieder englisch sprechen zu können. Sie wirkte so greifbar, daß es schwer war, sie für ein reines Phantasiegebilde zu halten. «Die große Frage ist immer ‹warum?›», sagte sie. «Fangen wir mit meinem überraschten und halb ungläubigen Vater an – dem alten Banquo, wie man ihn in der City nannte. Ich hatte mir angewöhnt, ihn auch so anzureden, es hat ihn amüsiert. Aber diese Sache hat ihn empört, seinen Sinn für Logik und Vernunft beleidigt. Er wußte eine Menge über Zigeuner und über die unbarmherzigen Verfolgungen, die sie seit Jahrhunderten erleiden mußten. Und es gab eine besonders grausame Erzählung, die, wie er dachte, der Sache ein Ende setzen, mich von meinem Entschluß abbringen würde. Er hatte sie zuerst vom Attaché der österreichischen Botschaft in Sofia gehört – wie du weißt, hat mein Vater seine Karriere als Diplomat begonnen, aber dann wegen unzureichender Bezahlung den Dienst quittiert. Auf seinem ersten Posten lernte er einen kleinen, verkrüppelten Österreicher kennen, ich erinnere mich sogar noch an seinen Namen, Egon von Lupian! Sie freundeten sich trotz des Altersunterschieds an, weil beide ganz verrückt nach Orchideen waren und sie sammelten. Lupian fehlte ein Bein, und so trug er ein Holzbein mit einem Dorn, der auf dem Marmorboden der alten Kanzlei, ich zitiere, ‹ein typisches klickendes Geräusch machte›. Er war eine komische Nummer – Aubrey hat irgendwo über ihn geschrieben. Eines Tages erzählte er meinem Vater von seiner Jugend in Österreich. Er stammte aus einer alten Adelsfamilie, einer seiner Onkel besaß einen riesigen Besitz im Norden. Er war ein großer Jäger und lud den Knaben oft zu sich ein. Er hielt für die Jagd auf den unfruchtbaren Steppen seiner Heimat eine große Meute von Hirsch-Hunden, die zuweilen auch unglückliche Landstreicher hetzten, die sich in ihr Gebiet verirrt hatten. Doch ihre bevorzugte Jagdbeute waren Zigeuner, wenn möglich eine Zigeunerin mit einem Säugling auf dem Arm! Stellen Sie sich das vor. Er erinnerte sich, daß sein Onkel, ein großer, rotgesichtiger Mann mit einem gekräuselten Schnurrbart, eines Morgens händereibend zum Frühstück erschien und sagte: ‹Heute wird es eine großartige Jagd geben! Es passiert selten genug, aber manchmal hat man eben Glück!› Zigeuner waren des Nachts in die Stadt gekommen, und wie üblich hatte man sie verhaftet. Sein Onkel war der oberste Richter und machte seine eigenen Gesetze. In aller Frühe bei Morgendämmerung sollten sie weiterziehen. Erst Jahre später verstand Lupian die Einzelheiten dieser Jagd. Sie hatten die Zigeuner am vorhergehenden Abend eingesperrt und unter ihnen gefunden, was sie suchten: eine Zigeunerin mit einem Säugling auf dem Arm. Man beschloß, sie laufen zu lassen und dann wie einen Hirsch zu jagen!

Die Meute war ständig im Training, sie wurde sozusagen mit Kampfer und Menstruationsblut aufgezogen, denn nicht zu allen Jahreszeiten war Jagdbeute vorhanden. Die Frau wurde bei Morgengrauen mit einem Karren zu einer bestimmten Wegkreuzung einige Meilen vor dem Dorf gefahren, wo die Jagd beginnen sollte. Sie und ihre Kleider waren mit einer Mischung aus Kampfer und in Menstruationsblut eingeweichter Kleie bestäubt. Man hatte reichlich eine Stunde Zeit, um sie zu dem vereinbarten Ort zu bringen und sie dort für die Hunde auszusetzen. Währenddessen herrschte im Herrenhaus Aufregung und Vorfreude. Der Onkel hob den verkrüppelten Knaben mit starken Armen hinter sich in den Sattel, von wo aus er einen ausgezeichneten Rundblick hatte auf alles, was vor sich ging. Als eine Stunde vergangen war, wurde ein Signal gegeben, und die Jagdhörner begannen ihr tiefes Blöken, in das das Baß-Geheul der großen Hunde bald einstimmte; sie waren fast so groß wie die Hirsche, zu deren Jagd man sie gezüchtet hatte. Ein Wirrwarr konfuser Laute, und die Jagdgesellschaft machte sich auf und ritt über den gefrorenen Boden auf der Suche nach dem einsamen Karren mit seinem Opfer – der Frau mit dem Säugling.

Der Karren mit den beiden Kutschern setzte sie an dem verabredeten Ort ab, einer Stelle, wo sich drei Wege trafen, und die Männer trieben sie in einem letzten Ausbruch von Bosheit mit Peitschenhieben vom Karren fort in die Ungewißheit. Aber sie war ein kräftiges Mädchen und wimmerte nur leise, als sie stolpernd in die schneeleuchtende Landschaft rannte, die sie umgab. Sie wußte, was ihr bevorstand, sie konnte bereits das tiefe Bellen der Meute hören, die über die Steppe auf sie zulief. Sie durfte keine Zeit verlieren. Irgendwie, irgendwo mußte sie Wasser durchqueren. Sie lief in die Richtung des Flusses, doch ihre Erinnerung hatte sie getäuscht, kein Fluß kam in Sicht, und das Hundegeheul und das schrille Stöhnen der Jagdhörner ließen ihr das Blut in den Adern erstarren. Als sie rannte, hatte sie das Gefühl, daß sie bereits verblutete – es war die verkürzte Zeit, die blutend in ihr verrann! (Ich weiß einiges davon.) Dann kam auf einem fernen Hügel die Jagdgesellschaft in Sicht. Sie sah stolz aus an diesem frostkalten Morgen – purpurrot und schwarz, bronzefarben und golden. Aber sie hatte Wasser gesehen – es war nicht der Fluß, sondern die seichte Bucht eines Sees mit kleinen Brackwasserlachen. Mit ein wenig Glück könnte sie sich retten. Der kleine Junge nahm vom Pferd aus an dem aufregenden Schauspiel teil, den schwerknochigen Onkel vor sich auf dem spanischen Sattel. Er sah, wie der Versuch der Zigeunerin, in die Freiheit zu entkommen, mißlang. Sie erreichte zwar das Wasser, ging hinein fast bis zur Taille und hielt das Kind über ihren Kopf, aber die Hunde hatten ihre Beute erspäht, sie stoben aus dem Wald und über das brechende dünne Eis des Sees, um sie zu stellen, wie sie es mit den Hirschen taten. Er hörte die Schreie des Mädchens und die des Säuglings. Und dann war alles still, und das Wasser färbte sich nelkenrot, als die Hunde ihren Hunger stillten. Das war die verdiente Belohnung für eine erfolgreiche Jagd. Der Master of Hounds und seine Treiber zogen die Zügel an und förderten einen kräftigen Trunk für die Jäger zutage. Diese Szene und der große Eindruck, den sie auf die Jäger machte, beeinflußte das ganze Leben des Jungen. Sein Onkel, sprach- und atemlos von dem sexuellen Orgasmus, den er gehabt hatte, als er den Hunden beim Töten zusah, verharrte einen Moment lang. Er war glücklich und in übermütiger Stimmung. Sein Lachen war das Lachen eines Irren. Und der Junge? Er konnte es niemals vergessen. In jeder Hauptstadt, in die man ihn als Diplomaten sandte, beauftragte er einheimische Maler, ihm ein Ölbild zu malen, und er erzählte immer diese Szene als Sujet. Er hatte in seinem Haus in Wien eine ganze Sammlung davon – eine ganze Galerie von: *Zigeunerin von Hunden verfolgt.*»

Sutcliffe war vor Lust ganz blaß geworden. «Du hast mich schrecklich erregt», flüsterte er, und sie antwortete: «Ja, das wollte ich auch. Wir müssen uns lieben nach so langer Zeit. Wir müssen ficken.»

«Ja!» Er schrie fast. «Ja, bitte, Sabine!»

Sie führte ihn an der Hand, sie gingen zuerst durch einen dunklen Gang, dann eine hohe, wacklige Treppe hinauf, die zu einer Dachkammer führte, die sie sich von einer Dienerin ausgeborgt hatte. Hier, auf einem schmutzigen Bett, inszenierten sie die Erfüllung ihres größten Traums, rezitierten das ganze Vokabular der Lust und Mißvergnügtheit! In jedem Kuß war ein Schluchzen begraben, so wie es immer ist, wenn wirklich Paare sich treffen. Sie durchstechen die dünne Membrane der Zeit mit jedem Orgasmus, sie fühlen die Verzweiflung in ihrer ganzen Stärke. Die begrenzte Vereinigung im Liebesakt war eine Qual – warum konnte es nicht für ewig sein? «Es ist, um wahnsinnig zu werden, ich liebe dich unheilbar!» sagte sie und zählte seine ältlichen Herzschläge Kuß für salzigen Kuß.

Später lagen sie unter Tränen des Glücks zusammen, spielten miteinander und liebkosten einander mit ihrem Verstand. «Ich hätte nie gedacht, daß es sich noch einmal ereignen würde. Ich habe es beim erstenmal kaum wiedererkannt. Was für ein Glück!» Und sie dachten voller Mitleid an ihren armen Schöpfer, der jetzt so steif bei seinem Wein saß und der Menge zusah, die dem Meer zuströmte, und ihre Tränen und ihre Inbrunst bewunderte und traurig war, weil er sie nicht teilen konnte. Er sah sich selbst, er, Aubrey, wie einen Toten, der in einem möblierten Zimmer in einer fremden Stadt lag, in einem kahlen Hotel, das jetzt berühmt war, weil einstmal ein Poet dort hatte verhungern dürfen! Paris, Wien, Rom... Was machte es aus? Via Ignoto, Sharia Bint, Avenue Ignoble! Ja, Sutcliffe hatte recht, ihm all diesen hirnermüdenden Ballast, den er an Bord genommen hatte, vorzuwerfen – all diesen Seelen-Porridge, all diesen Hirn-Mischmasch des Hindu-Seelen-Ficks. Er würde den Kurs ändern, er würde sich bessern. Er würde von einer neuen Heiterkeit besessen sein, von einer neuen Verzückung. Aber wo war Sabine?

Ja, wo war sie? Sie lag auf dem wackligen Bett, die Arme um ihren Gefährten gelegt, und starrte über seine Schulter auf eine Ecke der Zimmerdecke und fragte sich, ob dieses Zusammentreffen sich je wiederholen würde. Sie zitierte im stillen ein bekanntes Zigeunersprichwort. «In mageren Zeiten vergißt der Zigeuner nie, daß die Friedhöfe voller

Goldzähne sind!» Warum waren sie nicht frei, ihre eigene Zukunft zu schmieden? Was für ein verdammungswürdiges Glück, nur Produkte eines kapriziösen menschlichen Verstands zu sein!

«Liebende», sagte er traurig, «sind nichts als Wirklichkeitsnarren! Es gibt nichts, was man für sie tun kann!»

«Und dennoch?»

«Und dennoch! Wie gut es ist, wie wirklich es ist!»

Sie umarmten sich wieder heftig, und sie sagte: «Wenn du Spanisch könntest, würde ich dir die Worte Cervantes' zitieren, die er einem Zigeuner in den Mund legt. Übersetzt sind sie weniger ausdrucksvoll. Kennst du sie? Hör zu! ‹Nachdem wir schon früh gelernt haben zu leiden, leiden wir nicht mehr. Die grausamste Pein bringt uns nicht zum Zittern, und wir weichen vor keiner Art des Todes zurück, den zu verachten wir gelernt haben… Wir können zwar Märtyrer sein, aber Beichtende nie. Wir singen beladen mit Ketten und im tiefsten Kerker. Wir sind Zigeuner!›» Sie wandte ihren herrlichen Kopf und spuckte sich zweimal über die rechte Schulter. Ein ritueller Gruß. Ihr Liebhaber war tief gerührt. Er war in tiefer Melancholie versunken, als ihm klargeworden war, daß sie sich in ein oder zwei Tagen wieder trennen mußten und sich vielleicht nie wiedersahen.

Aber die Zeit verstrich. Eine Gruppe von Reitern galoppierte die Hauptstraße hinunter und feuerte Gewehre und Pistolen in die Luft, während die schrillen, schmachtenden Mandolinen in die tief vibrierenden Gitarren einstimmten und sie unterstützten – der Orient antwortete dem Okzident, Ost vereinigte sich mit West. «Es ist Zeit zu gehen», sagte sie und legte ihre Kleider wieder an. «Ich muß zusehen, daß jemand den anderen die Zukunft voraussagt, möglichst die Stammesmutter selbst. Beeil dich und zieh dich an. Für uns ist das Fest vorbei – leider.»

Der Abend verlängerte nach und nach seine Schatten;

die Füße fingen an weh zu tun, als die Freunde allmählich den Weg zu der Terrasse der Taverne zurückfanden, die ihr Treffpunkt war und wo die Reste des Mittagessens noch herumstanden und darauf warteten, in die großen Strohkörbe gepackt zu werden. Aber es gab noch Wein im Überfluß, der getrunken sein wollte, und ebenfalls noch eine Menge zu essen... Aus diesem Grund hatte Cade gezögert, mit dem Zusammenpacken anzufangen, denn die Party konnte die ganze Nacht andauern. Zumindest einer hoffte, daß dem so wäre, und das war Affads Kind. Er war inzwischen wie betrunken von der Schönheit, den Farben und dem Hin und Her. Überdies hatte ein freundlicher Cowboy, ein älterer *gardien* auf einem Schimmel, sich seiner auf Sylvies Bitte hin angenommen, und so hatte er das ganze Geschehen von der Kruppe eines weißen Camarguepferds aus beobachten können, ein durchaus sicherer Aussichtspunkt, von dem man wirklich alles sehen konnte, was vor sich ging: die farbig gekleideten und bemalten Heiligen, die Begeisterung der Menge und das gewaltige rhythmische Pulsieren der Musik ließen ihn erzittern vor reinem Entzücken. Niemals zuvor hatte er etwas Ähnliches erlebt. Und die beiden Frauen, die inmitten der Menge den verzückten Ausdruck in seinem Gesicht wahrnahmen, waren selbst fast ebenso glücklich.

Als sie die Terrasse jedoch wieder betraten, fanden sie einen nachdenklichen Sutcliffe vor, der mit einem Drink neben Aubrey saß; langsam senkte sich die Nacht. «Ich war mit Sabine zusammen!» erklärte er. «Sie ist fortgegangen, um für euch die Zukunftsvoraussagen zu arrangieren. Sie glaubt allerdings, daß die Alte es nur für drei von uns machen wird, weil es sie so ermüdet.»

Um die Wahrheit zu sagen, war die alte Hexe bereits betrunken, obwohl man es ihr auf Grund ihrer monumentalen Alterslosigkeit nicht anmerkte und sie auch noch verhältnismäßig zusammenhängend sprach. Sie bewohnte einen im alten Stil grell bemalten und reich mit Schnitzereien verzierten Wohnwagen, der etwas abseits vom Rummelplatz auf dem Strand stand. Innen wetteiferten Kerzen mit Räucherstäbchen, denn der Wind hatte sich gelegt, und die Frühjahrsmoskitos der Camargue waren bereits zum Angriff übergegangen. Sie war die Stammesmutter dieser kleinen Truppe, und jeder – sogar Sabine – fürchtete sich vor ihr. Sie konnte, so sie wollte, den Tod von jemandem befehlen, der sich gegen das Ethos des Stammes durch Ehebruch, Vergewaltigung oder eine andere Missetat versündigt hatte. Überdies konnte sie Sabine nicht leiden und mißtraute ihr, weil sie wußte, daß sie eine Frau aus der Welt ‹weit jenseits› war. Auch hatte sie ein wenig Angst vor ihr; denn sie roch das Gewicht ihrer Erziehung, ihrer Kultur. Doch Sabine war so nützlich, daß sie keinen Vorwand fand, ihr etwas abzuschlagen, zumal wenn es sich um Kunden handelte, die vermutlich gut zahlten. «Schalam!» sagte sie, neigte zweimal den Kopf und goß sich einen kräftigen Schluck aus einer Flasche mit der Aufschrift ‹Gin› ein. «Schalam, Sabine! Was bringt dich her?»

«Ich habe Kunden für dich. Sie sprechen englisch.»

«Dann mußt du bleiben und übersetzen.»

«Das werde ich tun, Mutter.» Sie sprachen eine Weile so weiter, was Sabine die Gelegenheit gab, der alten Dame kleine Gefälligkeiten zu erweisen, etwa, die Kerzen zu schneuzen, da sie des Windes wegen ungleich brannten, oder die Würfel zu holen, mit denen die alte Hexe sich spielend in die Stimmung ihres Klienten versetzte, so daß sie sein Ansinnen ‹lesen› und dessen Omen und Form erraten konnte, aber auch, wie seine Pläne reifen oder mißlingen würden. Sabine behielt recht, sie nahm an diesem Abend nicht mehr als drei an. Die anderen könnten, so sie wollten, morgen kommen. Aber sie müsse eine halbe Stunde allein sein, um während dieser Zeit ihren Geist vorzubereiten, ihre Fähigkeiten zu schärfen. Eine Uhr schlug, und sie sagte, sie müsse aufgezogen werden, eine Aufgabe, die die jüngere Frau sofort übernahm. Sabine sagte, daß sie die Botschaft überbringen und in einer halben Stunde mit dem ersten Kunden zurückkommen werde. Ein zustimmendes Grunzen war die einzige Antwort, und so ging sie auf Zehenspitzen aus dem Wohnwagen und die Stufen hinunter und schloß leise die Tür hinter sich.

Sie ging über den dämmerigen Sand zu der Terrasse des Rendezvous und brachte die Nachricht, daß die Anzahl begrenzt sei. Lord Galen sagte betrübt: «Nun, entweder müssen wir losen, oder wir müssen auf einen Abzählreim zurückgreifen.» Der Vorschlag entbehrte nicht der Logik, aber sie hatten eine halbe Stunde Zeit, sich darüber zu zanken. Die endgültige Wahl fiel nach reiflicher Überlegung auf Sylvie, Galen und den Prinzen. Die anderen müßten ihre Seelen in Geduld fassen oder sich den Diensten einer weniger kundigen Wahrsagerin anvertrauen. An ihnen herrschte kein Mangel, denn als sie bei ihrem Wein saßen, reckten sich ihnen aus der Menge ein halbes Dutzend einschmeichelnder Gesichter und ausgestreckter Hände entgegen, von Frauen und von Männern, die sich erbötig machten, ihnen aus der Hand zu lesen – Führer in die Zukunft. Eine der jüngeren Frauen war so beharrlich und so hübsch, daß sie sie heranwinkten, und sie stürzte sich wie ein Raubvogel auf Aubreys Hand. Aber ihre Sprache war kaum zu verstehen, und sie brauchten Sabines Hilfe, um sie zu dechiffrieren. «Sie sagt, Sie machen sich Sorgen um ein Gebäude, etwas, das Sie errichten wollen, etwas wie ein Haus, das besonders schön werden soll. Aber es braucht viel Schriftliches. Sie sieht Schecks und Verträge – irgendwas in der Art.» Aubrey sagte: «Hat sie je von einem Roman gehört?» Sie sprach noch von anderen Dingen, allerdings waren sie recht vieldeutig. «Bald wird die Frau Ihrer Träume sicher in Ihrer Obhut sein, und sie wird frei sein, Sie zu lieben. Sie werden sehr glücklich sein, aber

nicht für lange. Behüten Sie Ihr Glück, solange es dauert.»
Der Rat schien durchaus vernünftig, wenn alles stimmte!
Aber wie oft hatte die junge Frau wohl schon das gleiche
gesagt? Das Wahrsagen war für sie nur langweilige Routine. Beim Anblick von Cades Hand allerdings wurde sie
blaß und ließ sie fallen wie ein Stück glühende Kohle.
Dann bekreuzigte sie sich, spuckte aus und zog sich mit
einem angstvollen Ausdruck zurück. «Als ob sie sich verbrannt hätte», sagte Sutcliffe amüsiert. «Was kann der
arme Kerl getan haben, um sie so zu erschrecken?» Es war
nicht möglich, es herauszufinden, denn das Mädchen verschwand in der Menge. An seine Stelle trat ein einäugiger
Mann, auf den ersten Blick Zoll für Zoll ein Scharlatan,
und Sabine weigerte sich, ihn zu ermutigen. Sie verscheuchte ihn mit scharfen Vorwürfen, und er verzog sich
ärgerlich und widerwillig.

Mit Anbruch der Dunkelheit änderte sich der Charakter
der Festlichkeiten: improvisierte Pferderennen am Strand,
Meisterschaftskämpfe in Spielen wie *boules*, provenzalischem Kegeln, und Bogenschießen. Nachdem die Heiligen wieder sicher in ihren Nischen zwischen den *ex votos*
standen, war es nun an der Zeit, sich weltlicheren Vergnügungen zuzuwenden. Und so kam es, daß, während die
übrige Welt sich zum Abendessen setzte, die kleinen Arenen des Dorfes hell im Flutlicht aufleuchteten und die Tore
weit aufgerissen wurden, um die schwarzen Bullen der
Camargue einzulassen. Der Rest des Abends würde dem
Stierkampf gewidmet sein – nicht dem im spanischen Stil
des Kampfes bis zum Tod, sondern dem provenzalischen,
dem Erobern der Kokarde, das dem Temperament der
Einwohner viel besser entspricht. Bei dieser Spielart ist
nur der weißgekleidete Kämpfer in Gefahr, dessen Aufgabe darin besteht, sich die Kokarde zu schnappen, flugs
über die Barriere zu springen und der Vergeltung zu entkommen – denn die kleinen schwarzen Bullen sind feurig

und haben lange Hörner, mit denen sie ihre Kokarden verteidigen.

Doch Müdigkeit überfiel sie, es war wirklich an der Zeit, an die Heimfahrt zu denken, aber noch war das Wahrsagen nicht beendet. Also mußte der Tisch für einen neuen Imbiß gedeckt werden, und die Gläser wurden wieder gefüllt. Dies kam einigen sehr gelegen, besonders Sutcliffe, der von seinen unerwarteten Nachmittags-Flitterwochen recht ermattet war. Sabine war fort, sie übersetzte die Prophezeiungen der alten Zigeunerin. Der kleine Junge war auf einer Bank in einer schattigen Ecke eingeschlafen, für ihn war das Fest vorbei.

Aber als die drei Bewerber um einen Blick in die Zukunft mit Sabine zurückkehrten, war es nur zu deutlich, daß die Resultate höchst unbefriedigend ausgefallen waren, vielleicht, weil die alte Dame dem Wein allzu kräftig zugesprochen hatte. Andererseits sahen Galen und der Prinz bestens gelaunt aus, denn es war ihnen versichert worden, daß der Schatz, nach dem sie schon so lange und eifrig suchten, durchaus konkret und greifbar und nicht nur ein Phantasiegebilde war. Aber die reichlich verwirrte Ausdrucksweise der alten Frau hatte ihnen einige Rätsel aufgegeben. Denn wenn sie über einen von ihnen sprach, nahm sie Bezug auf andere – zum Beispiel auf Constance –, was leicht zu erraten war. Das übliche Drum und Dran der Wahrsagekunst hatte natürlich nicht gefehlt: die farbige, bilderreiche Sprache zum Beispiel. Sabines Übersetzung lautete folgendermaßen: «Den Schatz gibt es und er ist sehr groß, aber er liegt in einem Berg und wird von Drachen bewacht, die in Wirklichkeit Männer sind. Große Gefahren sind mit der Suche verbunden. Trotzdem wird sie nicht aufgegeben werden, obwohl alles in einer Tragödie enden kann. Wenn Sie weitersuchen, ist äußerste Vorsicht geboten.»

Aber trotz der dunklen Redeweise war Lord Galen optimistisch und hochgestimmt, alle Zweifel und Ängste, die seinen Geist beschäftigt hatten, schienen ihn nicht mehr zu beunruhigen. Der Prinz war ebenfalls freudig erregt, obwohl er weniger geneigt war, Wahrsagern zu glauben. Manchmal allerdings... Der Hinweis auf den Berg irritierte ihn jedoch ungemein. Er schüttelte zweifelnd den Kopf. Doch von der Séance am stärksten mitgenommen war Sylvie. Sie kehrte Schritt für langsamen Schritt zu ihnen zurück, als sei sie vernichtet durch das Gewicht dessen, was sie gehört hatte. Tränen bedeckten ihr blasses Gesicht, und sie hielt ihre krampfhaft gefalteten Hände bittend vor sich, als sei deren Schande enthüllt worden. Sie hatte erfahren, daß ihre Partnerin, Gefährtin, Liebste sie bald verlassen würde – daß sie nicht mehr geliebt wurde. Und nun empfand sie plötzlich ihre Abhängigkeit von Constance. Auch erklärte es eine Menge kleiner Zwischenfälle und Geschehnisse – ihr wurde klar, daß ihre Geliebte nach einem Weg suchte, die Beziehung abzubrechen, und sie deswegen Schuldgefühle hatte. Sie fühlte sich wie vom Blitz getroffen, wenn sie an eine Welt ohne Constance dachte. Ihr wurde klar, daß sie die Wirklichkeit nur erschreckend lose im Griff hatte, sie sah sich selbst dahinschwinden, zur Parodie einer Person werden, aller innerlichen Fruchtbarkeit, der Liebe, entleert. Fast berstend vor dieser Erkenntnis, konnte sie ihrer Liebsten kaum ins Gesicht blicken. Sie zog sich den Schal über den Kopf wie eine trauernde Zigeunerin, stieg in den Bus und verbarg sich auf der hintersten Bank, wo der kleine Junge sie schnell fand und an ihrer Seite mit dem Kopf auf ihrem Schoß einschlief. Sie saß wie betäubt da und hatte das Gefühl, daß die Nacht sie umfloß wie das Wasser eines dunklen Sees. Die Stimmen, das Schrillen der Mandolinen, das Klicken tanzender Absätze auf dem Hauptplatz vor den Kirchenportalen – all dies entbehrte nun jeglichen Sinns. Sie bezogen sich auf nichts, drückten nichts aus. In den

Dingen war kein Fluß mehr, kein Element der *Zeit*, das die Zukunft mit Verheißungen und Wünschen bereicherte. In solchen Augenblicken, in denen die Wirklichkeit ihre Frische verliert und unfähig zu sein scheint, sich zu erneuern, zeigt sich der kleine Kobold des Selbstmords. Constance, hätte sie von dieser Auslegung gewußt, wäre allein dieses Faktors wegen voller Angst gewesen. Wie stand es nun um die moderne Psychologie? Wie unaufrichtig diese Taschendieb-Liebe sich ausnahm! Aber die eine unumgängliche Wahrheit war, daß sie bald ihre Beziehung abbrechen, sich trennen, sich den wandelnden Toten anschließen müßten – all denen, die nicht liebten! Als die anderen zurückgeschlendert kamen und langsam ihre Plätze in dem kleinen Bus einnahmen, zog Sylvie den Schal enger um sich und versuchte zu schlafen – was für ein Hohn! Sabine schien sich irgendwie Sorgen um sie zu machen, setzte sich eine Weile zu ihr und legte schützend den Arm um ihre Schulter, bevor sie ins Café zurückging zu einem letzten Plausch mit Sutcliffe.

Sie war darüber beunruhigt, daß der Gedanke an den bevorstehenden Bruch Sylvies erschreckend zerbrechliche Bindung an die Wirklichkeit aufs neue unterminieren könnte. «Ich hoffe nur, daß Constance sich aller möglichen Folgen bewußt ist, aber schließlich ist sie eine ausgebildete Psychiaterin.» Und tatsächlich, als Constance von der Prophezeiung erfuhr, trieb ihr zärtliches Mitgefühl sie sofort an die Seite des Mädchens, und sie versuchte, den Schmerz der Wunde zu lindern. Vergebens, denn Sylvie ließ die Hand sinken und sagte schlicht: «Ich verstehe jetzt so viele kleine Dinge, die mich in den letzten Tagen verwirrt haben. Du hast versucht, mir zu sagen, daß zwischen uns alles aus ist.» Und ihre Geliebte saß neben ihr voll würgender Verzweiflung, streichelte den Kopf des schlafenden Knaben und sagte nichts, weil es nichts zu sagen gab. Es war klar, daß dieses neue Wissen neue umwälzende Vorkehrungen erforderte. Und da lag sozusagen die Gefahr, denn Sylvie konnte nirgendwo hingehen, wenn sie fortzugehen beschloß – es sei denn zurück nach Montfavet, was dann später tatsächlich geschah. Constance machte sich wegen ihrer eigenen Schwäche bittere Vorwürfe, aber es nützte nichts, was getan war, war getan. Es blieb nichts anderes übrig, als zu versuchen, in die Zukunft zu blicken auf das neue Leben, das ihr so vage zuwinkte von jenseits des flimmernden Bilds der Gegenwart. «Nein», sagte sie, «wir sind für immer Freundinnen!» Und auch das war auf seltsame Weise wahr. «Schüttle nicht den Kopf, Liebling, es ist wahr.»

Vom Café aus, wo eine Ecke der Markise hochgezogen war, beobachtete Blanford ihre ausdrucksvollen Gesichter voller Schmerz und Hilflosigkeit. Er konnte nicht hören, was sie sagten, aber ihren Mienen war leicht zu entnehmen, daß sie nicht glücklich waren. Wie sehr sehnte er sich in gewissen Augenblicken danach, mit Constance allein zu sein! Aber was konnte er ihr sagen, das sie nicht bereits wußte?

Sutcliffe sagte, um sich selbst zu trösten und Sabine zu amüsieren: «Als ich irgendwo las, daß die chinesischen Bauern ihren Schweinen Lehm in den Anus stopfen, damit sie mehr wiegen, wenn sie auf den Markt kommen, wurde mir blitzartig klar, warum so viele amerikanische Autoren so dicke Bücher schreiben – grausame Verleger haben sie hinten verstopft. Ein Thema für eine Doktorarbeit: ‹Der Romanschriftsteller als prunkendes Prachtschwein.›» Aber sein Leibeigener, der noch immer das ferne Gesicht seiner wahren Muse betrachtete, beachtete ihn kaum. Er saß da, eingeschlossen in die Erkenntnis seiner sexuellen Entbehrung, und zitierte im stillen die Zeilen: «Die denkende Vergegenwärtigung der Leere geschieht entweder im Begriff oder durch Anschauung. Trotz der profunden Fülle der intuitiven Schau steht eine *unmittelbare* Vergegenwärtigung jedoch noch aus.» Was war da zu tun? Aber nun packte Cade energisch ein, und der Busfahrer ließ die Scheinwerfer aufblitzen als Zeichen, daß die Abfahrt unmittelbar bevorstand. Sie mußten in den Norden zurückfahren und es dem Jahrmarkt überlassen, in der Dunkelheit dahinzuschwinden unter einem abnehmenden Mond.

Sie schlängelten sich langsam über den Strand bis zur Hauptstraße und bemerkten, daß in der Dunkelheit noch viele Feuer brannten und viele Familien dalagen und schliefen, wo sie sozusagen hingefallen waren, auf einem Schlachtfeld von schwarzem dreizehnprozentigem Wein. Hier und dort huschte noch ein Kind durch den Scheinwerferkegel, auf irgendein mitternächtliches Abenteuer aus. Die Feuer dämpften das Mondlicht mit Rauchschwaden, die über den Flächen der Binnenseen – den *étangs* – hingen und vergingen. Doch kaum waren sie wieder auf dem soliden Asphalt der Hauptstraße, schaltete der Fahrer die Busbeleuchtung aus und ließ seine Passagiere langsam in einen schweren Schlaf treiben, während er Kurs auf Avignon nahm. Als Blanford schlief, sank er durch das wirbelnde Konfetti seiner fortgeworfenen Notizen lautlos in eine große Trägheit. Er fragte sich, wie spät es wohl sei, denn er wollte das Heraufdämmern des Morgens über dem Fluß und den Türmen nicht versäumen.

Aber wenn auch er vor sich hindöste, sein Knecht tat es nicht; die Ereignisse des Tages hatten ihn in eine lautstarke gute Laune versetzt, von den kräftigen Schlucken Rotwein ganz zu schweigen. «Ha, ha, wie wir in den Tropen immer riefen», rief er und schlug sich zur Bekräftigung aufs Knie. Das war geheimnisvoll – warum zum Beispiel *die Tropen*? Aber es hätte ihm nicht gefallen, wenn man ihn gebeten hätte, diesen Ausbruch zu erklären – für ihn war die reine Inkonsequenz und das Unbeabsichtigte nahe beim Erhabenen, ein Königreich des irren Lachens.

«Mund halten!» sagte Aubrey. «Lassen Sie mich ein wenig schlafen.» Aber das herumfliegende Konfetti mit seinen geheimen Botschaften hörte nicht auf, ihn mit seinem Aufleuchten aufrührerischer Einsichten zu foppen. «Sagen Sie, Mr. B., wie würden Sie sich selbst beschreiben?» Antwort: «Als einen furchtbar scheuen Mann, der an Größenwahn leidet. Ich wurde gezwungen, den Pfad der negativen Begabung auszuprobieren – einen Fluß zu überqueren ohne Brücke. Ich weiß, wenn eine Kultur auseinanderbricht, sind Wahrsager und falsche Zeugen im Übermaß vorhanden!» Alle diese mitternächtlichen Unterhaltungen mit einer Zeituhr! (Wenn die Kommunikation zwischen den Geschlechtern versagt, ist das ganze Universum, das nur in der Vorstellung besteht, in Gefahr! Natürlich ist es schlicht impertinent, so zu denken.) Ah! Handlanger des liebenden Verstandes, der sich in die Höhen der Frivolität flüchtet. In einer Höhle zu sitzen und dialektisch die Materie wegzudiskutieren könnte einem helfen, die Haut des Verstandes abzustreifen – aber was für eine mühsame Methode! Gibt es keine andere? Ja, es gibt immer den Sprung. Die Brücke von Avignon ist sein Symbol.

Die wirkliche Tragödie ist, daß die ganze Vedanta zum reinen Klatsch wird, wenn sie lächelt – und man kann niemandem die Schuld geben, weil dem Universum unsere Heldentaten gleichgültig sind!

Die Fahrt ging weiter, sie schaukelten durch die Dunkelheit wie ein Nachtschnellzug, nur langsamer; sie bahnten sich ihren Weg durch die Wälder und Domänen der göttlichen Languedoc, während Sutcliffe der Allgemeinheit kundtat, daß «menschliche Wesen eine Menge Luft verdrängen – besonders heiße Luft», und daß «wenn ein Künstler das Keuschheitsgelübde ablegt, was für sein innerstes Ich unumgänglich ist, fordert er gleichzeitig die Vergewaltigung heraus». Die Lichter der vorbeifliegenden

Dörfer erhellten kurz die Gestalten der Reisenden, zeigten, wer sich beim Schlafen gegen die Scheibe des Busses lehnte – Cade; oder wer sich in die Grenzenlosigkeit eines kummervollen Schlafs beugte – Constance. Sutcliffe summte seine Improvisationen, wobei er seinem Genie freien Lauf ließ.

> Wolkengeschmiedet und wassergewiegt,
> Aus hell erstrahlendem Cirrus gefügt,
> Komm, o komm, mein heliozentrischer Schatz,
> Schenk deines goldenen Hinterns Pracht
> Dem, für den solche Zuckerpflaumen gemacht.
> Komm, o komm!

Blanford schlief und gestattete dem Götzenbild seiner einzigen Liebe, langsam sein Bewußtsein zu überwältigen – was für eine Honigwabe des Lächelns, was für ein Nadelkissen der Küsse! Er erkannte diese durch nichts zu erschütternde Unbegrenztheit als einen Weg, eine poetische Einstellung zu verstehen! Ihre Theologie war gegen Entschließungen gefeit – die religiöse Botschaft war nicht reumütig, sondern überschwenglich. Sie hatte ihre Gesetze, die richtigen Küsse durchbrachen immer die Regel, die richtige Annäherung brachte Punkte beim altmodischen Reit- und Fahrturnier der Selbstverwirklichung. Wie die ansteigende Brandung auf den Wüstenseen, bestürmte seine Wolke von Notizen ihn mit Versprechungen und Vorwürfen. «In einer furchtlosen Annäherung an die Natur zu leben – das Bewußtsein materieller Unkörperlichkeit wachsen zu lassen. Poesie zu schaffen in Büchern, die vom diesseitigen Ufer einer besonderen Erfahrung geschrieben sind – die Stellung des Erwachens. Kein Phrasendreschen, sondern die direkte Erfahrung erfahren, drucken und verbreiten. Die zentrale Wahrheit des Dharma-Geistesblitzes ist sprachlich nicht zu vermitteln, er läßt die Sprache hinter sich, sogar in ihrer begrifflichsten Form. Er ist eine bevorrechtigte Erfahrung. Aber an einem einfachen Austausch von Blicken kann man sofort sehen, ob man diese Leichenräuber-Liebe mit jemand anderem teilt, und das Lachen erfolgt spontan. Der Blick ist keine müßige Verbrennung von Besitzgier, sondern ein Gleichschritt in einer Kunst der höchsten Zurückhaltung. Man kann nicht umhin, sich selbst zu umarmen, sobald einem klargeworden ist, daß ein Selbst, das man umarmen könnte, nicht existiert. Und man hat unendlich viel Zeit – den Begriff der Ungeduld gibt es nicht in der Natur!»

Kein Entrinnen vor dem dösenden Notizbuch des Verstandes. Er sagte zu sich selbst: «Man kann immer weiter Kerzen für sich selbst auf dem großen Hochzeitskuchen der Weisen anzünden, aber eines Tages wird man selbst eine Scheibe abschneiden müssen!»

Zuweilen packte ihn das Entsetzen über die pure Sinnlosigkeit der Dinge beim Schopf – denn es gibt keinen Grund dafür, daß die Dinge so sind, wie sie sind. Angenommen, Aristoteles hätte unrecht, hätte in reinen Mutmaßungen geschwelgt, ein Beobachter, der das Beobachtete beeinflußt, was dann? Dennoch hatte er das Gefühl, daß die Idee der Leere ihn rettete. Ja, die schiere Inhärenz der Dinge voll auszukosten, wie rein und freundlich ist das; wenn man ruhig genug wird, kann man das Gras wachsen hören. Man kann Landschaften als göttliche Kalligraphie betrachten! Ach, die verstandesbetäubende Unfähigkeit des Verstandesmenschen mit seinen Formulierungen! Immer besiegt von der fliegenden Vielfalt der Wirklichkeit. «Das gewöhnliche Leben» – gibt es das überhaupt?

Ja, der Beobachter verfälscht alles, indem er versucht, der Natur einen Plan, eine Absicht aufzuzwingen, und reproduziert doch nur die Grenzen seines Verständnisses, die Beschränktheit seiner persönlichen Sicht. Er stört die Ruhe des Universums, das keinem festgelegten Plan folgt, sondern sich einfach nur rekelt und dorthin treibt, wohin die Dinge sich neigen, so wie Wasser es tut. Was soll man also machen? Nun, Zeit schinden wie die Natur! Werde zu dem, was du ohnehin schon bist! *Begreife!* Unzufriedener, wachsamer, viel bewunderter Körper, du weißt nur zu gut, daß Tod und Leben koexistieren.

Während er tiefer in ein köstliches Vergessen sank, griff sein unbezähmbarer Sklave den Faden auf, trotz der vorwurfsvollen Gesten, die der Prinz in die Luft zeichnete. Er wollte Ruhe, um in Gedanken die Prophezeiungen noch einmal durchzugehen, die er auf dem Jahrmarkt zu hören bekommen hatte, denn als guter Ägypter glaubte er an die andere Welt der Alchimie und Wahrsagekunst. «Ich meine», sagte Sutcliffe, «wie würde es Ihnen gefallen, nur ein Gegen-Romancier zu sein, von der Fürsorge, der Wohlfahrt zu leben, oder in der Phantasie eines Freundes? Ich erwache manchmal mit einem in Tränen gebadeten Gesicht. Ontologisch anfällige Judäo-Christen haben mein Erbe gestohlen. Andererseits kommt das dumme Geschwätz des Paracelsus unter tibetanischem Imprimatur zu uns zurück!»

«Schsch», zischte Lord Galen, aufgescheucht aus unruhigem Schlaf von diesen mißtönenden Formulierungen, die er nicht verstand. «Verdammt noch mal, lassen Sie uns ein wenig schlafen!»

«Das skythische Sprichwort besagt: ‹Wer wilden Knoblauch ißt, prophezeit in Fürzen›», verkündete Sutcliffe ernsthaft, obwohl er selber allmählich vom Gewicht des Schlafs überwältigt wurde. Bei sich fuhr er in seinem unzusammenhängenden Monolog fort, der auf den verstreuten Notizen seines Schöpfers basierte. «Hätte ich eine Harpune gehabt, ich hätte sie geworfen. Wie schön sie war! Als sie sich im frühen Morgenlicht vom Bett erhob, sagte sie: ‹Ich muß meine Augenbrauen waschen, sonst wird niemand mir glauben.›» Das Universum sagt nichts

Genaues, es deutet nur an. Cade schlief lächelnd – das Lächeln eines in Marinade konservierten Zwergs. Galen träumte jetzt von symphonischen Damen mit stolzen Hintern und Büschen wie Pelzmützen, die Joga betrieben in Gruppen voll kosmischer Großzügigkeit! Im Hintergrund übten Genfer Bankiers gemeinsam den Urschrei und spontanes Lachen auf allen vieren. In dies fielen verstohlen tumbblonde Fräuleins ein, dirigiert von *prêtres caramélisés* aus dem *atelier* des ersten Konditors der Stadt. Doch trotz alldem schlief sie weiter, *jolie tête de migraine!*

Es sollte ein Abend werden, reich an neuen Aufbrüchen für sie alle – unerwartete Ausschweifungen in der Handlung. Unter anderem für Felix, der nun in seinem neuen Verständnis der Dinge und Menschen voller Freigebigkeit war. Sylvie! Er saß in dem dahineilenden Bus und beobachtete ihr abgewandtes Gesicht mit einer Art von trunkener Heftigkeit und erkannte mit unerwarteter Bestürzung, daß er sich in sie verliebt hatte – es ist keineswegs angenehm, sich machtlos und in Banden zu fühlen. Er hatte plötzlich das Gefühl, daß er zur Befriedigung ihrer besonderen Wünsche erfunden war wie ein Eimer für einen Spaten! Ja, aber was empfand sie? Ihr besorgter Gesichtsausdruck verriet nichts außer dem Stress, unter dem sie stand aus Schmerz über ihre zerstörte Leidenschaft und die unvermeidliche Folge – die Trennung. Was sollte aus ihr werden? Seit einiger Zeit schon hatte ihn dieses Problem verfolgt und ihn mit einer Unruhe erfüllt, die er in körperliche Bewegung umsetzte. Er erneuerte seine Beziehung zu der Stadt, die ihm einstmals soviel bedeutet hatte; er lieh sich ein Fahrrad und machte sich jede Nacht nach Einbruch der Dunkelheit auf, um ihre Plätze und Ecken mit liebevoller Sehnsucht abzufahren und sich alle bitteren Entbehrungen seiner Konsulatszeit ins Gedächtnis zurückzurufen, wobei er sich fragte, wie es ihm gelungen war, so viel Einsamkeit und so viele kleinliche Demütigungen zu ertragen. Zuweilen hielt er nach Mitternacht auf dem kleinen Platz von Montfavet an und drückte auf die Klingel in der Mauer des Irrenhauses. Der kleine Arzt litt an Schlaflosigkeit – er wußte dies von früher – und ging fast nie vor dem ersten Schimmer der Morgendämmerung zu Bett. Späte Besuche entzückten ihn, und er schürte eilig das altmodische Olivenholzfeuer. Eines Tages erzählte er Felix, daß Sylvie ihm eine Botschaft geschickt habe, in der sie ihm ihren Entschluß mitteilte, in ihre frühere Behausung in Montfavet zurückzukehren, falls er zustimmte und sie wieder aufnahm. Er sprach voll trauriger Resignation, in der mehr als eine Spur von Schroffheit mitschwang, was bedeutete, daß er Constances Rolle in dieser bedauerlichen Angelegenheit nicht guthieß. Eine berufliche Kritik zwischen zwei Ärzten, denn schließlich hatte Constance alle Fakten gekannt und hätte die Folgen voraussehen müssen. «Es ist so unerwartet, wie es unfair ist», sagte er, «sie sollte sich schämen.»

Und sie war tatsächlich tief beschämt, aber es stand nicht in ihrer Macht, anders zu handeln, so stark war die Anziehungskraft, die während der ersten Monate vom Charme ihrer Liebsten ausging. Und jetzt?

Für Felix kam es ganz plötzlich, als er zufällig eines von Sylvies Prosa-Gedichten entdeckte, das Constance in seinem Zimmer hatte herumliegen lassen. Erstaunt stellte er fest, daß sie weit entfernt davon war, verrückt zu sein; sie war nur von der wesentlichen und grundlegenden Erleuchtung gestreift worden, die zu allen jungfräulichen Herzen kommt, wenn man sich die Mühe macht, sie vorzubereiten. Das poetische Leben manifestiert sich mit solchem Nachdruck, daß es oft wie eine entfremdende Kraft wirkt, die den simplen Verstand entthront. Aber das ist kein Wahnsinn – außer für Verhaltensforscher! Die Realität spricht verschiedene Dialekte, und der mächtigste ist der sexuelle. Wenn zwei Menschen erkennen, was für ein folgenschwerer Akt es ist, daß der sexuelle Code wie ein Funke überspringt, benutzen sie ihn ganz von selbst mit Zurückhaltung und großer Scheu. «Natürlich», sagte Sutcliffe zustimmend, «denn der Samen aller Meditation ist im Orgasmus selbst.»

Hat man das erkannt, kann man nicht im alten Trott fortfahren und ein ganzes Leben aus schierem Mangel an Aufmerksamkeit mißgestimmt vertun. Die außergewöhnliche Angst, die ihre Worte heraufbeschworen hatten, berührte ihn zutiefst. Er hatte sie in seinem Herzen ‹kristallisiert› – diesen wundervollen bedrohlichen Gang, den ganzen animalischen Magnetismus ihrer Schönheit.

Eine so heidnische Schönheit, daß sie nach dem Genuß fast schon Reue aufkommen läßt. Jedesmal wenn er sich dies aufs neue vergegenwärtigte, zog seine Leidenschaft ein weiteres Segel auf, aber auch seine Angst – denn wenn sie nicht reagierte, ihn nicht «sah», was sollte er dann tun? Manchmal sah sie so aufgewühlt aus, daß er sich fragte, ob sie vor den Hindernissen scheuen und ihre Reiter abwerfen würde. Eine bodenlose Unwissenheit verschlang ihn, und ihm wurde klar, daß man die Wirklichkeit der Liebe nicht kodifizieren kann, denn sie bewegt sich so schnell, daß das Auge und der Verstand nicht folgen können. Das süße Thema Liebe behandelt nur die Parodie des großen Ereignisses. Ah, um ihretwillen ein Heiliger zu werden, sich um den Zustand der Ruhe und das Wirken der Gnade zu bemühen, zum Nutzen beider! Sutcliffe schnalzte mißbilligend mit der Zunge und zitierte einen der *petites annonces*-Scherze von Blanford: *Druide très performant cherche belle trépannée.* Auf der großen Klaviatur der Liebe zu improvisieren! Aber Sutcliffe rief – wiederum mißbilligend – aus: «Nutzlos! So als riebe man Cold Cream auf den Bauch eines toten Stachelschweins.» Bis der Tod uns mit sanfter Gewalt in die totale Schweigsamkeit schubst, ist der Mensch nur dazu auf Erden, daß er die Stille in sich wachsen läßt. Uff! Aber wenn man erst einmal aufhört, auf die falsche (das heißt auf linkische) Art jemandem zugetan zu sein, dann beginnt alles zusammenzuwirken, Seligkeit setzt sein, und die Liebenden verstehen alles. Felix betrat ihr Zimmer und sagte, als er ihre Hände ergriff, überschwenglich und impulsiv: «Sylvie, lassen Sie es nicht zu, daß man Sie wieder für verrückt erklärt – gestatten Sie mir, Sie zu lieben! Ihre Krankheit ist nichts weiter als der Wachstumsschmerz einer einsamen Erkennerin. In Japan würde man ein Fest geben, um die Vision, die Ihnen zuteil wurde, zu feiern! Es ist der erste Schritt, mit dem der Jogi Zugang zu seiner endgültigen Allwissenheit erhält! Ich möchte Sie heiraten und mich um Sie kümmern, sonst werden Sie aus Angst aufhören zu schreiben so wie Rimbaud! Kommen Sie und leben Sie mit mir.»

Während sie noch vor Erstaunen zitterte und zögerte, bevor sie langsam in seine Umarmung stolperte, sagte Constance aus dem gleichen Grund voller Bitterkeit zu ihrem Spiegelbild: «Man kann nicht gleichzeitig Arzt und Mensch sein!»

Und sie fuhren weiter durch die mit weißen Stellen befleckte Dunkelheit, die Geräusche der Sprungfedern ließen um die dösenden Gestalten Echos einer Geheimsprache ertönen – Stimmen, die quälende Worte immer aufs neue wiederholten; «Miniaturtauben», «Miniaturtauben» oder «Gewissensgips», wieder und immer wieder. Blanford lauschte in seinem Schlaf, und frühere Halluzinationen stiegen herauf. Er erinnerte seine andere Hälfte daran, daß «Professor Dobson kurz vor seinem Zusammenbruch voller Entsetzen auf die Unterhaltung französischer Intellektueller reagierte, besonders auf Männer mit buschigen Bärten. Wenn ein solches Individuum sich räusperte und einen Satz anfing mit ‹C' est évident que la seule chose…› oder ‹Je suis tout à fait convaincu que…›, wurde er bleich und schwach vor Pein, und wenn nichts geschah, taumelte er zu Boden, wo er hilflos liegenblieb und mit den Hacken trommelte.»

«Ich weiß nicht, wie Sie so reden können, nachdem Sie selbst sich auf ein abstruses Prosa-Barbecue eingelassen und einen verdrießlichen Prosastil entwickelt haben, der auf Rozanov, Hegels *Ästhetik* und Mallarmés *Igitur* zurückgeht.»

Dies irritierte Blanford aus irgendeinem Grund, so daß er sich gezwungen sah, seine Methoden zu verteidigen. «Unsinn, ich war präzise genug, um meine Gedanken deutlich darzulegen. Meinen Stil könnte man als den Stil der harten Schnitte bezeichnen, wie in einem Film. Die grundlegende Veranschaulichung ist natürlich das Eingeständnis, daß die Wiedergeburt eine Tatsache ist. Die alten stabilen Konturen des guten alten gradlinig erzählten Romans sind dem Weichzeichner-Palimpsest geopfert worden, was es den Akteuren ermöglicht, sich ineinander zu verwandeln, in den inneren Lebensraum des anderen hineinzuschmelzen, falls sie es wollen. Jedes Ding und jeder Mensch rücken näher und näher zusammen, bewegen sich in Richtung auf das eine. Die großen menschlichen Vorbilder – die Kaiser und Kaiserinnen – waren blutsverwandt, waren Brüder, mit Schwestern verheiratet. Atemzug um Atemzug, Faden um Faden webten sie ihr Leichentuch aus Küssen und Gebeten. Schon vor der Pubertät war sie in meinem Bett, die kleine, tantrische Maus. Wenn sie miteinander sprachen, ging ein Regenbogen auf. Nach ihnen kamen Poeten; Frauen verwirrten sie. Aber das Buch, mein Buch, erwies sich als Führer zum menschlichen Herzen, dessen grundlegende Methode im ‹Herumlungern in verbrecherischer Absicht› besteht – dieser magische Satz Scotland Yards – bis die Erleuchtung dämmert! Die scheinbare Unordnung ist nur oberflächlich und beruht auf der Tatsache, daß ein Teil der Notizen, die ich aus dem Zugfenster streute, Notizen waren, die ich mir mit Affads Erlaubnis ausgeborgt hatte – die kleinen Predigten, die er in der Wüste von Macabrée hielt. Riesige Bündel von ihnen waren im Archiv von Verfeuille gelagert. Sie waren voll von bemerkenswerten gnostischen Aphorismen, und ich übertrug viele davon in mein Notizbuch. Daher die Überschneidungen.

Aus dem gleichen Grund schonen Menschen sich oder das an sich, was bislang noch nicht voll wiedergeboren ist. Man muß bis zum Rand des Provisorischen vordringen, bis zum Abgrund. Und wenn Sie sich's recht überlegen, sind Sie nicht schlecht gefahren, zumal Sie nur ein Gebilde meiner Phantasie sind; man könnte Sie für mehr als die Hälfte von Toby halten, wenn man den Roman in Betracht zieht, den ich fast geschrieben hätte, aber um den ich mich dann doch aus solchen Überlegungen gedrückt habe. Irgendwie ist es Ihnen gelungen, sich Ihr Getrenntsein zu bewahren, Ihre eigene Identität... Meine ich das? Ja, ein Buch wie alle anderen Bücher, aber das Rezept ist unüblich, das ist alles. Hören Sie zu, diese Anmaßung ist reine Phänomenologie. Die eigentliche Geschichte, die ich nacheinander durch allerlei Beleuchtungseffekte herausgeputzt habe, ist nicht esoterischer als ein normaler Kriminalroman. Die Unschärfen und die Beschwörungen sind eingestreut, damit ich einige wenige grundlegende Fragen stellen konnte: Wie wirklich ist die Wirklichkeit, und wenn sie es ist, warum? Hat die Poesie denn kein Existenzrecht?»

Die Dämmerung brach an mit ihren keuschen silbernen Spitzen von See und Wald, und ihr Schlaf erreichte ein tieferes und süßeres Register; die Wirklichkeit erschien zerbrechlich und provisorisch – man hatte das Gefühl, schon ein Atemzug könnte sie auslöschen wie eine Kerze. Ja, der schlummernde Blanford, der in Träumen weilte, die ihm wie geglückte Abkürzungen der Wahrheit erschienen, sprach zu sich selbst, daß man den Menschen ganz einfach als ein Glied zwischen zwei Atemzügen beschreiben könnte. Längliche Gedanken, die Philosophen wie Quine und Frega wieder in die Gesundheit treiben könnten! Um Liebe abzusaugen, um die Begierde, dieses schrullige Reptil, abzufangen durch das, was Sutcliffe beschreibt als «niedrigprozentiges Barmherzigkeitsficken eines unzulänglichen Trolls – ein Wesen mit großen elementaren Fußnägeln und vorspringenden Eiern».

Das Gedächtnis läßt Maschen fallen. Die ganze Nacht über spielte in seinem Unterbewußtsein ein gefälliger klagender Jazz – *esprit de vieux piano-bar! Le baisodrome vétuste de l'âme française!* Es ist nicht so, wie Cioran behauptet: «*de bricoler dans l'incurable*», sondern eher «*bricoler dans l'incroyable*», wenn die Vision sich zu Wort meldet. Im Sinne der wahren Alchimie können sowohl Weltlichkeit als auch Eitelkeit durchschaut und durch Gegenmaßnahmen besiegt werden. Man braucht sich vor den Medien-Clowns und den dösenden Quietisten nicht geschlagen zu geben. (Halt endlich den Mund und laß mich schlafen.) Ich bin ein sechs Fuß langes rosa, überzeugtes, englisches Baby und schreibe eine Prosa ohne Stoßkraft. Cade, bringen Sie mir meinen Liebes-Speck, meinen Sex-Grog!

Aber Cades dunkle Alpträume waren von gleichbleibendem Entwurf und Inhalt – die Welt als ein riesiges Insekt, das primitive Intelligenzfaktoren benutzt, die funktionell arbeiten, aber bar aller Affektivität, aller Gefühle sind! Der arme Kerl, es beunruhigt ihn, aber trotzdem empfand er sich als Diener seiner Fähigkeiten. Ungefähr wie jemand, der feststellt, daß er unfehlbar Gedanken lesen kann. Er meint immer, daß er sich dafür entschuldigen muß. Dafür, daß er so weit sehen kann …

Die Welt war ein stahlgepanzerter Saurier mit einem Insektenverstand und spät gesprossenen Federn – die Geistlosigkeit wurde von den Gnostikern verdammt, aber sie beherrschte die Welt. Die Bestie! Was konnte man tun, um dieses Monstrum durch etwas ein wenig Menschlicheres zu ersetzen? Augenscheinlich absolut nichts.

Im Fall von Constance führte die Situation mit Sylvie zu einem Bruch mit dem kleinen Arzt, der sie länger als ein Jahrzehnt so ergeben geliebt hatte. Er explodierte: «Das war ein furchtbarer Irrtum! Wie konnten Sie nur so einer Narrheit nachgeben und dieses Mädchen erneut in die Schizophrenie, höchstwahrscheinlich sogar in den Selbstmord treiben? Constance! Ich bin sehr böse auf Sie, denn Sie wissen es besser. Sie sind nicht Livia mit ihrer *partie à trois*! Es war eine erstaunliche Torheit!» Constance wäre fast in Tränen ausgebrochen, aber sie widerstand dem Gefühl und sagte: «Ich bin in diese Parodie einer Leidenschaft *geflohen*, um mich gegen das Bewußtwerden von Affads kläglichem Tod zu schützen – ich fühlte, daß es mich in den Wahnsinn trieb. Ich verbarg mich so und spielte auf Zeit, bis ich genug Mut aufbrachte, um der Leere in der Mitte der Welt, die er mir hinterlassen hatte, gegenüberzutreten!» Er wandte sich ab, um seine Empfindungen zu verbergen, und sie begriff, wie viel sie ihm bedeutete. «Wir haben mit der Liebe kein Glück!» fuhr sie voller Bitterkeit fort. «Und ich habe auf Ihr Mitgefühl gerechnet. Es tut weh, Vorwürfe zu hören.»

Trotzdem hatte er recht, und sie wußte es. Aber um sie nicht zu unwiderruflich zu verletzen, brachte er das Thema auf Livia. «Sie haben mir erzählt, daß Sie noch immer Fragen über Livia stellen. Wissen Sie eigentlich, daß einige Deutsche, die etwas über sie wissen könnten, noch immer bei uns sind? Ach, nein? Smirgel, der Doppelagent, ist noch in Avignon. Es gelang ihm, recht triumphal zu beweisen, daß er die ganze Zeit über mit eigenem Sendegerät für die Briten gearbeitet hat. Noch erstaunlicher ist, daß von Esslin hier ist, der deutsche General und ehemalige Kommandeur. Er ist nach einem Unfall fast erblindet und liegt in Nîmes in der Augenklinik, während er auf seinen Prozeß wegen irgendeines Kriegsverbrechens wartet. Es muß auch noch andere geben, aber die beiden könnten Ihnen am ehesten helfen. Und im Fall vom alten Smirgel – waren die beiden nicht direkt Komplizen? Ich meine, sie haben doch zusammen oben auf der Festung gearbeitet. Ich habe seine Adresse auf meinem Terminkalender, er kommt öfters her, um depressiven Patienten vorzulesen, es macht ihm Spaß. Sie könnten ihn anrufen und sich mit ihm verabreden, wenn Sie ihm Fragen über Livia stellen wollen...»

Wie seltsam zu erfahren, daß diese Überbleibsel des Kriegs noch immer existierten, und das in der Provence! Es war kaum faßbar, der Krieg mit all seinem Wahnsinn schien so fern... Der General! dachte sie. Vielleicht würde es sich lohnen!

Ja, sie würde ihn besuchen.

VIER

DER BESUCH BEIM GENERAL

Eine Weile lang führte sie diese Absichten nicht aus, aber mit den ersten warmen Frühlingstagen nahmen sie allmählich Form an und erhielten eine Dringlichkeit, die durch ihre angeborene Ungeduld und auch die unmittelbar bevorstehenden Veränderungen in ihrem Leben genährt wurde. Denn Blanford hatte beschlossen, wenn Sylvie wieder in ihre alte Behausung in Montfavet zog, könnte er endlich nach Tu Duc zurückkehren. Constance jedenfalls schien die Idee zu gefallen. Und so wandten sich ihre Gedanken dem alten General von Esslin zu, der seine Tage in der kleinen Augenklinik von Nîmes verbrachte und in einer unklar definierten Halbgefangenschaft auf das Urteil wartete, das das Kriegsverbrechergericht auf Grund seines Dossiers über ihn fällen würde. Er war fast blind, und die Prognose für die Zukunft war so schlecht, daß er sich bereits einen der üblichen weißen Stöcke angeschafft hatte, obwohl er Dinge und Menschen noch vage erkennen konnte, oft jedoch nur ihre Umrisse, die er aus der Erinnerung ausfüllte.

Er saß steif an einem Kinderpult und versuchte, die Anfangsgründe des Französischen zu lernen, um seine Isolation und Einsamkeit zu mildern. Die Obrigkeit behandelte ihn mit seinem Rang angemessener respektvoller Höflichkeit, was ihn nicht weiter verwunderte, wie er Constance erklärte: «Sie verstehen die Logik der Uniform – was ist schließlich ein Verbrechen? Die Pflicht eines Soldaten hat den Vorrang, und das wissen sie.» Es war eine dieser intellektuellen Wortklaubereien, die einen schlechten Geschmack im Mund hinterlassen, wie die Behauptung von Gelehrten, daß «die Tempelritter die Bankiers Gottes, aber nicht Christi» waren!

Die Untersuchungen wurden mit keiner allzu großen Eile vorangetrieben, noch war den Franzosen daran gelegen, den Gang der Dinge zu beschleunigen, denn bei jedem neuen Schritt trat ihre beschämende Kollaboration mit den Deutschen immer klarer zutage. Von Esslin selbst fühlte sich verwaist, denn er hatte den Kontakt mit seiner Familie und seinem Besitz verloren, der jetzt von den russischen Truppen besetzt war. Die spärlichen Nachrichten, die durchsickerten, waren alles andere als beruhigend. Später sollte er erfahren, daß die russische Armee als Reaktion auf Berichte von Nazi-Greueltaten weiter östlich das Schloß niedergebrannt hatte. Seine Mutter und seine Schwester waren, mit der Dienerschaft in einer Scheune eingeschlossen, umgekommen. Das Schweigen machte ihm seine Isolation noch fühlbarer. Seine Welt war klein geworden, seine Bewegungsfreiheit beschränkte sich auf einen Spaziergang von wenigen hundert Metern in den romantischen öffentlichen Gärten dieses nüchternen Lehens des Protestantismus: die Stadt Nîmes. Er durchquerte tappend den Park, bis er einen sonnigen Platz fand zum Hinsetzen, und wärmte sich in der Sonne, so sie schien, wie eine alte Eidechse. Er litt sehr unter der winterlichen Kälte, denn die kleine Klinik war nicht richtig geheizt.

Es war natürlich eine große Überraschung, als Constance so unerwartet in sein Leben hereinplatzte, und sie vermutete, daß sein Erstaunen über ihr fehlerfreies Deutsch ihn dazu veranlaßte, sie so herzlich willkommen zu heißen. Tatsächlich jedoch hatte es einen tieferen, viel tieferen Grund, als sie auch nur ahnen konnte, denn durch den Schleier seines nachlassenden Augenlichts schien diese blonde und schöne Frau das wiedergeborene Erinnerungsbild seiner blonden Schwester Constanza – sogar der Name war der gleiche! «Mein Name ist Constance», sagte Constanza, und ein schmerzhafter Stich freudigen Wiedererkennens war seine erste Regung. Natürlich folgten Enttäuschung und Bestürzung – einen Augenblick lang fragte er sich verwirrt, ob das Rote Kreuz auf Grund irgendeiner wundersamen militärischen Ausnahmebewilligung es der wirklichen Constanza erlaubt hatte, die Front zu passieren und ihn zu besuchen... Es war grausam, und er brauchte eine Weile, um sich mit der Wahrheit abzufinden. Es war in gewisser Weise auch ärgerlich, da diese lebensermutigende Vision immer wieder neu redigiert werden mußte, um den gegenwärtigen Notwendigkeiten zu entsprechen. Hinzu kam, daß die betörende Ähnlichkeit der Stimme zusammen mit der manirierten, eleganten preußischen Ausdrucksweise so weit ging, daß er auf den ersten Blick davon überzeugt war, daß sie tatsächlich seine Schwester *war*, sein könnte, sein *müßte*! Leider! Aber bei ihrer ersten Unterredung, während der das Mädchen sich vorstellte und auf ihr Thema zu sprechen kam, überflutete diese Selbsttäuschung, nach der er lechzte, sein Herz und seinen Verstand wie Manna vom Himmel. Und so war es nicht weiter verwunderlich, daß er ihr schon nach einer Stunde hingebungsvoll zu Diensten stand und voller Bereitschaft war, ihr bei ihren Nachforschungen über Livia beizustehen. Sein Alter und seine Gebrechlichkeit rührten sie, und sie wurden Freunde.

Zuerst erschien es ihnen seltsam, daß sie sich nicht aneinander erinnerten, obwohl sie sich doch beide so lange Zeit und während der gleichen kritischen Periode in derselben Stadt aufgehalten hatten. Zweimal hatte sie ihn vielleicht gesehen, als er mit einer Truppe Soldaten die Stadt durchquert hatte mit abgewandtem Gesicht, bleich und unnahbar wie eine Chiffre – die er auch gewesen war. Er konnte sich nicht erinnern, sie jemals gesehen zu haben, denn sonst wäre ihm die Ähnlichkeit mit seiner Schwester aufgefallen. Von Livia wußte er nur wenig, auch das nur aus Zufall, denn er hatte ein Wochenende auf dem Krankenrevier der Festung verbracht, um einen entzündeten Zahn behandeln zu lassen, und diese eher wortkarge Krankenschwester hatte in dieser Woche Dienst gehabt. Aber sein hoher Rang hatte eine zwanglose Unterhaltung nicht gerade gefördert. Nichtsdestoweniger hatte er vage Klatschgeschichten über die junge Engländerin gehört, die abtrünnig geworden war, sich den Nazis angeschlossen hatte und inzwischen als Oberschwester bei der kämpfenden Truppe arbeitete. Er hatte gefunden, daß eine solche Unabhängigkeit Bewunderung verdiente, und war beinahe schockiert gewesen, als der Sicherheitsoffizier, der ihm ihre Laufbahn kurz geschildert hatte, mitleidig und voll Verachtung von ihr sprach. Man mißtraute Livia offensichtlich, wohl auch wegen ihrer Verbindung zu Smirgel, der der höchste Sicherheitsoffizier in Avignon war. Sie war mit ihm jedoch schon seit vor dem Krieg bekannt, als Smirgel als Kunststipendiat einige Zeit in der Stadt verbracht hatte. Er hatte Livia eines Tages, während er ein Bild restaurierte, kennengelernt, und sie waren nach einigem Zögern zusammen ins Bett gegangen.

«Soviel habe ich erfahren oder sozusagen belauscht. Aber ich habe nicht weiter darüber nachgedacht, wir hatten schon genug Sorgen. Oft wurden Zweifel über Smirgels Zuverlässigkeit laut, besonders, da er einen Auftrag der Engländer übernommen hatte, aber nur, um sie in die Irre zu führen – zumindest behauptete er das. Vielleicht war es die Wahrheit – warum auch nicht? Aber in einem Krieg gehen wilde Gerüchte um, keiner traut keinem. Jedenfalls müssen die alten Militärberichte noch irgendwo existieren, es sei denn, die Franzosen haben sie vernichtet, um sich unnützes Nachdenken über ihre eigene Vergangenheit zu ersparen. Man kann das verstehen. Sie waren noch eifriger als wir, wenn es darum ging, Dissidenten zu verfolgen. Nach meiner Meinung hätte es nach den ersten Monaten keinen Widerstand mehr gegeben, wenn wir nicht diese Zwangsarbeiterpolitik verfolgt hätten. Sie hat erst die Welle von Reaktionen ausgelöst und die Leute dazu gebracht, sich um die Gestellungsbefehle zu drücken und in die Hügel zu fliehen. Erst dann begannen die Briten mit ihren Fallschirmabsprüngen, bewaffneten die geflohenen Zwangsarbeiter und bildeten Widerstandsgruppen. Und natürlich waren das Terrain um La Salle herum und die Festungen der Languedoc für solche Operationen sehr geeignet.»

Er schüttelte mit einem Ausdruck des Bedauerns den Kopf und fuhr fort: «Und was die Sache noch komplizierter machte, war, daß es drei sich überschneidende Nachrichtendienste gab, die oft die widersprüchlichsten Dinge über dieselben Vorgänge berichteten. Meine Rolle war eine rein militärische, obwohl ich zu allem Zugang hatte. Ich war dem Oberkommando unterstellt und besaß meine eigene Nachrichtentruppe, die sich nur um Heeresangelegenheiten kümmerte. Dann gab es den militärischen Generalbevollmächtigten, der seinen eigenen Sicherheitsdienst hatte und mit der französischen Miliz zusammenarbeitete – die er übrigens haßte und der er mißtraute, obwohl es ihm gelang, die Schmutzarbeit auf sie abzuwälzen. Was ihnen gar nicht unrecht war. Es schien ihnen Spaß zu machen, ihre Landsleute zu schikanieren. Deshalb befinden sie sich jetzt in einer so prekären Lage. Damals sind viele Feindschaften entstanden, und der Franzose nährt seinen Haß, er vergißt nicht und vergibt nicht!»

Er hatte mit seinem Stock eine Skizze der sich überschneidenden Nachrichtendienste in den Kies gezeichnet, jetzt schlug er einige Male mit dem Stock darauf und fügte hinzu: «Sehen Sie? Während wir offiziell zusammenarbeiteten, waren wir intern uneins. Keiner konnte die Miliz ausstehen, und sie uns nicht, denn die Miliz hatte ein schlechtes Gewissen. Deshalb haben sie sich auf die Dokumente gestürzt. Meiner Meinung nach wird kein Fetzchen Papier je zutage kommen. Die Dossiers belasten sie selbst viel zu sehr. Ich versichere Ihnen, daß sie alles vernichten werden. Und dann wird eine neue Rasse von Kriegshelden aus der Asche emporsteigen. Die Franzosen betreiben eine sehr schlaue Propaganda. Sie müssen beweisen, daß sie selbst etwas unternommen haben, sonst können sie bei den Friedensverhandlungen keine Vorteile für sich herausschlagen. Das zumindest glaube ich. Aber man wird natürlich sagen, daß ich voreingenommen bin.»

Er seufzte und schüttelte traurig und vorwurfsvoll den Kopf. Und so redeten sie weiter, mal von diesem, mal von jenem; wieder seine Muttersprache zu sprechen war so berauschend, daß es den Soldaten in ihm fast entmannte – Tränen der Dankbarkeit standen ihm in den Augen. Und überdies mit dieser funkelnden Schatten-Version seiner geliebten Constanza zu sprechen... Wellen der Sympathie gingen über sein altes Herz wie ein Wind, der über Glutasche streicht, die er längst erloschen geglaubt hatte. Er wagte es sogar, die Hand auszustrecken und ihre zu ergreifen, die bei der Berührung nicht zurückzuckte, sondern einen Augenblick lang still in seiner ruhte. Diese warme Berührung beflügelte seine Gedanken, obwohl er nur wenig über Livia zu berichten wußte. Nein, es war klar, daß sie versuchen mußte, Smirgel aufzuspüren. Sie erzählte ihm, daß Smirgel sie irgendwann kurz vor Kriegsende – kurz vor dem allgemeinen Rückzug – besucht hätte, um ihre Meinung über ein Dokument zu hören, das er sich beschafft hatte und das angeblich ein von Churchill eigenhändig unterschriebener Tagesbefehl war. Es war eine optimistische Einschätzung der Kriegslage, worin es hieß, daß die Deutschen im Hinterland Vorräte anlegten, was

darauf hinweise, daß sie jetzt Verteidigungsstellung bezö-
gen. Smirgel hatte von ihr wissen wollen, ob sie es für eine
Fälschung hielt oder nicht. Als sie später an den Zwischenfall zurückdachte, vermutete sie, daß es ein plumper Versuch gewesen war, sich in ihr Vertrauen einzuschleichen.
Aber *warum*?

Der General lieferte ihr dazu einen aufregenden, bestä-
tigenden Kommentar. Er sagte: «Mein Gott! Ja, ich erinnere mich gut an dieses englische Dokument und seinen
Inhalt. Es war eine Sensation, weil es nämlich der Wahrheit entsprach. Wir mußten bereits die eine oder andere
Verteidigungsschlacht in Südfrankreich ins Auge fassen,
um die Mittelmeerachse zu konsolidieren, denn Italien
fing an, abtrünnig zu werden und auseinanderzufallen.
Und noch etwas: Als die Alliierten die löbliche Absicht
verkündeten, keine historischen oder archäologischen
Denkmäler zu bombardieren, war das ein nützlicher Hinweis. Wir wußten nun, was mit den vielen Waffen, die per
Eisenbahn, Lastwagen und Schiff nach Frankreich herein-
strömten, zu tun sei! Wir würden sie, so gut wie möglich
getarnt, so lagern, daß sie keinen Luftangriffen ausgesetzt
waren. Was war zum Beispiel naheliegender, als in den
Steinbrüchen und Höhlen am Pont du Gard Stollen vor-
zutreiben. Der Ort war ein Gottesgeschenk. Die kilome-
terlangen Gänge und Gewölbe waren für unseren Zweck
ideal. Und so erhielten unsere Pioniere den Befehl, sich an
die Arbeit zu machen, was sie auch taten, und die Waffen-
lager wuchsen und wuchsen.»

Er war sichtlich ermüdet, und seine Beschreibungen
verloren an Lebendigkeit. Aber er wollte diese erquik-
kende Unterhaltung nicht beenden und fragte sich in Gedanken, unter welchem Vorwand er sie dazu bewegen
könne zurückzukommen. «Es ist bald Zeit für meine Medizin», sagte er schließlich bedauernd. «Aber vielleicht
fallen mir später noch Dinge ein, die für Sie interessant

sind. Möchten Sie, daß wir uns nächste Woche zu einem weiteren Gespräch wiedertreffen?» Zu seinem Erstaunen und seiner Erleichterung sagte sie ja. Sie fand sein offensichtliches Bedauern, sich von ihr trennen zu müssen, sehr rührend. «Ja, wir müssen uns wiedersehen», sagte sie, «wir könnten irgendeine Einzelheit, die mir weiterhilft, übersehen haben. In der nächsten Woche können Sie den Tag bestimmen, da ich Urlaub habe.» Er war entzückt und schüttelte herzlich ihre Hand, als sie sich trennten.

Und so kam es, daß dieser ersten Begegnung noch eine Reihe kurzer, angenehmer Besuche bei dem alten Mann folgte, die sie die traurigen und öden Kriegsjahre, welche sie in dem von ihnen noch immer widerhallenden Avignon verbracht hatte, erneut erleben und erleiden ließ. Auch waren die Besuche durchaus wertvoll, denn viele kleine Einzelheiten des Lebens in dieser dunklen Epoche wurden durch ihre anregende Gegenwart bei ihm wieder wach. Außerdem gelang es ihr, einige kleine Konzessionen und Vorteile in der Klinik für ihn durchzusetzen, wie zum Beispiel eine Zigaretten- und Weinzuteilung – er war schließlich ein Kriegsgefangener und auf Grund seines Rangs zu gewissen Privilegien berechtigt. Und während die Jahreszeit sich auf das mildere späte Frühjahr zubewegte, versuchte sie, die winzigen historischen Fragmente zu ihrer eigenen Befriedigung zu sammeln und zu ordnen.

Jourdain war ihr gegenüber zuerst eher kühl und ablehnend, weil sie sofort in Sylvies Umzug einwilligte, aber als er später das ganze Ausmaß ihres Bedauerns spürte, verwandelte er sich wieder in sein früheres, großzügiges Selbst. Als er aber hörte, daß Blanford nach Tu Duc zurückkehren wollte, konnte er seine Eifersucht nicht ganz unterdrücken, obwohl er wußte, daß Constance beschlossen hatte, persönlich die langwierige Physiotherapie zu übernehmen, die ein Teil der Behandlung für Blanfords verwundeten Rücken war, der sich unter ihrer Pflege erstaunlich gebessert hatte. Doch eine der Überraschungen, die die Erinnerungen des Generals zutage brachten, betraf die riesigen Waffendepots, welche in den Höhlen und Gängen der römischen Steinbrüche von Vers und an anderen Orten heimlich angelegt worden waren. Die österreichischen Pioniere, die den Befehl gehabt hatten, die Waffen zu lagern, hatten zum Schluß offen gemeutert und sich geweigert, einen Munitionszug, den die Nazis auf die Brücke über dem Fluß, die Lebensader der Stadt, rangiert hatten, in die Luft zu jagen. (Wären sie dem Befehl nachgekommen, wäre Avignon unweigerlich schwer beschädigt, ja total zerstört worden.) Die Weigerung der Österreicher hatte die Stadt gerettet, aber die zwanzig Pioniere wurden festgenommen und ohne viel Federlesen erschossen. Die dankbaren Einwohner hatten, sobald die Armee die Stadt verlassen und sich nach Norden abgesetzt hatte, ihre Gräber mit Rosen bedeckt... Das war Geschichte. Aber die Arbeit der Pioniere hatte seltsame Gerüchte aufkommen lassen über Entdeckungen, die sie während ihrer Arbeit an den Stollen beim Pont du Gard gemacht hatten, wobei sie die Überreste früherer Ausgrabungen wegräumten, um Platz für das Waffendepot zu schaffen.

Sie hatten behauptet – zumindest die beiden Offiziere, die das Unternehmen anführten –, daß die Männer auf eine Eichentür gestoßen seien, die in einem Felsen in der Mitte des Labyrinths eingelassen war – eine Tür mit Stahlbeschlägen, die, nachdem man sie gewaltsam geöffnet hatte, in ein kleines, wie Waben in einem Bienenstock angeordnetes Höhlennest führte. Es zeugte von feinster Steinmetzarbeit, und die Wände waren sorgfältig verputzt, um den Ort gegen Feuchtigkeit zu schützen. Die Nischen quollen über vor Schätzen, alle ordentlich in Kisten verpackt und aufgestapelt. Ihren erstaunten Augen boten sich nicht nur Goldbarren und Goldmünzen dar, sondern auch kleine Berge von Edelsteinen und anderen Kostbarkeiten;

einer lateinischen Mauerinschrift war zu entnehmen, daß der Hort von den Tempelrittern stammte. Die Tempelritter! Anfangs herrschte große Verwirrung, und viele waren höchst skeptisch, weil der Leutnant, der die Österreicher kommandierte, als Lügner und Trunkenbold bekannt war. Überdies gab er zu verstehen, daß sie, um ihren Fund zu sichern, die Gänge in der Umgebung der Haupthöhle mit ihrer in den Felsen eingelassenen Tür sorgfältig vermint und mit Sprengfallen versehen hätten und daß es daher lebensgefährlich sei, sich ohne einen genauen Lageplan der Sprengkörper der Haupthöhle zu nähern, ganz abgesehen von der überall gelagerten Munition, die leicht explodieren konnte. Zuerst war kaum jemand geneigt, den Behauptungen des österreichischen Leutnants Glauben zu schenken, aber seine Geschichte gewann an Substanz und Gehalt durch die Tatsache, daß er und seine Untergebenen eine Anzahl von Edelsteinen vorzeigen konnten, die sie aus einer der großen Eichentruhen genommen haben wollten, ehe sie die Höhle wieder verschlossen und die Sprengladungen anbrachten.

Was für eine Ironie des Schicksals, dachte Constance, als sie von diesen Ereignissen erfuhr. «Der Schatz der Tempelritter, obwohl endlich entdeckt, bleibt wie eh und je hartnäckig außer Reichweite, weil es einen neuen Krieg mit seinem launischen Waffenglück gegeben hat.» Sie lächelte traurig, denn sie konnte vor ihrem geistigen Auge die Gefühlsäußerungen sehen, die wie Fledermäuse über Lord Galens Gesicht huschen würden – Gier, freudige Erregung, Angst, Verdruß –, wenn sie ihm die erstaunliche Geschichte erzählte, was sie wohl eines Tages tun mußte. Wieder fehlgeschlagen! Und dennoch... Irgendwann *mußte* doch ein Plan existiert haben, schon, damit die österreichischen Entdecker des Ortes an den Schatz wieder herankommen konnten. Irgend jemand mußte irgendwo die Lage der Sprengladungen aufgezeichnet haben. Aber die Pioniere waren tot, von den Nazis erschossen, weil sie sich geweigert hatten, ein Verbrechen zu begehen und die Stadt zu zerstören! Aber wer würde es wagen, in dem riesigen Munitionslager auf Schatzsuche zu gehen? Diese Ungewißheiten waren zum Verrücktwerden! Der alte Soldat war voller Mitgefühl für ihre Erbitterung. Als sie ihm jedoch von ihrem Ausflug zu den ‹Saintes Maries› erzählte und davon, was die Zigeunerin über den Schatz gesagt hatte – nämlich, daß er durchaus existiere, aber von Drachen bewacht sei –, lachte er, schlug sich mit der Handfläche aufs Knie und sagte: «Eins ist seltsam – die österreichischen Pioniere kamen aus einem aufgelösten kaiserlichen Dragonerregiment und hatten das Recht, zur Erinnerung an frühere Zeiten, auf ihren Schulterklappen das Bild eines Drachens zu tragen. Da haben Sie Ihre ‹Drachen›, wenn Sie die Prophezeiung so auslegen wollen!» Für ein abergläubisches Gemüt klang diese Erklärung sehr einleuchtend, und sie sah schon vor sich, wie der Prinz sie mit Entzücken schlucken würde. Aber das hauptsächliche Dilemma blieb bestehen – nämlich wie, wenn überhaupt, kam man an den Schatz heran? Vermutlich gar nicht, in Ermangelung weiterer Informationen. «Ich sehe, Sie sind irritiert und enttäuscht», sagte der alte von Esslin mitfühlend, denn die nähere Bekanntschaft hatte seine leidenschaftliche Bewunderung für Constance nicht gedämpft. «Und ich habe volles Verständnis dafür. Ich werde weiter über die Sache nachdenken, vielleicht fällt mir doch noch eine Lösung ein. Natürlich wäre es der schiere Wahnsinn, einfach in der *cache* herumzuschnüffeln, ohne Bescheid zu wissen. Diese Meuterer haben nicht gespaßt. Sie wußten, was sie wollten, und sie verstanden ihr Handwerk.»

Eine Weile lang schien es, als sei die ganze Angelegenheit an einem toten Punkt angekommen und neue Entwicklungen seien nicht zu erhoffen. Und dann gab es eine

Ablenkung. Dr. Jourdain erschien plötzlich in Tu Duc. Er kam auf dem Fahrrad und brachte die Nachricht, daß Smirgel, der Doppelagent, der ihre Gedanken so oft beschäftigt hatte, wiederaufgetaucht sei. «Er ist aus seinem Versteck herausgekommen, um vor Gericht als Zeuge über Kriegsverbrechen während der letzten Tage der Besatzung auszusagen. Er ist, wie Sie sich vorstellen können, in einem fast hysterischen Zustand und versucht, seine Haut und seinen Ruf zu retten, indem er eine Anzahl seiner ehemaligen Kollegen ans Messer liefert. Er ist unverbesserlich, ein Lügner erster Güte. Ich habe eine ungewollte Bewunderung für ihn als Studienobjekt. Vom medizinischen Standpunkt aus gesehen, ein erstaunlicher Fall, denn er bleibt immer gerade eben diesseits einer prächtigen, voll erblühten Paranoia. Ich frage mich, wie er das macht.» Aubrey Blanford, der ihm zuhörte und dabei eine Patience legte, sagte: «Vielleicht sollte er Romane schreiben?» Jourdain lächelte. Er fuhr fort: «Jedenfalls erschien er mit einer für ihn typischen Frechheit zu einem Drink bei mir und versuchte, aus mir herauszubekommen, ob ich eventuell für ihn als Zeuge auftreten würde – ein Ansinnen, um das ich mich sorgsam gedrückt habe, da ich nicht weiß, was er während der Besatzungszeit gemacht hat. Woher sollte ich auch? Aber ich habe ihm gesagt, daß Sie, Constance, versucht hätten, ihn zu finden, weil Sie hoffen, daß er Ihnen ganz privat Fragen über Livia und ihre geheimnisvollen Tätigkeiten beantworten könne. Dies schien ihn zu erschrecken, und er wurde ein wenig mißtrauisch. Er machte den Eindruck, als wolle er uns nicht wiedersehen, und ich fürchtete schon, er würde für immer verschwinden, aber nachdem ich eine Weile mit ihm gesprochen hatte, beruhigte er sich und hörte aufmerksam zu. Ich betonte, daß Sie eine wertvolle Zeugin für ihn sein könnten, falls er mit dem Untersuchungsrichter Schwierigkeiten hätte, und daß es sich für ihn lohnen würde, auf Ihre Bitte einzugehen. Plötzlich gab er nach und sagte, daß er mit Ihnen sprechen will, allerdings unter der Bedingung, daß nur Sie den Treffpunkt kennen. Er schlägt heute nachmittag vier Uhr vor, daher bin ich so plötzlich bei Ihnen aufgetaucht. Ich bringe Ihnen einen Brief mit, der alle Einzelheiten enthält.»

Er zog aus seiner Tasche einen versiegelten Umschlag hervor, übergab ihn Constance und sagte: «Uff! Ich bin von diesen Anstrengungen ganz aus der Puste, aber ich habe meine Pflicht getan. Wie wäre es, wenn Sie mir ein Glas Wein anböten, bevor ich mich davonmache. Es wäre ein Akt der Barmherzigkeit...» Sie beeilten sich, seinem Wunsch nachzukommen, und alle drei saßen noch eine Weile lang im Schatten der Apfelbäume, während Constance halb neugierig, halb freudig erregt den Briefumschlag öffnete und anfing, die Botschaft zu lesen, die ihr der schwer faßbare Smirgel in seiner spinnenhaften Handschrift geschickt hatte. Sie war auf deutsch geschrieben – er hatte also nicht vergessen! «Verehrte gnädige Frau, ich höre von unserem gemeinsamen Freund, Doktor Jourdain, daß Sie mich zu sehen wünschen. Ich komme Ihrem Wunsch gerne nach, würde Sie aber bitten, einen von mir vorgeschlagenen Treffpunkt zu akzeptieren, da ich auf Grund meiner derzeitigen Aktivitäten und Sorgen nicht ganz mein eigener Herr und sehr beschäftigt bin. Ich werde morgen zwischen vier und fünf Uhr in der Kirche von Montfavet, die Sie natürlich gut kennen, auf Sie warten. Ich werde in der fünften Seitenkapelle sitzen. Ich hoffe, daß Ihnen dies konveniert. Ihr sehr ergebener.» Die Unterschrift war ein Schnörkel. Sie steckte den Brief in den Umschlag zurück und dankte Jourdain für seinen Freundschaftsdienst. Sie hatten im Verlauf des Gesprächs beschlossen, ihn zum Mittagessen dazubehalten, und aus der Küche erscholl das vielversprechende Klappern von Pfannen und Töpfen.

Und so fuhr sie im nachmittäglichen Sonnenschein in

ihrem kleinen Wagen auf den ihr vertrauten Straßen in Richtung auf die Stadt. Jourdain saß neben ihr, denn sie hatte ihn dazu überredet, sein Rad zusammenzuklappen und es auf dem Rücksitz ihres winzigen Wagens zu verstauen. Sie setzte ihn ab und fuhr dann zurück zu dem schattigen kleinen Platz mit seinen stillen Olivenbäumen und Zypressen. Sie parkte ihren Wagen im Schatten an einer Mauer, stellte den Motor ab, blieb einen Augenblick lang sitzen und rief sich das letzte gespenstische Treffen mit Livia in dieser freundlichen Umgebung ins Gedächtnis zurück. Es war Jahre her. Sie erinnerte sich an den präzisen Tonfall, mit dem Livia gesagt hatte: «Ich habe ein Auge verloren!» Und wie sie die ganze Zeit über ihr Gesicht von ihrer Schwester abgewandt hatte, als schäme sie sich dieser Entstellung. Wie hatte sie ihr Auge verloren? Nachgrübelnd über die längst vergessenen Ereignisse, ging sie langsam unter den sonnengesprenkelten Bäumen auf die stille, jetzt menschenleere und dunkle Kirche zu. Endlich stand sie in der Seitenkapelle unter den in Öl gemalten Zeugen, die so linkisch und plump wirkten. An der Wand hinter ihrem Rücken befand sich eine Gedenktafel für einen längst vergessenen Priester. Die Inschrift lautete:

ICI REPOSE
PLACIDE BRUNO VALAYER
Evêque de Verdun
Mort en Avignon
en 1850

Das Bild war schlecht gemalt und stammte aus einer schlechten Zeit der Malerei. Ach, und wie verblaßt, leblos und entrückt die Gesichter dieser drei wirkten, die dieses schweigende Gebäude beherrschten! Doch das Schweigen war nicht ganz vollkommen, denn irgendwo draußen zwischen den grünen Blättern im schattigen Laub stammelte eine Nachtigall eine Tonfolge und war dann plötzlich still, als ob sie verlegen geworden sei. Sie war ein paar Minuten zu früh gekommen, brauchte sich also noch nicht über Smirgels Erscheinen zu sorgen. Sie schloß einen Moment lang die Augen, um besser von der Vergangenheit träumen zu können an diesem Ort, so reich an Schweigen, mit seinem trüben Nachmittagslicht – ein Platz für Einsamkeit, die über die atmende Stille und die einspitzigen Ebenen der gewollten Unvernunft hinführte zu den mystischen Andeutungen, die den Träumer auf eine neue Flugbahn bringen könnten, hin zum Licht! Hin zu neuem Ziel – dorthin, wo der Tod seiner selbst voll bewußt wird! Unter so gelehrten Gedanken sank sie in dem Kirchengestühl, in dem sie saß, in Schlaf. Nach einer Weile erwachte sie mit einem Ruck und bemerkte Smirgel, dem es gelungen war, die kleine Kirche lautlos zu betreten und sich neben sie auf die Kirchenbank zu setzen. Er betrachtete lächelnd ihr schlafendes Gesicht. Sie war ein wenig verwirrt, als sie versuchte, ihre Fragen zu formulieren. «Natürlich sind Sie es, wer sonst?» sagte sie. Worauf er erwiderte: «Habe ich mich denn so verändert?» Er hatte sich tatsächlich sehr verändert. Er war sehr dünn geworden, trug schäbige Kleider, und sein leicht ergrautes Haar war kurz geschnitten. Aber die alte Verschlagenheit und sein unbesiegbarer Lebenswille blitzten noch immer aus seinen Augen; sie waren mit zunehmender Arglist schmaler geworden. Er sagte: «Ich habe keine Ahnung, was ich Ihnen erzählen kann, das Sie noch nicht wissen, doch ich werde mein Bestes tun, Ihre Neugierde zu befriedigen. Aber werden Sie mir als Gegendienst helfen, sollte ich eines Tages Hilfe brauchen? Vermutlich hat Jourdain Ihnen erzählt, daß ich vor ein Kriegsgericht zitiert werde, um mich für sogenannte verbrecherische Handlungen vor dem Zusammenbruch – unserem Zusammenbruch – zu verantworten. In Wahrheit habe ich für die Briten gearbeitet, und sie hatten mir versprochen, daß mir diese Tatsache nach dem Krieg angerechnet würde. Aber nun behaupten sie, weil ich ein Doppelagent gewesen sei und auch für meine eigene Seite gearbeitet hätte, seien sie mir für meine Tätigkeit nichts schuldig! Ist das nicht die Höhe?» Er lehnte sich im Kirchenstuhl zurück und schüttelte voller Selbstmitleid den Kopf. Constance fand es unklug, irgendwelche Vorbedingungen an ihr Gespräch zu knüpfen, und sagte: «Ich kann Ihnen keine Versprechungen machen. Wenn Ihnen das nicht paßt, können wir nicht weiterreden. Andererseits kann auch ich keine Bedingungen stellen. Ich wollte einfach mehr über meine Schwester Livia und ihr seltsames und tragisches Ende erfahren. Damals schienen Sie eine Menge über sie zu wissen, aber ich hielt mich zurück und stellte Ihnen keine Fragen. Es wäre nicht sehr passend gewesen, zumal unter den kriegsbedingten Umständen, die nun mal so waren, wie sie waren. Aber nun ist wieder Frieden, und ich dachte, ich versuche es noch einmal. Verstehen Sie das?»

«Ach, Livia!» sagte er und seufzte tief. «Wer wird je die Wahrheit über Livia erfahren?» Bildete sie es sich ein oder schluckte er an einem Kummer, als er dies sagte? Es war, als ob der Gedanke an Livia ihn plötzlich ohne Vorwarnung überwältigte und ihn die Schlingen der unerwiderten Begierde und der Erinnerung erdrosselten. Sie beobachtete ihn neugierig und betrachtete die kummervollen Linien, die diese Gedanken in seine ränkevollen Züge eingruben. Er dachte tief und schmerzvoll nach – vielleicht, um ihr Bild mit dem wunden Auge neu zu erschaffen. Er sagte barsch: «Es ist natürlich vergeblich, Ihnen zu sagen, wie sehr man an solch einem Mädchen hängen kann – Sie wissen das nur zu gut! Aber in meinem Fall reicht die Erinnerung bis vor Kriegsausbruch zurück, bis zu dem Zeitpunkt, als ich sie kennenlernte. Wir waren beide um vieles jünger, und ich kannte weder Sie noch Ihre Familie, noch Ihr Zuhause. Ich war ein deutscher Student der Archäologie, spezialisiert auf die Restaurierung historischer Werke – Bilder, Keramik, Glas und so weiter. Der Kunstverein hatte mich nach Avignon geschickt, um bei der Restaurierung eines berühmten Gemäldes zu helfen. Ich war jung und leidenschaftlich und ein eifriger Nationalsozialist, wie wir es alle waren. Zu meinem Erstaunen war sie Nationalsozialistin. Sie können sich nicht vorstellen, was es für mich bedeutet hat, daß eine Engländerin meine politische Überzeugung guthieß – es erfüllte mich mit Erleichtung und Glück. Und überdies noch ein Mädchen, ein schönes Mädchen. Ich konnte gar nicht anders, als so ein Geschöpf zu lieben. Ich wurde zu Livias Sklaven. Wir trafen uns jeden Tag vor dem großartigen Gemälde. Sie hielt meine Pinsel und meine Farben. Ihre Geduld war beispielhaft. Doch manchmal verschwand sie tagelang von der Bildfläche, sagte aber nie, wo sie gewesen war. Eine Zeitlang, nachdem wir ein Liebespaar geworden waren, war ich unendlich glücklich. Aber dann schlichen sich vage Zweifel bei mir ein. Es war, als ob sie ganz tief in ihrem Innern eine profunde Zurückhaltung nährte, die sie daran hinderte, sich in der Liebe voll hinzugeben. Es war so, als lausche sie in ihrem Herzen einer fernen Musik oder fernen Stimmen, sie gaben ihr eine Art träumerisches Losgelöstsein, eine Geistesabwesenheit, die ihren Liebhaber verwirrte und ihn irgendwie unbefriedigt ließ, trotz des Austauschs der Leidenschaften. Ich fühlte mich hintergangen und schlug zuweilen vor, die Affäre zu beenden, aber sie bat mich, es nicht zu tun – bat mich so inständig und nachdrücklich, daß sie mich dazu brachte, wie ein demütiger Diener bei ihr zu bleiben. Mir wurde klar, daß ich diese Frau liebte, aber daß sie mich nicht liebte, jedenfalls nicht auf die gleiche Art oder mit der gleichen Intensität. Und ich fragte mich, warum dies so sei. Doch dann, während einer ihrer Abwesenheiten, entdeckte ich zufällig eine neue Seite ihres Charakters: Ein Zigeuner kam zu mir und sagte, ich müsse zu ihr gehen, sie sei sehr krank – sie hätte *quat* geraucht, sagte er. Er führte mich in ein Stadtviertel in der Nähe von ‹les Balances›, und dort im dritten Stock eines verfallenen Hauses, vermutlich ein Bordell, fand ich Livia todkrank auf einem Bett liegen, genau wie der Zigeuner gesagt hatte. Der Grund war offensichtlich. Ich war zutiefst beunruhigt und überlegte, ob ich einen Arzt holen sollte. Schließlich beschloß ich, sie zuerst zu mir zu bringen, in meine bürgerliche, solide Wohnung, bevor ich den Arzt rief.»

Er hielt inne, um sich eine Zigarette anzuzünden, und sie beobachtete gespannt, wie sehr seine Finger dabei zitterten; im Gegensatz dazu war der Tonfall, in dem er berichtete, trocken, monoton und ohne jeglichen Nachdruck. Auch seine Miene verriet nichts, die ganz bewußte Ausdruckslosigkeit wirkte fast verschlagen. Nach kurzem Zögern – als sei er unsicher, in welcher Reihenfolge er die Fakten präsentieren sollte – fuhr er ein wenig lebhafter fort: «Der Zigeuner hatte einen zweirädrigen Karren, eine Art zweirädrigen Verkaufsstand, auf dem er seine Waren feilbot, zumeist abgelegte Kleider. Ich überredete ihn dazu, mit mir die schlafende Livia auf den Karren zu legen und sie mit Kleidern und Stoff zu bedecken. Der Tag brach an, aber niemand bemerkte uns, als wir sie durch die schweigenden Straßen zu meiner Wohnung rollten, wo es uns gelang, sie in mein Zimmer und in ein bequemes Bett zu schaffen. Dann bat ich meine Wirtin um Genehmigung, die Besucherin aufzunehmen, die, wie ich ihr erklärte, von zu scharf gewürzten Speisen Magenkrämpfe habe – kein ungewöhnliches Vorkommnis. Ich hatte mir den Ruf eines ernsthaften und gelehrten Bücherwurms erworben, daher war alles in Ordnung. Der junge Arzt, den die Wirtin gerufen hatte, war ebenfalls zuvorkommend und diskret, so daß ich mir erlauben konnte, ihn voll ins Vertrauen zu ziehen, was eine große Erleichterung war.

Livia schwebte ungefähr eine Woche lang zwischen Schlaf und Wachsein, während wir sie ernährten und beschützten. Aber während dieser Zeit befand sie sich für lange Perioden in einem Halluzinationszustand, hatte Visionen, und auf diese Weise erfuhr ich viel Neues und Unangenehmes über ihre Vergangenheit. Wegen ihres Geisteszustands war sie unachtsam und vertraute mir Dinge an, die sie unter normalen Umständen sicher nicht preisgegeben hätte. Und so erfuhr ich von Hilary, ihrem Bruder...»

Er sprang peinlich berührt auf, denn es war ihm plötzlich bewußt geworden, daß es reichlich unpassend war, in einer Kirche zu rauchen, und ging zum Portal, um die Zigarettenkippe fortzuwerfen. «Hilary», hatte sie leicht verdutzt wiederholt und war aufgestanden, um ihn vorbeizulassen. «Was hat Hilary mit alldem zu tun?» Er sah sie unter schwermütigen Augenbrauen scharf an, als ob ihre Überraschung ihn erstaune – als müsse sie völlig *au courant* sein über das, was er im Begriff war, zu enthüllen. Nachdem er sich seines Zigarettenstummels entledigt hatte, wandte er sich um, ging zu ihr zurück und bat sie mit einer Handbewegung, sich wieder zu setzen. Es war, als hätte er gesagt: «Bitte setzen Sie sich, denn ich habe Ihnen noch viel mehr zu eröffnen.» Gehorsam setzte sie sich wieder unter das Ölgemälde, aber sie fühlte, wie eine Art Unbehagen von ihr Besitz ergriff. Und Hilary, der ihre Gedanken so lange nicht mehr beschäftigt hatte, wurde jetzt plötzlich zu einer bedeutenden, schillernden Figur. Er war beim Geheimdienst gewesen und bei einem Kommando umgekommen. Sie hatte vage gehört, daß er bei einem Einsatz für die Resistance über Frankreich mit einem Fallschirm abgesprungen und in deutsche Kriegsgefangenschaft geraten sei. Das war alles.

«Mein Bruder Hilary», sagte sie ruhig, «stand kurz vor der Priesterweihe, als der Krieg ausbrach. Er war von seinem Glauben so durchdrungen, daß er den Kriegsdienst verweigerte, sich in sein schottisches Kloster zurückzog und alle Verbindung mit uns abbrach – der Orden, dem er beitrat, war ein Schweigeorden, es war also durchaus verständlich. Er hielt dies einige Jahre durch, bis seine intellektuelle Einstellung sich allmählich änderte, weniger starr wurde. Er meldete sich zum Geheimdienst und erbot sich, im Ausland Widerstandskämpfer zu unterstützen. Er wurde nach Frankreich geschickt, aber vom Feind gefangengenommen und hingerichtet. *Voilà!* Das ist alles, was ich weiß; offen gesagt, habe ich mich nach näheren Einzelheiten auch nicht erkundigt – er war tot, was nützten mir da noch Details?»

«Ich hoffe, was ich Ihnen jetzt erzählen werde, wird Sie nicht unangenehm berühren oder gar schockieren, aber ich möchte Ihnen erklären, warum ich einen so tiefen Haß auf Hilary hatte. Es war Livs wegen. Vermutlich ist es in der Weltgeschichte schon öfters vorgekommen, daß ein Bruder seine Schwester sexuell verführt hat – unseligerweise war ich das Opfer. Ich begriff aus dem, was sie mir eröffnete, daß Hilary wegen dieser unglücklichen Leidenschaft, von der beide nicht loskamen, verantwortlich war für ihr gestörtes affektives Gleichgewicht. Um ihm Gerechtigkeit widerfahren zu lassen, er beklagte oft ihr gemeinsames Schicksal und versuchte immer wieder, sich von seiner Schwester zu lösen, und machte einige ziellose Versuche mit anderen Frauen, in der Hoffnung freizukommen. Aber umsonst. Da wurde mir klar, daß er der Urheber meines Unglücks war und daß Liv nie normal werden, nie kuriert werden konnte, solange es irgendwo auf der Welt die magnetische Anziehungskraft von Hilarys Gegenwart gab. Alle anderen Beziehungen waren, solange ihr Bruder lebte und atmete, für sie wertlos. Es war schrecklich, und die Erkenntnis dieser Tatsache vergiftete jede Minute meines Lebens. Rachegedanken erfüllten mich. Und dann endlich und rein zufällig ermöglichte mir das Schicksal, sie in die Tat umzusetzen.»

Sie mußte erstaunt ausgesehen haben oder vielleicht sogar entsetzt, denn er hielt plötzlich inne und blickte sie ängstlich an. Dann fuhr er fort: «Kann ich weiterreden, bitte? Ich möchte Sie nicht schockieren oder verletzen, aber ich empfinde eine innere Notwendigkeit, viele meiner Handlungen im Licht dieser, Livias, übermächtigen Leidenschaft zu erklären, und wenn möglich meine eigenen Handlungen zu entschuldigen.»

«Natürlich», sagte sie, nunmehr selbst eine Beute alter Erinnerungen, die in ihren Geist aufstiegen. Sie erschienen jetzt angesichts dieser Enthüllungen in einem neuen Licht – neue Lichtstrahlen trafen sie und zwangen Constance, sie neu abzuwägen! «Natürlich», sagte sie, «ich will die ganze Wahrheit hören, nachdem wir alle so unter ihr gelitten haben.»

Er räusperte sich und setzte seinen quälenden Bericht fort – es fiel ihm offensichtlich schwer, diese Dinge bloßzulegen.

«Was mich betrifft, so liefen meine Gedanken in die gleiche Richtung – es dauerte einige Jahre, aber schließlich und endlich verlor auch ich meine Illusionen über die Nazis und schämte mich meiner Passivität angesichts ihrer Lehren und Taten. Ich fing an, nach Mitteln und Wegen zu suchen, um dem Zusammenbruch zu entgehen, den ich auf uns zukommen sah. Ich erwog, den Briten meine Dienste anzubieten. Aber wie sollte ich mit ihnen in Verbindung treten? Ich mußte ein Risiko eingehen. Ich schrieb einen freimütigen Brief an die BBC, den ich – was geradezu tollkühn war – jemandem mit einem neutralen Paß übergab, der nach Afrika fuhr. Fortan wartete ich in einem Zustand größter Angst, ob der Brief gefunden und konfisziert worden sei ... Aber dann eines Tages erhielt ich eine Nachricht von einem Postfach in Avignon, das später sozusagen eine materielle Form annahm in Gestalt einer jungen Frau, die eine Gruppe von patriotisch gesinnten Agenten anführte. Durch ihre Vermittlung erhielt ich ein Sendegerät und einen Code mit einer Funkfrequenz, die mich direkt mit London in Verbindung brachte – genau das, was ich wollte. Natürlich brauchte ich einige Zeit, um mich *bona fide* zu etablieren, aber schließlich gelang es mir. Es war eine Ironie des Schicksals, daß beide Seiten, obwohl sie mir nicht ganz trauten, entzückt waren, durch mich den feindlichen Geheimdienst infiltriert zu haben. Dies war zurückzuführen auf eine Auswahl unwichtiger Informationen, die ich zuerst an die eine Seite, dann an die andere weitergab. Paradoxerweise waren beide mit meiner Rolle als Doppelagent einverstanden, weil ich so auch falsche Informationen übermitteln und den jeweiligen Feind in die Irre führen konnte. Meine Doppeltätigkeit war bereits fest etabliert, als ich mit diesem reichlich rätselhaften Text zu Ihnen kam, an den Sie sich vielleicht erinnern oder auch nicht. Er war vollkommen echt, wie ich später herausfand. Im geheimen hatte ich gehofft, daß ich eine Saite in Ihrem Herzen zum Klingen bringen und so einen wirklichen Kontakt herstellen könnte, der es uns ermöglicht hätte, offen miteinander zu reden. Aber Sie waren zu mißtrauisch, um mich zu ermutigen, und so wagte ich damals nicht, mich Ihnen anzuvertrauen, obwohl natürlich die ganze Situation und das tragische Ende schwer auf mir gelastet haben, wie Sie sich gut vorstellen können.»

Eine Weile lang schwieg er und sah höchst schuldbewußt aus; er strich sich mehrfach übers Kinn, als überlege er, ob er fortfahren solle oder nicht. Auch war er sehr blaß geworden. Er schüttelte verbissen den Kopf und platzte dann heraus: «Was ich zu sagen habe, ist nicht leicht, aber ich will vor Ihnen nicht die Tatsache verheimlichen, daß ich verantwortlich bin für den Tod Ihres Bruders Hilary – und indirekt auch für Livias Tod.» Er ließ seinen schmalen Kopf hängen – es war, als ob die ganze Schwere dessen, was er eben gesagt hatte, ihm plötzlich bewußt geworden sei und als hätte er Schwierigkeiten, die volle Bedeutung des Gesagten zu akzeptieren. Er starrte sie an mit dem Gesicht eines kranken Aasgeiers und versank in Schweigen, niedergedrückt, wie es schien, von einer immensen Depression und Trauer.

Die Überraschung raubte ihr die Sprache, nahm ihr jegliche Möglichkeit, auf diese erstaunliche und grausige Neuigkeit angemessen zu reagieren. Und mit der Überraschung kam ein quälender Zweifel an seiner Glaubwürdigkeit. Smirgels Worte lagen immer im Schatten des Engels des Zweifels. Man war dazu verdammt, sich zu fragen, was für verborgene Motive hinter seinen Worten steckten. Aber wenn dies alles ein Lügengewebe war, warum erzählte er es gerade ihr, Constance, warum sprach er über etwas, das für ihn offenbar ebenso quälend war wie für sie? Trotzdem sagte sie, als tadle sie ihn für seinen Mangel an Mut, weiterzusprechen: «Fahren Sie fort!» Dies hatte bei ihm zur Folge, daß er sich erhob und anfing, in dem schmalen Gang zwischen den Kirchenbänken, die Hände hinter dem Rücken verschränkt, auf und ab zu gehen, während er die Fäden seiner langsamen Erzählung wieder aufnahm.

«Wie Sie sich vorstellen können, hatte ein großer Teil meiner Arbeit mit dem Widerstand zu tun, der langsam zu einer Wirklichkeit, einer Möglichkeit geworden war, weil die unsinnige Zwangsarbeiterpolitik des Reichs die jungen Leute dazu trieb, in den Bergen Zuflucht zu suchen, um nicht als Fremdarbeiter zwangsrekrutiert zu werden. Bald waren fast alle Verstecke in den Cevennen voll von Verweigerern. Sie hatten natürlich nichts zu essen, und Abwürfe von Waffen wechselten mit Nahrungsmitteln an Fallschirmen, während aus den jungen Leuten langsam militärische Einheiten wurden. Einige verriet ich an meine eigenen Leute, um meinen Ruf der Zuverlässigkeit zu wahren, doch die meisten verriet ich nicht. Die waldreiche Landschaft rund um La Salle und Durfort war das ideale Gelände für solche Aktionen – es liegt am Fuß der Hochgebirge –, und so wurden trotz häufiger militärischer Einsätze unserer Truppen und der Vichy-Polizei die Guerillas nur selten überrascht. Natürlich wurde die Situation in London und Marseille eifrig ventiliert. Und Leute wurden ständig eingeschleust, um sich von der Wichtigkeit der Untergrundbewegungen ein Bild zu machen. Immer mehr Agenten wurden in den Cevennen mit Fallschirmen abgesetzt. Natürlich verfolgte ich diese Aktionen mit größter Aufmerksamkeit; zu diesem Zeitpunkt genoß ich bereits das volle Vertrauen Londons und erhielt eine Menge Geheiminformationen, die ich manchmal aus leicht ersichtlichen Gründen an meine eigenen Leute weitergab. Eines Tages erhielt ich eine Anfrage aus London, die mich aufhorchen ließ. Sie hatten zufällig erfahren, daß Livia zu der Einheit gehörte, die den Garnisonsdienst in Avignon versah. Fragen Sie mich nicht, wie. Irgend jemand hatte versucht, mit ihr in Verbindung zu treten. London sagte, es sei «jemand der ihr nahesteht». Zuerst kam ich nicht auf die Idee, daß es ihr Bruder sein könnte. Er war so endgültig von der Bildfläche verschwunden, daß ich auf sein Wiederauftauchen nicht vorbereitet war. Und gewiß nicht als Fallschirmspringer, den man über dem Gebiet von La Salle absetzt, um eine Widerstandsgruppe zu organisieren, die später eine alliierte Luftlandung möglich machen sollte. Aber zurück zu mir. Als ich erfuhr, daß es tatsächlich er war, stieg mein ganzer Haß auf ihn in mir hoch. Haß, schierer Haß!

Haß ist nicht gerade ein sehr wünschenswertes oder nobles Gefühl. Ich war über seine Stärke selbst erstaunt, denn ich agierte mit einem blinden, traumähnlichen Automatismus, der mich von jeder direkten moralischen Verantwortung freizusprechen schien. Nichts von dem, was dann tatsächlich geschah, war vorausschauend in Einzelheiten geplant – zumindest nicht von mir. Die Umstände ergaben sich von selbst, als hätte das Schicksal es so gewollt. Als ich zum Beispiel wußte, daß es Hilary war und daß er mit dem Fallschirm abspringen würde in der Hoffnung, sich mit seiner Schwester in Verbindung zu setzen, habe ich zu Liv nichts davon gesagt, obwohl es klug gewesen wäre, ihre Reaktionen zu beobachten. Wäre sie zum Beispiel fähig gewesen, den Lockungen ihres Bruders – ihres Liebhabers – zu widerstehen? Und dann, was erhoffte Hilary sich eigentlich von dieser Kontaktaufnahme? Auch war schwer zu verstehen, was sich London von diesem Unternehmen versprach. Ich war in höchster Erregung bei dem Gedanken, daß der Urheber meines ganzen Unglücks so unerwartet in meine Hände fallen würde und es in meiner Macht läge, ihm ohne viel Aufhebens den Garaus zu machen. Ich brauchte ihn nur an die Miliz zu verraten oder ihn von der Armee verhaften und verurteilen zu lassen. Aber zuerst mußten wir seiner Person habhaft werden. Ich wählte mit großer Sorgfalt einen Landungsplatz aus, weit oben in den Wäldern der Cevennen. Und wiederum hatte die Leichtigkeit, mit der die ganze Unternehmung vonstatten ging, etwas von einem Traum. Er selbst hegte keinerlei Argwohn, er hatte durch mich eine Nachricht erhalten, daß seine Schwester gewillt sei, mit ihm zu sprechen. Natürlich erkannten wir uns nach so langer Zeit nicht wieder – warum sollten wir auch? Wir hatten uns vielleicht ein- oder zweimal im Leben gesehen, waren uns aber offiziell nie vorgestellt worden. Ja, ich wäre mir sogar seiner Identität nicht sicher gewesen, hätte ich nicht von London erfahren, wer er war. Das Ganze war kläglich einfach, er wurde gefangengenommen, in einen Jeep gesetzt und nach Avignon gebracht. Natürlich war ihm sofort klar, daß der

Plan fehlgeschlagen und er in Kriegsgefangenschaft geraten war. Ich hatte die Wehrmacht und die französische Miliz eingeweiht, so daß er im gewissen Sinne jedermanns Gefangener war. Und damit begannen meine Schwierigkeiten, weil ich immer mehr die Kontrolle über seine Person verlor – er wurde für die Verhöre in der Festung von Avignon festgehalten, wo die zwei Militärbehörden sich für seine Identität und seinen Auftrag interessierten. Die Tatsache, daß er vor dem Krieg in der Provence gelebt hatte und die Landschaft und Sprache gut kannte, erweckte das Mißtrauen der Miliz, und sie beanspruchte ihn für sich als einen gewöhnlichen Verbrecher – er hatte bei seiner Gefangennahme keine Uniform getragen. Aber wer immer die Oberhand gewann, für Hilary konnte es den Tod bedeuten – beide Militärbehörden hatten, sobald die Vernehmungen beendet waren, das Recht, ihn vor ein Exekutionskommando zu stellen – und das war das einzige, woran mir lag. Unglücklicherweise wurde Liv in die Sache mit hereingezogen.

Sie wissen natürlich, daß Livias Art zu leben immer etwas Unbestimmtes in sich barg, und es gab Leute, die fanden, daß alles an ihr irgendwie verdächtig sei, ihre politischen und philosophischen Ansichten inbegriffen. In Kriegszeiten neigen alle Geheimdienste dazu, jeden des Verrats zu verdächtigen, so daß nicht jeder freundlich zu Liv war. Und je mehr Menschen von ihrer Vergangenheit, von ihren Familienbeziehungen aus der Vorkriegszeit in der Provence erfuhren, desto rätselhafter kam sie ihnen vor. Und nun war ihr Bruder direkt aus England im Flugzeug gekommen mit der öffentlich bekundeten Absicht, sie aufzufinden. Nun, all diese hirnlosen, aber mißtrauischen Menschen, die sich wie eine Art Darmflora in jedem Geheimdienst ansammeln, begannen Fragen zu stellen – ich übrigens auch. Das Unangenehme war, daß alles, was sie herausfanden, Livia belastete – eine Entwicklung, die ich nicht vorausgesehen hatte. Als ich ihr von der Ankunft und der Gefangennahme ihres Bruders berichtete, wurde sie weiß wie ein Leintuch und setzte sich, ja fiel fast auf einen Stuhl, überwältigt von einem ungläubigen Erstaunen. Und dann kam ihr natürlich die Erkenntnis, daß sein Todesurteil so gut wie gefällt war. ‹Können wir nichts zu seiner Rettung tun?› fragte sie ironischerweise gerade mich, und ich wußte nicht, was ich ihr antworten sollte, denn nichts lag mir ferner, als ihn zu retten. Aber ihre Gefühle waren so intensiv, daß ich zögerte, denn nun sagte sie, sie müsse ihn unbedingt sehen, mit ihm sprechen. Er war von dem einfallslosen Vernehmungsoffizier der Miliz schon gefoltert und mit zahllosen Routinefragen, eines fünftklassigen mittelalterlichen Inquisitors würdig, bombardiert worden, auf die er aber nur ausweichende Antworten gegeben hatte. Es war kein sehr ergiebiges Geheimdienst-Dossier dabei herausgekommen. Ich überzeugte diese Burschen davon, daß wir mehr Material erhalten könnten, wenn wir eine Unterredung zwischen Schwester und Bruder arrangierten und sie abhörten, indem wir am Treffpunkt ein Mikrofon installierten. Sie hielten das für einen vernünftigen Vorschlag, und der Treffpunkt, den ich schließlich aussuchte, war genau hier in demselben Kirchengestühl, wo wir jetzt sitzen! Ja, ich weiß, es ist ziemlich seltsam, daß ich den gleichen Platz wieder gewählt habe, aber ich fand, er sei für unsere Geschichte geeignet – oder zumindest für meine, denn ich komme oft hierher und sitze hier allein, um über Liv nachzudenken. Ich bedaure so vieles – und dennoch scheint unser Mißgeschick nicht die Folge unserer Handlungen zu sein, sondern vom Schicksal vorherbestimmt! Das Treffen kam verabredungsgemäß zustande, hier an dieser Stelle, wo wir sitzen, und das ganze Gespräch wurde, wie arrangiert, von einem starken, von mir sorgfältig angebrachten Mikrofon aufgenommen und auf Wachswalzen festgehalten, die Sie, wenn Sie wollen, abhören können. Von Spionagetätigkeit ist kaum die Rede, fast alles drehte sich um ihre außergewöhnliche und ruchlose Liebe. Das Blut erstarrte mir in den Adern, denn ich begriff nun, warum unsere Liebe scheitern mußte...»

Er war jetzt sehr bleich und nervös, und seine Erzählung wurde immer schleppender, je mehr er sich dem Höhepunkt seiner Geschichte näherte. Er ließ sich dicht neben ihr auf die Kirchenbank fallen und vergrub sein Gesicht in den Händen. Er schloß die Augen und fuhr in einem leiseren Tonfall fort: «Vielleicht wollen Sie dies alles gar nicht hören, es mag zu quälend für Sie sein. Aber ich hoffte, Ihr Mitgefühl und Ihr Vertrauen zu gewinnen, indem ich Ihnen die Aufzeichnung des Gesprächs anbot. Übrigens gibt es darin auch eine Passage, in der von Ihnen die Rede ist. Livia sagt zu ihm: ‹Du hast dich nur mit mir eingelassen, weil Constance nicht verfügbar war – sie liebte Aubrey; aber du, du hast im Grunde genommen nur sie geliebt und wirklich begehrt!›» Unentwirrbar sind die Fäden der Motive, die das Repertoire eines einzigen menschlichen Herzens ausmachen. (Dies war Constances Gedanke; wie auch: Man kann moralisch für Dinge und Situationen verantwortlich sein, von denen man nichts weiß.)

«Fahren Sie fort», sagte sie tonlos und verwirrt, die Erzählung hatte sie zutiefst erschüttert. Hätte man von ihr verlangt, auf ihre Fragen eine Antwort zu erfinden, auf so etwas Unwahrscheinliches wie die Wahrheit wäre sie nicht gekommen. Hilary und Livia! Und um allem die Krone aufzusetzen, sie selbst als eine Figur, die in dieser Geschichte eine Rolle spielte, sich *dharmische* Schuld auflud in einer Situation, die ihr nicht einmal bewußt gewesen war... Er hatte auf seine stockende Art wieder angefangen zu sprechen: «Wollen Sie mehr hören? Es ist keine sehr glückliche Geschichte. Hilary war inzwischen nicht mehr

Gefangener der Gestapo, sondern war der französischen Miliz übergeben worden, deren neuernannter Chef, ein ehemaliger Polizist, fanatisch antienglisch eingestellt und auf Beförderung erpicht war. Auch ein Todesurteil konnte seine Blutrünstigkeit kaum befriedigen, genausowenig wie seinen Haß, der von geheimer Scham und Feigheit genährt wurde. Menschen, deren Feigheit so weit geht, daß sie Frauen die Haare abschneiden, haben empfindungslose Seelen und würden alles abschneiden. Das ist der Grund, warum wir Deutschen die Franzosen so gehaßt haben. Dieser freudlose, miese kleine Kerl schlug vor, die nagelneue Guillotine zu benutzen, die die Vichy-Regierung ihm geschickt hatte, um an Hilary ein Exempel zu statuieren. Genau das wollte ich natürlich, aber ich hatte mir die Art und Weise nicht im einzelnen überlegt, auch hatte ich Livia nicht berücksichtigt! Ich versuchte, das Urteil hinauszuzögern, aber mein Einfluß war begrenzt, abgesehen davon hatte ich die Kontrolle über meinen Gefangenen verloren – die Franzosen stellten ihn unter Anklage und verurteilten ihn zum Tode. Mittlerweile war auch Livia aufgegriffen und für weitere Verhöre eingesperrt worden. Die Franzosen waren von Teilen der Unterhaltung zwischen Bruder und Schwester ungemein fasziniert gewesen und versprachen sich anscheinend nützliche Informationen – totaler Unsinn natürlich! Doch nun befand sich Livia in der Festung in einer Zelle neben der ihres Bruders. Von dem Priester, der ihnen geschickt worden war, um sie zu trösten, erfuhr sie, daß Hilary am übernächsten Tag in der Früh guillotiniert werden sollte. Es gab keine Hoffnung mehr für ihn, da er von einem Geheimtribunal verurteilt worden war – zu dieser Zeit scherte sich die Polizei einen Teufel um die Gesetze, und manche private Rechnung wurde auf diese Weise beglichen. Aber es sollte noch schlimmer kommen, denn um sie für ihr störrisches und unkooperatives Verhalten bei den Verhören zu strafen, wurde angeordnet, daß sie der Hinrichtung im Gefängnishof als Zeugin beiwohnen müßte, wo inzwischen das gräßliche Spielzeug aufgestellt worden war. Vor einiger Zeit kam mir das Dienstbuch der Miliz mit äußerst detaillierten Gebrauchsanweisungen für die Betätigung des Instruments in die Hände. Vichys Sondergerichtshöfe, ins Leben gerufen am 14. August 1941, hatten einen Militär als Vorsitzenden und eigene Gesetze – Todesstrafe für alle überführten Kommunisten und Anarchisten. Die erste, die zum Tode verurteilt wurde, war die Stadthure, eine Zigeunerin namens Guitte. Ich erinnere mich aus der Akte an einige lakonische Sätze: *M. Défaut, l'exécuteur des hautes œuvres, a commencé son travail à l'aube, à échancrer la chemise autour de cou, entraver les pieds avec une ficelle et d'attacher les mains derrière le dos*... alles bis auf die kleinste Einzelheit. Hilary ist dort einfach als *espion anglais* aufgeführt. Die Guillotine ist als *les bois de justice* bezeichnet oder als Hirschgeweih. Neben sie stellte der Henker *deux corbeilles en osier*, während sein Assistent Livias Arme fesselte und sie zur Richtstätte schleppte. Er hieß Voreppe und beging später Selbstmord, weil, wie seine Frau sagte, er den *bruit sourd* des Fallbeils nicht mehr ertragen konnte, den er ständig in der Erinnerung zu hören vermeinte. Hilary schlug um sich und würgte, Livia desgleichen, es gab einen ziemlichen Kampf, bis es gelang, seinen Kopf unter den stählernen Halbmond zu drücken und die schwere Klinge fallen zu lassen. Es war in diesem Augenblick, daß sie sich die Wunde zufügte, die sie das eine Auge kosten sollte. Sie griff nach dem Dolch, der im Gürtel eines der Wächter steckte, um sich zu töten. Aber sie wurde mit Gewalt daran gehindert und auf die Krankenstation der Festung gebracht, wo man ihr ein Betäubungsmittel gab und sie ins Bett legte. Es war vorbei!»

Er stieß einen tiefen Schluchzer aus und schwieg. Constance ebenfalls. Sie schwieg für, wie es schien, eine Ewigkeit, während sie die grauenvolle Szene in ihrer Phantasie an sich vorbeiziehen ließ. Sie lief mehrmals vor ihren Augen ab wie ein Film, bis sie sich krank fühlte und fast um ihren Verstand bangte... Aber was konnte sie sagen? Sie war es gewesen, die Antworten auf gewisse Fragen gesucht hatte – und hier waren sie. Ganz unerwartete Antworten! Überdies Antworten, die zu formulieren und auszusprechen Smirgel offenbar große Qualen verursacht hatten. Sie betrachtete ihn neugierig und fragte sich, was ihn zu diesem Bericht veranlaßt hatte. «Was erwarten Sie von mir? Ich würde es gerne erfahren.»

Er seufzte tief und schien einen Moment lang keine Worte zu finden. Sie starrten einander an, in beider Augen standen Tränen. «Ich möchte, wenn möglich, Lord Galen treffen. Ich habe ihm etwas Wichtiges zu sagen – etwas, das mich in seinen Augen nützlich, mehr noch, unentbehrlich erscheinen läßt. Ich weiß, daß Sie ihn kennen und daß er sich zur Zeit hier in der Gegend aufhält. Habe ich recht?» Sie beobachtete mit einigem Interesse, wie er seine Hand zur Faust ballte und die Finger wieder streckte, seine Blässe war gewichen, die neue Wendung des Gesprächs hatte seine Wangen gerötet. «Ja, aber warum?» sagte sie aus reiner Bosheit. «Sie müssen mir schon eine Menge mehr erzählen, bevor ich den alten Galen Ihretwegen belästige!» Er machte eine ungeduldige Kopfbewegung und sagte: «Nun gut, ich sehe schon, ich muß Ihnen die ganze Geschichte erzählen. Ich fürchtete nur, daß ich Sie langweile, denn es hat nicht das geringste mit Ihnen zu tun. Aber ihn könnte es etwas angehen, und ich könnte seine Hilfe in Anspruch nehmen, wenn man mir wegen Unterstützung des Feindes den Prozeß macht. Er wird in ein paar Monaten in Avignon stattfinden, und ich brauche Bürgen von Galens Kaliber. Es würde ihn in keiner Weise kompromittieren, sich für mich zu verwenden, denn ich habe schließlich viel zu meiner Verteidigung vorzubringen. Ich *habe* immerhin für die Briten gearbeitet, und das werden sie bestimmt bezeugen. Doch ich will in dieser Sache hundert Prozent sichergehen, und daher möchte ich Lord Galen etwas Einzigartiges anbieten, etwas, nach dem er seit Jahren sucht – den Schatz der Tempelritter! Um ein wenig in die Vergangenheit zurückzugehen: Am hilfreichsten war Dr. Jourdain, durch ihn erfuhr ich alles, was ich über Sie alle weiß. Während des Krieges mußte er einen jungen Franzosen namens Quatrefages, der für das Galen-Konsortium am Templer-Problem gearbeitet hatte, in sein Krankenhaus aufnehmen und unter Beruhigungsmittel setzen. Von ihm – oder aus seinen Fieberphantasien, denn oft war er nicht ganz bei sich – erfuhr ich, wieviel Mühe und Nachdenken bereits in dieses Projekt investiert worden sind, von dem Lord Galen hoffte, daß es ihm ein Vermögen einbringen würde. Ich vermute, ein zweites oder drittes Vermögen. Natürlich war ich sehr interessiert. Als Quatrefages entlassen wurde, blieb ich mit ihm in Verbindung, und nachdem ich ihm, ganz milde natürlich, mit dem Mißfallen der Gestapo gedroht hatte, erhielt ich alles historische und topographische Material, das er im Auftrag Lord Galens und des ägyptischen Prinzen, der sich anscheinend auch für die Sache interessiert, gesammelt hatte. In der Zwischenzeit eröffnete sich eine neue, andere Forschungsmöglichkeit. Sie ergab sich aus der Entdeckung, daß die römischen Stollen in der Nähe des Pont du Gard in getarnte Munitionsdepots umgewandelt werden könnten, Depots für all die Waffen, die das Rhônetal herunter in Mengen bei uns eintrafen und die wir an einem sicheren Ort lagern mußten, für den Tag, an dem die großen Schlachten um den Süden Frankreichs Wirklichkeit werden würden, wie das deutsche Oberkommando voraussah – und mit gutem Grund! Aber die Pioniere, die die Arbeiten ausführten, waren Österreicher, und ihnen ging der Ruf voraus, daß sie zu Meuterei und Fahnenflucht neigten. Und tatsächlich hatten sie von vornherein Sabotage im Sinn. Sie räumten die Gänge aus und lagerten die Munition, aber gleichzeitig verminten sie das ganze Depot, und zwar so, daß eine relativ kleine, zentrale Explosion eine ganze Kette von weiteren Explosionen auslösen würde, die alles in die Luft sprengten – sogar den Pont du Gard! Sie legten die Zündleitungen so raffiniert, daß fünf Hauptschlüssel oder Zündvorrichtungen innerhalb weniger Minuten installiert werden konnten. Und bei diesen Arbeiten stießen sie auf die in den Felsen eingelassene Tür, die in fünf kleine miteinander verbundene Höhlen von hervorragender Steinmetzarbeit mit verputzten Wänden führte. Und von dort brachten sie Edelsteine mit, die natürlich schwer zu verkaufen waren, außer an die Zigeuner. Und so erfuhr ich von dem Fund; ein Zigeuner, der mir bei meinen anderen Nachforschungen ‹half›, erzählte mir davon. Ich setzte mich mit dem Pionier Schultz in Verbindung, einem trunksüchtigen Feldwebel, der behauptete, zusammen mit einem Kameraden den Schatz entdeckt und das Gewölbe wieder verschlossen zu haben, in der Absicht, die Beute für sich zu behalten. Aber mittlerweile hatte sich die Lage so verschlechtert, daß wir uns auf den allgemeinen Rückzug vorbereiteten. Zu diesem Zeitpunkt trat die Geschichte mit dem Munitionszug in den Vordergrund. Als eine letzte Rachetat beschloß der General, der den Rückzug befehligte, der Stadt einen tödlichen Schlag zu versetzen. Er ließ einen mit Munition vollbeladenen Zug auf die Eisenbahnbrücke ziehen und befahl den Pionieren, Sprengladungen an ihm anzubringen, so daß eine Nachhut den Zug sprengen könnte, wenn die Truppe in sicherer Entfernung war, und eine Detonation von unermeßlicher Gewalt mußte die Folge sein. Kein Zweifel, daß von Avignon nur noch ein Loch in der Erde übriggeblieben wäre! Und da befahl der

Trunkenbold Schultz, der nie in seinem Leben eine heroische Tat vollbracht hatte, seinen Leuten, den Befehl zu verweigern. Sie versuchten sich zuerst in den Stollen zu verbarrikadieren, aber die ganze Garnison wurde gegen sie aufgeboten, mit dem Einsatz von Panzern wurden sie überwältigt und gefangengenommen. Ihr Ende ist nicht schwer zu erraten. Sie wurden an die Friedhofsmauer gestellt und als Hochverräter erschossen. Später bedeckten die Bewohner von Avignon aus Dankbarkeit ihr Massengrab mit Rosen. Doch bis Leute gefunden waren, das Grab auszuheben, lagen die Leichen fast eine Woche vor der Mauer. Und ich unterzog mich der unangenehmen Aufgabe, bei Nacht im Schein einer Laterne die Leichen zu untersuchen. Ich wollte den Plan haben, es mußte ihn geben, den Plan der Höhlen mit den Angaben über die geheimen Sprengladungen. Wie sonst konnte man sie betreten, um zu dem Schatz zu gelangen? Schultz starb als letzter. Er hatte der Exekution der anderen zusehen müssen. Den Plan fand ich bei ihm.

Ich brauchte einige Zeit, um den Code zu entschlüsseln, den er benutzt hatte – ein Teil der Notizen war in einer Art Elektriker-Kurzschrift geschrieben. Aber zum Schluß verstand ich alles, auch das ausgeklügelte Beleuchtungssystem, das es einem ermöglicht, den ganzen Ort zu erhellen, einschließlich der Eingangsgrotte, in der die Schlüssel untergebracht sind. Es gab einige Unklarheiten, aber aus meinen langen Gesprächen mit Quatrefages wußte ich einiges über Quincunx-Höhlen, Höhlen also, die so angeordnet sind wie die Punkte auf einem Würfel, der fünf Augen anzeigt. In der Architektur ist die Quincunx-Form eine Behausung für die göttliche Macht – eine Batterie, wenn Sie so wollen, die die Göttlichkeit speichert, während diese versucht, erdwärts, zur Erde selbst zu strömen, genauso wie elektrischer Strom es tut. Dieser magische Strom soll angeblich ein elektrisches ‹Feld› um den

Schatz bilden und ihn vor Entdeckung schützen, bis man seine Emanationen voll und ganz versteht und sie im alchimistischen Sinn dazu benutzen kann, eine Art Weltbank zu speisen. Dann wird der Mensch endlich im Einklang mit der Materie sein, mit seinem weltlichen Erbe sozusagen. Es klingt total verrückt, ich weiß, und ich persönlich interessiere mich nicht sonderlich für diesen Aspekt des Unternehmens. Ich teile Lord Galens einfacheren und praktischen Standpunkt. Ich bin der Meinung, daß Reichtum die einzig greifbare Sicherheit darstellt für einen Mann, der klar erkannt hat, wie gefährlich und furchtbar seine Mitmenschen sind. Es gibt keine andere Art, sich gegen sie zu verteidigen, als Geld zu scheffeln und ein schützendes Macht-Feld des Geldes um sich zu schaffen – das ist meine Ansicht. Kurzum, ich möchte das Konsortium, das er vertritt, für meinen Plan interessieren. Ich bin der einzige noch lebende Mensch, der einen sicheren Zugang zu dem Schatz garantieren kann, der für andere wegen der todbringenden Sprengladungen unerreichbar ist. Derzeit gibt es keine Möglichkeit, abzuschätzen, auf wie hoch sich der Gewinn beläuft, aber die Summe ist zweifellos enorm, und natürlich müssen wir das Ganze, wenn möglich, geheimhalten. Ich habe mir sogar eine offizielle Erlaubnis verschafft, die ehemaligen römischen Minen mit allen Stollen zu reaktivieren. Glücklicherweise gehört das ganze Gebiet einer einzigen Familie, die entzückt sein wird, für die Lizenz eine anständige Summe zu erhalten. Was bedeutet, daß wir den Ort für das allgemeine Publikum sperren können, während wir an dem Quincunx der Zellen arbeiten... Verstehen Sie jetzt, warum ich mit Lord Galen zusammentreffen und ihm die ganze Sache vortragen muß? Natürlich verlange ich gleichberechtigte Mitgliedschaft im Konsortium und gleichen Anteil an der Beute. Mein Gott, begreifen Sie nicht die Möglichkeiten, die sich uns erschließen?»

Sie starrten sich endlos und schweigend an. «Ja, ich begreife es», sagte sie schließlich. «Ich werde es ihm sagen.» Er brach vor Entzücken in ein Lachen aus, und sie begannen, über die Einzelheiten zu sprechen.

FÜNF

FALLENDE BLÄTTER, VORAHNUNGEN

Die Zigeuner wußten von dem Tempelritter-Schatz, sogar, wo er sich befand! Das Wissen stammte aus Ägypten – Landschaften von Korkeichen, zerstört von gelben Ameisen. Geißblatt, das sich bis hinauf in die Bäume rankte, als hätte es den wahnwitzigen Wunsch, den Himmel zu parfümieren, Wüsten-Kobras, die die Königswürde verliehen, Lächeln wie ein Atem über glühender Asche. Gelbbraune Dünen, Felstauben, Wiedehopfe. Die Beduinen teilten ihre Liebe für Goldornamente, die Beute aus geplünderten Gräbern, an die Tempelritter verkauft! Lapislazuli, Amethyste, Alabaster, Tigeraugen, Türkise aus den Minen in Sinai, mummia!

Notizen verstreut in die Winde der alten Provence. Wirklichkeit ist vollkommen zeitgenössisch mit sich selbst; wir sind nicht ganz in ihr, solange wir noch leben, aber wir sehnen uns danach, es zu sein – daher die Poesie!

Sutcliffe *loquitur*. Leicht beschwipst? Ja.

Gute Bücher sollten von Zweideutigkeiten wimmeln.

Um wessen Leiche summen die Fliegen?
Fünf Aggregate, die in vier Dimensionen liegen:
Open-end-Wirklichkeit erwacht zum Leben!

Fragen nach den Rechten eines Privatmanns an vergrabenen Schätzen beschäftigten Lord Galens Gedanken seit vielen Wochen, ja schon seit Monaten. Er hatte den idealen Mann gefunden, mit diesem heiklen Problem fertig zu werden, einen dunkelhaarigen, hakennasigen Mann mit geblähten Nüstern: einen Rechtsanwalt, der das Parfum der Prozesse riecht. Er war ein Jude aus dem tragischen Avignon, der den Verfolgungen irgendwie entgangen war. Ein Jude ist nur ein Brahmane mit einer Vorhaut. Schnipp. Schnipp. Schnapp.

> In Zeiten von Quarks und von Klonen
> Und radioaktiv-toten Zonen
> Wird Quinx nach der heiligen Suche
> Aufragen ob all diesem Fluche.
> Pyramide, sternzugerechte,
> Sie weist, wo den Gral man versteckte.
> In des Poeten löchrigem Hut
> Die letzte Metapher für Seele ruht.

Einst waren Gedichte Nuggets der inneren Zeit, aber wir sind Spezialisten geworden im Nichtzuhören, Spezialisten im Nichterwachsenwerden.

Blanford saß auf seinem Balkon in der Camargue und dachte: «Die Vergangenheit hat gerade aufgehört, zur Gegenwart zu werden, und hier bin ich. Ich bin noch immer hier und un-tot. Aber die Wüste hat die Atmenden bedeckt, und die Nacht hat das Beste bedeckt. Alles (blicke um dich) ist so natürlich, wie es sein kann. Die ganze Natur willigt ein in den Code der Fünf. (Fünf Ehefrauen des Gampopa, fünf Asketen im Wildpark, fünf Skandas.)»

Proust, gegenüber der Geschichte als Zeit, als Chronologie, als Erinnerung so aufmerksam, scheint nie zu fragen, an welchem Punkt das klare Geräusch der Wasseruhr oder das Gewicht der langen Nase der Sonnenuhr ersetzt wurde durch die Uhrzeit, angezeigt durch eine Maschine; zweifellos hat dieser Zeitpunkt die Geburt eines neuen Typs des Bewußtseins markiert? Sein unsterbliches Tick ist zu unserem Tack geworden.

Blanford war in einem Gedicht wie im Leib einer Jungfrau eingesiegelt.

> «Herabsinkend vom Zenit wie eine alte Sandburg,
> Schwemmt mich das Meeres-Lecken fort, Balkon
> für Balkon,
> Bergfried für Zugbrücke, Turm, Bastion und Rampe,
> Staubkorn für Sandkörnchen, und dann für immer
> zurück zur Düne,
> Zur Primärdüne, und dann Sand, Sand, Sand,
> Endloser und unzählbarer Sand.»

«Eh, Sutcliffe?»
«Verstehen Sie denn nicht?»

> «Manchmal bin ich blind wie der alte Tiresias,
> Meine Augen hausen in meinen Brüsten,
> Die einfallende Einsicht ist alles, was ich habe, äußerlich,
> Aber innerlich sind ganze neue Königreiche da,
> Ganz neue ungeborene Könige und Königinnen,
> Aber o weh, meine Augäpfel sind versengt von Meer und
> Sand,
> Salzverbrannt, nach innen gewendet zu den Schatten,
> Während jemand, den ich nicht nennen noch lieben darf,
> Mich herumführt wie einen Hund.»

Ihr Herz und meines haben einen ganzen Dialog von Empfindungen begonnen; ist es möglich, daß sie nach so langer Zeit einwilligt und mich liebt? Unsere Herzen sind wie zwei Papierdrachen mit ineinander verhedderten Schnüren. (Blanford über Constance)

Miss Bliss, die ihm vor langer Zeit Klavierunterricht gegeben hatte, hatte einen sehr vornehmen Akzent; wenn sie erkältet war, verwandelte er die Dinge. Zum Beispiel, wenn sie sang «Im Bai, im Bai, im wunderböhnen Bai» oder aus «Grimms Bärchen» vorlas. Der Prinz hielt ihr Andenken hoch in Ehren. Er dachte oft an sie und lächelte dann verschmitzt. Lord Galen erzählte ihm von einem seiner Geschäftsfreunde. «Jemand hatte ihm gesagt, daß er jüdisch aussah, wenn er schlief, und so blieb er listig während der ganzen Besatzungszeit wach!»

Das Kapitell des Himmels, blaue Wega, die Dunkelheit
Wie eine abgeschirrte Katze, blauer Stern,
Die Wetterfahne und der Kompaß der Matrosen, einst
                                                konstant,
Nun visieren sie den Polaris an, ihre Maste,
Riesig in der Erektion, reiten auf dem schlichten Meer.

«Aubrey, Sie werden bald Ihren Roman beginnen. Endlich! Und ich werde Sie nach all dieser Zeit der Gemeinsamkeit verlassen, Leib und Seele plus Seele und Leib. Es war großartig, Sie kennenzulernen, und ich hoffe, daß das Buch eine Metapher der *conditio humana* wird, obwohl dies prätentiös klingt. Denken Sie daran, daß die beiden Verführer, die passende Metapher und das treffende Adjektiv, die schlimmsten Feinde eines Autors werden können, wenn er sie nicht in Schach hält.»

Tiresias, der Alte, hat statt der Augen Titten,
Ist in vegetativen Schlaf geglitten.

Ihre Stimme verläßt das Gedächtnis nie
Ein verbeulter Gong sprach für Livi.
Lessivé par son sperme war sie.

Im Hotel Roncery die Schiebeklappe
Ins Grévin mit seinen Wachsmodellen,
Die mehr Urteilskraft zeigen als Intelligenz

Sutcliffe nahm den Prinzen auf eine Zecherei oder
Saufgelage mit – wie ein Schwein im Klee rollte er herum
In einem Garten voll enthüllter Huren.

Ein Sex in ihrem Sex wie ein Alabasterknödel!
Ihre Schlüpfer rochen nach Schießbaumwolle,
Eine Mottentüte von Frau, die Reispapier abschüttelte,
Puder, Zigarettenasche und Papiertaschentücher,
Die sie einmal über ihre Lippen gezerrt hatte,
Ein charakteristisches Stöhnen, als er in Münzen
                                                    zahlte.

Sie wären erstaunt gewesen von dem Ton,
Den der junge Catullus mit Julius Caesar annahm,
Ein Konservativer, der einen Parvenu bloßstellt,
Einen politischen Plebejer, einen Lümmel abkanzelt.
Dann später: ein Herz, das seine Blütenblätter abwirft,
                                                    lateinischer Vers.

Sutcliffes Poesie variiert fast nie:

«Komm schönes Feuerwerk, mach Schluß,
Laß mich ergreifen nun dein Über-Plus
Zwischen den Hörnern von entweder – oder,
Sei mein Dilemma, purpurnes Geloder.
Der Frühling schwand, vorbei ist sein Pulsieren,
Lehr'n wir einander emulsieren.»

Das Ich (pflegte Affad zu sagen) ist nur eine Art Negativ des superlativen, esoterischen Zustands – kleine Ausblicke auf das Ganze; als falle das Licht hindurch und mache Abzüge von verschiedenen Wirklichkeiten. Er sagte ebenfalls: «Liebe lebt nicht von Wohltätigkeit, ihre Forderungen sind absolut. Wenn sie dich nicht liebt, geht dein Schiff hoffnungslos unter.» Jemand hörte zufällig, wie Aubrey S. fragt: «Was kann ich tun, um Sie wirklicher erscheinen zu lassen?»

> Die Vögel tun's, wie's junge Lesben tun,
> Wenn Lipp an Lippe sie den Schwanz bespringen
> Und klebrig-rasch sie so liebkosen
> Des Legestachels fleischgetönten Schimmer.
> Fehlt auch das Glied, muß ich gestehn,
> Bereiten sie einander süße Wehn.
> Die Arme aber tief hineingesteckt
> Ist, wie's modernen Liebes-Rowdies schmeckt.

Matsch... Merde... Memme... liebesverzaubert im alten Bombay – kaum gedacht, schon entfacht. Blanford zu Sutcliffe: «Ihre Verse zu lesen ist, als fische man einen Teich ab, ohne je die Leiche zu finden.»

Wildfang mit einer Klitoris wie ein Schlittschuh sucht sinnvolle Beschäftigung. Sutcliffe: «Um ihr zu Gefallen zu sein, mußte ich bellen wie ihr Pekinese – seit langem tot, überfahren, begraben hinten im Garten. Bis ich heiser war, bester Freund! Gustav hieß der Pekinese.»

Doppelseitig gelähmte Possen, geriatrische Gelage. Vor ewigen Zeiten weilte die Absolute Wahrheit neben dem Erhabenen, und die Dichter wußten, woran sie waren oder glaubten es zumindest. Jetzt?! Und wenn Sie wegen Ihres Asthmas keine Luft bekommen, wie wollen Sie dann den Pudding Ihrer Nymphe kühlen? Der Mann ist so schwach, daß er in der Begierde einer Frau Schutz sucht.

Ich freite eine reine Maid
Und sie war compos mantis
Wir lösten Dritter hin und zurück
Für eine Reise nach Atlantis.

«Frohes neues Jahr!» riefen jene, die betrunken
Während clownige Klone in Liebkosungen versunken.
Lesbierinnen, hager wie verstaubte Harfen,
Hängten ihre Gewebe auf und warfen
Den Einschuß ein behendig.
Sie wollten ihren Whisky hochprozentig.

Und dann eines Tags, da
Erreichten wir Atlantis,
Von außen alles Pfau
Aber innen mantis.
Ecco puella corybantis
Primavera in geplatzten Panties.

Der neue Tag dämmert – Frauen sind zu Sex-Service-Sta-
tionen geworden: keine Bindungen mehr, nur Abgabe-
stellen freundlich gesichtsloser Lust. Moderne Mädchen,
deren Körper-Selbstbild durch Vernachlässigung zer-
trümmert ist. Weder genug gestreichelt noch ohne Ekel
gestillt, weder geachtet noch mit der Ehrfurcht behandelt,
die ihnen zukommt. Fromme, lieblose Leben... Anorexia
nervosa, der Name der Nonne von morgen – Boshaftig-
keit, lange gereift im Gefühl von Unzulänglichkeit. Fre-
che, flackernde Blicke, wenn erhitzt und etwas trunken.
Der Mann ist edel, der Mann ist großartig: Er kann ganze
Augenblicke lang monogam sein.

Armer Blanford mit seinem ewigen Notizenmachen.
«Proust, die letzte große Metapher für Kunst in der europäischen Geschichte, ist relativ und zufällig in seiner Le-
bensauffassung; Ego, Empfindung, Geschichte... Das

Zeichen-Handbuch ist die Erinnerung, der zentrale Gedanke lautet, daß Wesenheit durch Erinnerung gefördert wird – durch das, was künstlich am Leben erhalten wird. Geschichte! Aber Geschichte ist von einem östlichen Gesichtspunkt aus nichts als Klatsch – die fünf Sinne, die fünf Künste sind ihr Gefieder. Denn auf Relativitätslehre und Feldtheorie folgt Öde, und das Universum wird kosmisch sinnlos. Relativität bringt keine Relationen. *Monsieur est ravagé par le bonheur!* Wie Flaubert irgendwo bemerkt: *«Moi, je m'emmerde dans la perfection!»*

Der Narr wartet auf schönes Wetter, aber der weise Mann greift nach jedem Fetzen Wind, nach jeder Flaute. Als er jung war, machte er sich auf nach Paris, der Hauptstadt der synthetischen Liebe. Hochgewachsene Schönheiten wie guttrainierte Schaukelpferde. Liebe war eine jubelnde Beziehung, plazental im Rhythmus; wir tanzten den fetalen Wirbel, den All-Amnion-Blues. Ein Durst nach Vortrefflichkeit wird ungesund. Laß dich einschiffen auf den großen, weißen Schwingen der Musik in die Zeit!

Das weltliche Leben ist der Feind der poetischen Wissenschaft! Alchimie will sich manifestieren! Aber wenn heilige Ordnungen verrückt werden, stürzen sie in Schande!

Der prophetische Maulesel, unser deutscher Dichter, wo war er, als das Töten grassierte? Die Sprache ist so klebrig, daß es ist, als erforsche man das Nervensystem einer Artischocke.

Die Nachkriegszeit nimmt in der Provence allmählich Gestalt an. Im Dorf Tubain trinken sie wieder *pastis* mit dem alten, geschwollenen Gehabe und spielen *boules*. Es hat etwas Beruhigendes. Sogar der Menschentyp ist wieder da – der echte mediterrane Müßiggänger – Schlaf frißt sich in

ihn hinein wie Bullrichsalz in einen abtrünnigen Wieder-
täufer! Einen Tränensack unter jedem Auge und einen unter der Weste, der sich bewegt, wenn er atmet, als versuche
ein Maulwurf, an die Oberfläche zu kommen. Eine riesige, braune Nase wie Cromwell, voller Rotz. Ein prote-
stantischer Geist, vollgepackt mit goldenem Kot wie
Luthers Dickdarm – alchimistische Früchte. Der Traum
der Minorität ist es, die Enge universal zu machen – das
ganze Universum eine Vorstadt mit einem *accent faubour-
gienne*! Der Duft von Rotwein und Unterwäsche – Lust-
schreie aus einem Mund voll fettiger Kuchenkrümel. Eine
Analyse des Erdichteten! Hier, Liebling, kau auf dieser
Kruste, Tod!

Problem der Frau: der Blitz schlägt nie zweimal an derselben Stelle ein. Dieser herrliche, wollüstige Gang, so
schwül wie Achilles auf einem Bett glühender Asche!

Heute wusch Sutcliffe sich die Haare und sang unmelo-
disch. Sein Liedchen war: «Was soll'n wir tun mit dem
trunknen Seemann?» Er hatte der Melodie einen eigenen
Text unterlegt: «Was soll'n wir tun mit dem *Alter ego*?»
Vermutlich werden Sie mich dazu zwingen, *suttee* zu bege-
hen, wenn die Zeit gekommen ist – auf den Scheiterhaufen
steigen und in einem Wirbel von Rauch und mit dem köstlichen Geruch von gebratenem Speck vergehen. Meine
Apotheose wird dann begonnen haben – ich werde mich in
eines Swamis Höchstes Rätsel verwandelt haben mit drei
Geishas im Freilauf, und predigen werde ich den Weg zum
Aufgeblasenen Selbst. Ein Swami, der so voll von innerem
Magnetismus ist, daß er Funken sprüht, wenn er die neue
Wirklichkeit beschreibt: «Wenn Sie sich nicht einmischen,
werden Sie entdecken, daß die Wirklichkeit ein Segen ist!
Bestimmt! Wenn das Mathematische und das Poetische
koexistieren, was immer so gedacht war, dann gibt es einen

Zusammenstoß der Welten, und Sie schreiben eine Hymne auf den Fortgang. Liebe winkt, die riesige, axiomatische Puppe, die wir an drei Dezimalstellen küssen. In ihren Armen wird Ihnen klar, daß Glück nichts als umgekehrte Verzweiflung ist, das Futter nach außen wie bei einem gewendeten Ärmel. Sie fragen sich: «Was bin ich als Künstler anderes als ein schrulliger Wilddieb von Hengsteiern?»

Will man untersuchen, was mit dem Geist einer Kultur schiefgelaufen ist, muß man mit dem menschlichen Wahrnehmungsvermögen beginnen... das heißt: Sex, die ursprüngliche Form des Erkennens, die der Sprache voranging... das heißt: erzählen, formulieren, realisieren!

> Süße Daumen rauf
> dunkle Daumen runter
> das Leben ist zum Leben da,
> sagt der Clown, hurra.
> Nichts gewagt,
> nichts gesagt,
> Schleich dich und gesell dich
> zu den Toten, hahaha!

Smirgel hatte alle erdenklichen Vorkehrungen getroffen, um zu verbergen, wo und wie er lebte. Und für eine Weile war jegliche Spur von ihm verloren – so verloren, daß der Prinz sich zu fragen begann, ob seine ganze geschwätzige Geschichte – vielleicht aus undurchsichtigen Motiven? – nicht erfunden sei. Dann lichtete sich das Dunkel, er rief Constance an und schlug als Treffpunkt das kleine Bistro an der Straße nach Vers vor, das kürzlich den Besitzer gewechselt und neu aufgemacht hatte. Sonnenlicht begrüßte sie unter den Olivenbäumen. Er war schon da, als sie in dem großen Daimler des Prinzen ankamen, der einmal Queen Mary gehört hatte. Im flimmernden Schattenspiel des Hains mit seinen grünen Tischen sah Smirgel wie ein wandernder deutscher Geschichtsprofessor auf Urlaub aus (was er im Grunde seiner Seele vermutlich auch war). Er erhob sich, um sie zu begrüßen, und seine Füße deuteten ein vages preußisches Hackenklappen an – aus Respekt vor den beiden Würdenträgern, die auf ihn zukamen, erfüllt von köstlicher, wohlbegründeter Habgier – die Folklore des Reichtums! Des Prinzen natürliche Leutseligkeit war sehr bestechend, und er verströmte Wärme. Sie setzten sich und musterten einander lange und schweigend, bis der Kellner hinter der Bar hervorkam und ihnen die Getränke ihrer Wahl brachte. Smirgel war nervös und bestellte Wasser.

Nach einem Schweigen, während dessen der Prinz seinen Gästen höflich mit einem recht mittelmäßigen Champagner zuprostete, sagte Smirgel: «Lord Galen, ich glaube, daß wir jetzt offen miteinander reden können. Warum ich Sie kennenlernen wollte, dürfte Ihnen inzwischen klar sein. Ich habe Constance alles über den Schatz berichtet und sie gebeten, es Ihnen weiterzuerzählen, in der Hoffnung, Ihre Aufmerksamkeit zu erwecken, weil ich weiß, daß Sie und Ihr Konsortium von interessierten Geldgebern in Genf ansässig und daher seriös sind – *des gens sérieux, quoi!* Ich bin fest davon überzeugt, daß, was ich Ihnen anzubieten habe, von Interesse ist, obwohl ich im Augenblick noch nicht beurteilen kann, wieviel tatsächlich auf dem Spiel steht. Der springende Punkt ist, daß im Moment kein Lebender Zugang zu dem Schatz hat, wegen der Gefährlichkeit der Situation – die Sprengladungen und die Minen! Was ich anbieten kann, ist ein detaillierter Lageplan der Sprengladungen, der es ermöglicht, gefahrlos zu dem Schatz zu gelangen, ihn zu begutachten und zu taxieren. Ich habe einige der Edelsteine selbst gesehen und mit dem Mann gesprochen, der sie entdeckt hat, daher weiß ich, daß das Ganze keine Einbildung, sondern eine Tatsache ist. Als Gegenleistung möchte ich natürlich im Konsortium eine Stimme haben und beanspruche den mir zustehenden Teil der Beute.»

«Ich muß zugeben», sagte Lord Galen träumerisch, «daß der Gedanke an ein riesiges Vermögen mich sentimental stimmt.» Der Prinz klang ein wenig vorwurfsvoll, als er sagte: «Ja, aber denken Sie an die rein historische Schönheit des Ganzen – den lang verlorenen, weltberühmten Schatz wiederzuentdecken! Wir dürfen den kulturellen Aspekt nicht aus den Augen verlieren, denn viele der Gegenstände müssen von großer Schönheit sein, und wir sollten für zukünftige Generationen ein genaues Verzeichnis unseres Fundes aufstellen.» Der Deutsche saß ruhig rauchend im Stuhl und beobachtete alle aufmerksam. Der Prinz durchstreifte im Geist die vielen Legenden und Volksmärchen seiner Heimat Ägypten, wo geheime Schätze, vergraben in Höhlen und bewacht von bösartigen Djinns, etwas Alltägliches waren. «Es wäre amüsant», sagte er, «wenn jemand den Schatz gestohlen und ihn durch Federn oder Sand ersetzt hätte!» Er kicherte, aber weder Galen noch der Deutsche fanden den Gedanken komisch. «Wie schnell können wir uns Gewißheit verschaffen?»

Der Deutsche lächelte und erwiderte: «Sobald ich bereit bin, Ihnen den Plan der Stollen zu überlassen. Dann können wir einfach in die Höhlen gehen, die Tür ausfindig machen und gewaltsam öffnen. Presto! Aber dies werde ich erst tun, wenn die Bedingungen für meine Beteiligung unterschrieben sind und ich über den Wert meines Beitrags Gewißheit habe.»

«Eine Gesellschaft mit beschränkter Haftung mit Sitz in Genf, eingetragen unter dem Namen: Schatz-Fund GmbH», sagte Lord Galen versonnen. «Aber wie sollen wir den Ort beschreiben? Das Dokument kann ich dann ohne Schwierigkeiten aufsetzen lassen.»

Der Deutsche zog unter sich – er hatte darauf gesessen – eine verbeulte Aktenmappe hervor, die zwei wichtige Dokumente enthielt: einen Katasterplan des Geländes mit Maßangaben und eine Liste mit den Namen der Besitzer.

Der Deutsche setzte gemächlich und in dem Ton eines vortragenden Professors seine Ausführungen fort; er hatte sein Material einwandfrei organisiert, und sein Englisch war ausgezeichnet. «Ich habe herausgefunden, daß sich praktisch der ganze Abschnitt, der uns interessiert, im Besitz einer einzigen Familie befindet; ich habe mich bereits mit ihnen in Verbindung gesetzt. Sie sind Bauern und ziemlich arm und waren daher hoch erfreut, daß sie mir dieses Stück Land für neunundneunzig Jahre verpachten konnten. Ich habe mich auch über die juristische Sachlage informiert und von der Regierung eine Genehmigung erhalten, das Land zu bearbeiten und seine Bodenschätze auszubeuten. Die französischen Gesetze treten wieder in Kraft, und zivile Überlegungen gewinnen an Bedeutung. Ich habe angedeutet, daß ich vorhätte, die unterirdischen römischen Steinbrüche wieder zu aktivieren, da es noch eine Menge abbaubarer Nutzschichten gäbe, und daß dieses Projekt natürlich Arbeit für die Gemeinde bedeuten würde. Mein Vorschlag war hoch willkommen. Und diese Lesart müssen wir sozusagen als Deckmantel benutzen, denn wir wollen schließlich die französischen Behörden nicht mit Erzählungen über einen vergrabenen Schatz aufregen, auf den sie möglicherweise Steueransprüche erheben könnten. Auf jeden Fall sehe ich, so wie die Dinge jetzt liegen, nichts, was uns ernstlich daran hindern könnte, den Schatz herauszuholen, und sei es Stück für Stück. Gleichzeitig müßten Steinbrucharbeiter zur Tarnung in gutem Glauben Blöcke aus dem anstehenden Gestein brechen. Sehen Sie irgend etwas, das dagegen spricht?»

Lord Galen sah nichts, was dagegen sprach. «Aber der berühmte Plan des Steinbruchs – wo ist er?»

«In meinem Besitz und an einem sicheren Ort; er steht Ihnen zur Verfügung, sobald gewisse Bedingungen erfüllt sind. Die Hauptbedingung ist natürlich, daß das Kriegsverbrechergericht mich freispricht. Es hat mich irrtümlicherweise auf die schwarze Liste gesetzt. In zwei Monaten kommt mein Fall zur Verhandlung, und ich hoffe, daß sich Lord Galen bis dahin meiner Verteidigung angenommen und das Gericht zu meinen Gunsten beeinflußt haben wird. Die ganze Angelegenheit ist nur auf die Eitelkeit und Eifersucht der Miliz zurückzuführen. Sie wollen mich brandmarken, köpfen oder einsperren, weil ich genau weiß, was sie während der schlimmen Jahre getan haben. Sie haben viel zu verbergen, wie Ihnen wohl bekannt ist. Aber ich halte es durchaus für möglich, daß das Urteil zu meinen Gunsten ausfällt, schon wegen der britischen Mitglieder des Exekutivkomitees. Ich bin sicher, daß Lord Galen sie alle kennt und ein Wort für mich einlegen kann. Ich habe ihre Namen auf diesem Zettel notiert.» Er überreichte den Zettel und die übrigen Dokumente Lord Galen, der zu seinem Entsetzen feststellte, daß mehrere seiner Freunde auf der Liste standen und der Vorsitzende des Gerichts einer seiner Aktionäre war. Er schluckte krampfhaft und blinzelte. «Sobald ich freigesprochen bin, erhalten Sie den Plan. In der Zwischenzeit wollen wir die Vertragspunkte festlegen und unsere Aktion vorbereiten.»

Er führte sie durch den Steinbruch bis zum Eingang, erkennbar an den großen Toren zu den Höhlen, von denen einige sehr tief waren. «Was uns interessiert», sagte er, «ist die Reihe von Höhlen, die hier auf der linken Seite beginnt. Mir ist es gelungen, die Familie, der das Land gehört, zu veranlassen, den Eingang so gut wie möglich zu verbarrikadieren, um Unbefugten den Zutritt zu verwehren. Ich habe wegen dieser Höhlen schon einige Ängste ausgestanden. Einmal hat ein Schäfer sie benutzt, um seine Herde vor einem Gewitter in Sicherheit zu bringen. Er hat hundert Schafe in den Eingang getrieben. Mir ist das Blut in den Adern geronnen – ich hatte zufällig in einem gegenüberliegenden Höhleneingang Schutz gesucht. Es war zu spät, den Schäfer aufzuhalten, denn er war seinen Schafen in den ersten Stollen gefolgt. Als ich ihn vor der Gefahr warnte, in der er sich befand, wurde er weiß wie ein Leintuch und pfiff nach seinen Hunden, um die Schafe herauszuscheuchen, die sich mittlerweile in die verschiedenen Gänge verteilt hatten. Psychologisch gesprochen hielten wir uns beide die Ohren zu und wagten minutenlang, die uns wie eine Ewigkeit erschienen, kaum zu atmen. Doch endlich war auch das letzte Schaf gefunden und von den Hunden ins Freie getrieben und ins Niemandsland gejagt. Was für ein Glück! Ein Schaf hätte leicht einen Stolperdraht berühren können, und die ganze Chose wäre explodiert. Sobald wir mit unseren Arbeiten beginnen, müssen wir natürlich strikte Sicherheitsmaßnahmen treffen, bis wir die Sprengladungen aus dem Weg geräumt haben, oder zumindest so viele, wie für unser Vorhaben notwendig sind.»

(Blanford hatte in seinem Odysseus-Archiv notiert: Wenn der Zyklop schreit: «Wer geht dort?» und Odysseus nervös antwortet: «Niemand», ist dies die erste Zen-Aussage im Kanon der europäischen Literatur!)

Während sie durch die Olivenhaine zurückgingen, einigten sie sich vorläufig über die beste Art, wie man alle Interessen unter einen Hut bringen könnte. Smirgel gab ihnen eine Telefonnummer, unter der er, falls nötig, zu erreichen war, dann verabschiedete er sich, schwang sich auf sein altes Fahrrad und verschmolz allmählich, mit jedem langsamen Pedaltritt mehr, mit der Landschaft. «Nicht zu fassen», sagte der Prinz und bestellte sich einen neuen Drink, um die ganze Angelegenheit mit seinem Partner zu besprechen. «Aber wenn es gelingt, dann ist es etwas ganz Einzigartiges, nein?»

«Oh, gewiß», sagte Galen mit einer Art zweifelnder Begeisterung. Der Prinz fügte hinzu: «Werden Sie Ihren Einfluß geltend machen und versuchen, ihn loszueisen?» Lord Galen nickte heftig. «Es wäre uns zu nichts nutze, wenn sie ihn lebenslänglich einsperren und er uns nicht sagt, wo die Pläne sind, nicht wahr? Man muß ihn bei der Stange halten, finden Sie nicht? Die ganze Sache ist meiner Meinung nach noch lange nicht perfekt. Aber sie sieht vielversprechend aus, das muß ich schon sagen, ganz ungemein vielversprechend. Wir müssen uns ganz darauf konzentrieren.» Er setzte seine zielstrebige Miene auf und blickte um sich wie ein blinder Bussard. Er hatte diese Pose einer Büste Napoleons auf St. Helena abgesehen, die zu Hause auf seinem Schreibtisch stand.

SECHS

DIE RÜCKKEHR

Als sie ihn dort in der Halle von Tu Duc neben seinem Gepäck stehen sah, auf seinen Stock gelehnt und in seinen alten, oft gestopften Plaid gekleidet, überkam sie wider Willen eine Welle der Zärtlichkeit, so sehr beschwor seine Gegenwart ihre gemeinsame Jugend herauf – ein ganzer Sommer, hier auf diesen verzauberten Lichtungen und Wiesen verbracht, *in limbo* vor der Sintflut! Aber auch ihn befiel unwillkürlich ein Zögern und eine Schüchternheit. «Bist du sicher, daß du mich hier haben willst? Ich werde dir das Leben schwermachen mit meinen ewigen Seufzern.» Aber sie umarmten sich voller Zärtlichkeit, und sie schlug ihren energischsten Ärztinnenton an, um ihre Gefühle zu verbergen. «Ich will dich unbedingt unter meinen Augen, meinen Händen haben, weil ich bemerkt habe, daß du dein Joga vernachlässigst, und dein Rücken wird einfach nicht oft genug massiert. Dafür zumindest kann ich die Garantie übernehmen. Abgesehen davon, kannst du hier im Mühlbach jeden Tag schwimmen, was der radikale Teil der Behandlung ist. Ich habe vor, dich in die Hand zu nehmen.»

Er konnte sich nichts Besseres vorstellen, und so quartierte er sich ohne viel Aufhebens in Livias Zimmer mit der alten, freudschen Couch ein. Seine wenigen Kleidungsstücke, seine Bücher und sein Packen Notizbücher fanden leicht Platz, und nachdem er seine Habe untergebracht hatte, begab er sich mit seinem eigenartig schwankenden

Gang hinunter in die Küche, wo er ihr anbot, bei der Zubereitung des Mittagessens zu helfen – sie erwarteten den Prinzen und Lord Galen nach deren Gespräch mit Smirgel. Sie waren beide inzwischen gute Köche, und dies war eine weitere Bindung, die langsam heranreifte. Irgendwie herrschte auf seltsame Weise eine tiefe Zurückhaltung zwischen ihnen, denn es gab Hunderte von Fragen, die ihm auf der Seele brannten, aber der Zeitpunkt und der Ort erschienen ihm irgendwie nicht günstig – es war noch nicht angebracht, Fragen zu stellen. Und als ihre Gäste ankamen, waren sie so beschäftigt, daß ihre Tätigkeit sie voll in Anspruch nahm; auch schuf sie einen neutralen Hintergrund, vor dem die Gespräche nicht persönlich, sondern allgemein wurden. Der Prinz zum Beispiel war äußerst angeregt durch die Begegnung mit dem Deutschen, aber noch nicht ganz von seinem *bona fide* überzeugt. Er bestürmte Constance mit Fragen über ihn. Galen dagegen hatte den Vorschlag mit Haut und Haaren geschluckt. «Was sollte er anderes im Sinn haben?» fragte er vorwurfsvoll. «Man muß lernen, Menschen zu vertrauen, sonst kommt man nie zu einem Resultat. Ich glaube, daß die Geschichte wahr ist, und wenn wir unsere Karten richtig ausspielen, werden wir gewinnen!»

Nach dieser aufmunternden Bemerkung machten sie sich über das Essen her, das Constance zubereitet hatte. «Ich werde mich darum kümmern, daß Ihr Name auf die Liste der Aktionäre kommt», sagte der Prinz zu ihr, «allein schon wegen dieses ausgezeichneten *bœuf gardien*.»

Der Prinz hatte am vorangegangenen Nachmittag den halbjährlichen Jahrmarkt der Stadt besucht, wobei einige Aspekte ihn bestürzt hatten, wie zum Beispiel die dreisten roten Inschriften auf der Kirchhofsmauer, die von fremden Einflüssen zeugten. Die ersten amerikanischen Touristen waren in Avignon eingetroffen.

Alle Macht den Skinheads!
Ja! Ja!
Der Wahnsinn regiert!
Ja!
Töte jeden!
Ja! Ja!

Die neue Welt, die sie ausgebrütet hatten, begann, Forderungen an die Zukunft zu stellen. Der Prinz gestattete sich ein ahnungsvolles Frösteln und ließ zu, daß ihm ein Schauder über den Rücken lief; er stellte sich vor, wie dieser geheiligte Landstrich von den Vertretern der amerikanischen Industriemoral überschwemmt werden würde. In unmittelbarer Nähe und kaum weniger beunruhigend war auch ein Vertreter Britanniens aus Tyneside, dessen Galgenhumor wenigstens einen versöhnlichen Zug hatte, der seinen Auftritt würzte. Dies war ein junger Mann namens Suckathumbo Smith, er saß vor einem Vorhang, auf dem eine Szene aus dem Zirkus abgebildet war – ein Zahnarzt in einem Gehrock zog einer jungen Frau in einer Krinoline gegen ihren Willen einen Zahn. Smith war ein vierschrötiger junger Mann; seine Augen waren stark mit Mascara umrandet und sahen aus wie die Brille einer Kobra. Er hatte ein verweintes Gesicht, als hätte er die ganze Nacht in Tränen verbracht, und wenn er schwieg, steckte er sich den Daumen in den Mund, verkorkte sich sozusagen. Manchmal nahm er ganz plötzlich den Daumen heraus und stimmte ein schrilles Lied an, dann steckte er ebenso plötzlich den Daumen wieder in die Öffnung und sackte dabei verzweifelt und schwermütig in sich zusammen. Blanford war entzückt von ihm, seiner Kuriosität wegen, und verließ die Bude erst, wenn die Vorstellung vorbei war. Die letzte Szene war eine witzige Wiedergabe des klassischen Cockneylieds:

Onkel Fred und Tante Misch
wurden schwach am Frühstückstisch,
trotzend des Zigeuners Rat,
daß man's nicht am Morgen tat.

Das war beste Music-Hall-Tradition, geschichtsträchtig wie Shakespeare. Eine solche Vorstellung paßte jedoch schlecht zu der Folklore, die der Fremdenverkehrsverein subventionierte, in der Hoffnung, das Wohlbefinden der Touristen zu erhöhen. Allerdings hatten sich bislang kaum ausländische Besucher gezeigt. Die Nachkriegsstadt lag sozusagen noch *in limbo*, ihre Aussichten waren noch unsicher, der einzige Ansporn bestand im Prestige ihrer Vergangenheit.

Aber der Frühling nahte, und die sonnigen Tage waren nicht mehr weit. Dies gab ihnen die Möglichkeit, ihre morgendliche Massagetherapie und ihr Joga an einen geeigneteren Ort zu verlegen, nämlich zu dem flachen Felsen am Fischweiher mit den ernsten Menhiren und der unbenutzten Tenne. Hier rauschte der Fluß in plötzlichen Freudensprüngen zwischen Wasserlilien. Hier konnte man liegen, dösen oder lesen, eingelullt von der Wassermusik des römischen Wehrs. Constance ging sehr professionell zu Werk, und Blanford nörgelte, aber gehorchte ihr, gab sich als Patient ganz in die Hände der Ärztin, obwohl ihre tüchtigen braunen Hände, die seinen Rücken bearbeiteten, ihn sexuell erregten. Ihn befiel Schüchternheit, weil er den Anfang einer leichten Erektion spürte, die die Therapie bei ihm verursachte, und er fragte sich, ob ihr diese Tatsache bewußt war. Sie war ihr bewußt, und sie machte sich leise Vorwürfe. Aber das würde vergehen, dachte sie, Gewohnheit erzeugt Gleichgültigkeit. Sie brauchte nur weiterzumachen und über andere Dinge zu reden. «Ich muß schon sagen, Aubrey, man hat bei dir eine großartige Renovierungsarbeit geleistet.» Er grunzte beifällig und fügte hinzu: «Wie bei einem teuren Tennisschläger, unter Benutzung der besten Därme und Stahldrähte. Ich habe unheimliches Glück. Und jetzt die Massagen bei dir fortzusetzen...» Zur Therapie gehörte auch das Schwimmen. Sie starteten Seite an Seite und paddelten zwischen den Wasserlilien langsam flußaufwärts, plaudernd oder freundschaftlich schweigend. Eine neue Intimität entstand zwischen ihnen, die sie im Augenblick weder benennen noch einordnen konnten. Sie sprach jetzt ganz ohne Worte mit ihm, während sie seinen Rücken knetete. «Wie seltsam, daß du meine erste, meine schwerste Liebe warst», sagte sie zu ihm. «Der einzige, bei dem ich nicht die geringsten Fortschritte machen konnte. Und natürlich ich die deine – ich wäre eine Närrin gewesen, wenn ich diese Tatsache nicht erkannt hätte. Was ist schiefgegangen? Ich fand, du seist frigide, autistisch und vollkommen ich-besessen – aber wenn ich zurückblicke, frage ich mich, ob es nicht einfach Schüchternheit war. Die englischen Schulen treiben ihre Zöglinge zurück ins eigene Ich und rauben ihnen Mädchen gegenüber jeglichen Unternehmungsgeist.» Blanford war unter der Wirkung der Massage wie eine Katze eingeschlafen. Sie runzelte die Stirn, offenbar reagierte er auf die Massage, als sei sie eine Liebkosung – und das war nicht, was der Arzt in ihr guthieß oder beabsichtigte. «Aubrey! Wach auf!» sagte sie. «Und laß uns bis zur Landspitze schwimmen. Die Sonne geht bald unter.» Er murrte, aber gab nach. «Ich habe geträumt, daß wir uns lieben», sagte er grimmig, «und daß es endlich zwischen uns klappt. Du warst immerhin meine erste Liebe.» Sie runzelte die Stirn und nahm es widerwillig zur Kenntnis. «Und ich deine?» Nach einer Pause: «Ja. O ja, durchaus!»

Es entstand ein langes Schweigen.

Dann sagte er: «Was zum Teufel ist schiefgegangen? Was meinst du? Ist es noch zu retten?» Sie lachte und breitete die Arme mit einer wehmütigen Gebärde aus. «Natürlich nicht», sagte sie, aber fröhlich, «sieh uns beide doch an, gebeutelt von Kriegen und der vermaledeiten Abnutzung durch die vergehende Zeit... Wir sind übers Ziel hinaus!» Es war deprimierend, nein, unerträglich zu glauben, daß sie recht haben könnte. Es brachte ihm plötzlich zu Bewußtsein, wie beständig ihr Bild bei ihm gewesen war – selbst wenn sie nicht dagewesen war, selbst wenn er ihre Gegenwart in seinem Geist, in seinem Herzen nicht gespürt hatte. «Du gehörtest immer dazu. Ich glaube nicht, daß ich je irgendeine Entscheidung getroffen oder irgendeinen Gedanken gedacht habe, ohne mich geistig auf dich zu beziehen – sogar als du mit Affad zusammen warst, stelltest du eine Art Leitstern für mich dar! Es ist eigenartig! Bei jeder anderen würde man es mit dem Wort ‹Liebe› umschreiben. Aber ich wage es nicht! Ich habe Angst, daß du protestierst!»

«Ich kann nicht mehr flirten. Aber ich kann noch immer waghalsig sein, ich bin in gewisser Weise auch jetzt noch für Abenteuer empfänglich. Aber meine Auffassungen haben sich in so vielem verändert. Als er gestorben war, begriff ich, aber nur sehr langsam, daß ich nie mehr auf die alte Art, auf literarische Weise gewissermaßen, lieben könnte, aus dialektischer Raserei. Aber paradoxerweise gab mir die neue Freiheit, die mir aus seinem Tod erstand, die Möglichkeit, wahrhaftiger, richtiger zu lieben, doch dabei mein eigener Herr zu bleiben. Es ging tiefer und war keuscher, trotz dieser Freiheit. Aber ich könnte nicht mehr die große Bindung eingehen und mich selbst ganz aufgeben. Ich stehe an der Schwelle der Reife, vermutlich ist es das.»

Er hörte ihr zu mit verdrießlichem Schweigen; was ist aussichtsloser, als wenn eine Frau versucht, die Natur der Liebe in ihren tausend Formen und Stimmungen zu analysieren? Er sagte: «Ich habe seinen wundervollen Sohn beobachtet, dem du so viel gegeben hast, daß du ihm tatsächlich eine Mutter geworden bist. In ihm erahne ich eine bewundernswerte innere Unabhängigkeit, eine Fremdheit gegenüber allen formellen Freuden. Ich bin sicher, daß er ein Künstler werden wird. Er blickt um sich mit dem befreiten Auge eines Menschen, der fähig ist, die Dinge zu durchschauen, ihre groben Ur-Wurzeln wahrzunehmen, ihre Wesenheiten und daher ihr Gelangweiltsein mit Gott! Wenn man das so sagen kann, aber wie soll man ein so bewundernswertes inneres Freisein sonst beschreiben? Ich war wie er ein Autist, eine Jungfrau, die du unglücklicherweise nicht besitzen konntest – für mich ein ewiger Verlust. Wäre es dir gelungen, mich aus meinem Todesschlaf zu erwecken, ich hätte dich für den Rest meines Lebens gesegnet! Aber es sollte nicht sein. Ich mußte meinen Weg jahrelang wie im Schlaf gehen, bis ich dich eingeholt habe, hier auf diesem Felsen, nach einem langen und trostlosen Krieg. Wie seltsam das Leben die Dinge doch fügt!»

Ein anderes komisches Paradox des Schicksals waren die vom Winde verwehten Notizen Blanfords, die er so sorgfältig in alle Himmelsrichtungen verstreut hatte. Ein großer Teil war in die Stadt getrieben worden, wo neugierige Zigeunerkinder sie aufgesammelt und ihren Eltern gezeigt hatten. Bis zum Besuch bei einem Buchhändler war es nur noch ein Schritt, und so dauerte es nicht lange, bis Toby ein Bündel von Fragmenten zum Kauf angeboten wurde, die er an der Handschrift sofort als Notizen Blanfords erkannte. Dieser erklärte sich bereit, sie zurückzukaufen; daß sie der Vernichtung entgangen waren, nahm er als Omen. Offenbar waren sie für sein kommendes Buch, dessen Gestalt immer drohender über seinem zukünftigen Leben aufragte, von Bedeutung. Körperlich war er dem täglichen Leben wiedergegeben, mehr oder weniger, und die Frage einer Beschäftigung fing ihn zu quälen an. Er war froh, daß sein winziges Einkommen ihn nicht daran hinderte, sich der Literatur zuzuwenden als einem möglichen Weg, Geld zu verdienen. Es wäre schlecht für ihn gewesen, überlegte er, wenn ein Vermögen ihn von der Last befreit hätte, kühl und sachlich über den Roman als Erwerbsquelle nachzudenken. Und dann war noch die andere Sache – wie lange konnte er eine Bruder-und-Schwester-Beziehung mit Constance ertragen? Ihre Beziehung konnte nicht immer so bleiben – in chemischer Lösung sozusagen – ohne irgendeine Entwicklung ins Physische, oder doch? Seine Brust schmerzte, wenn er an sie dachte. Wie töricht Menschen doch waren! Er lag leise atmend unter ihren zielbewußten, rücksichtsvollen Fingern, die über seinen Rücken und seine Schultern strichen, während er im neuesten Bündel seiner Notizen blätterte, die aus den Händen der Zigeuner zum Vorschein gekommen waren. Ein Romanschriftsteller, der seine Notizen zurückkaufen mußte – was für eine Farce!

Ist Meditation Kunst oder Wissenschaft? Diskutiere.
Erdbeeren sind weder klassisch noch romantisch.
                                        Diskutiere!
Durch einfachen Sauerstoff und Schweigen gleite
in die Höhere Harmlosigkeit!

Dazu hatte Sutcliffe einen Zusatz gemacht, wie folgt: «Aber der Hindu ist so hochherzig, wie er langatmig ist. Der Himmel bewahre uns vor solch einem Kataplasma, wie sehr er auch theologisch im Recht sein mag.»

Er fügte hinzu: «Was für ein Fluch ist die Selbstüberschätzung! Wenn wir nur den Mund hielten und der Natur eine Chance gäben zu reden, dann lernten wir, daß das Glück, nein, die *Seligkeit* angeboren ist!»

Doch die Umstände arbeiten nicht immer so bereitwillig im Einklang mit den menschlichen Absichten. Und so wurden sie bald ohne Zweideutigkeiten vereinigt durch einen simplen Zwischenfall, der sich aus ihrer Gewohnheit des nächtlichen Schwimmens ergab. Obwohl es noch verhältnismäßig früh im Jahr war, hatten sie schon fast zwei Wochen lang warmes Wetter, richtiges Sommerwetter. Und dies hatte sie dazu veranlaßt, eine alte Gewohnheit wiederaufzunehmen und des Nachts vom Felsen aus zu baden, im Licht der einzigen zischenden Kerosinlampe, deren das Haus sich rühmte. Sie stellten sie auf den Felsen. Das geisterhafte Licht, das flatterte und flackerte, umriß einen kleinen, zentralen Kreis im Wasser zwischen den Lilien, groß genug, um faktisch ein rundes, schimmerndes Wasserbecken zu bilden. Sie waren stets darauf bedacht, innerhalb seiner Grenzen zu bleiben, nicht nur aus Ordnungsliebe, sondern vor allem aus Sicherheitsgründen. Aber dies war nicht immer möglich, denn um den Felsen herum herrschte eine starke Strömung. Aber im großen und ganzen hielten sie sich an diese Regel, und beide waren geübt und geschickt genug, um sich das Schwimmen zuzutrauen, obwohl sie allein waren. Und dies geschah nun in der fraglichen Nacht: Constance war vorausgegangen; und als er mit seinen langsamen, schwankenden Schritten den dunklen Garten durchquerte, konnte er das Flattern und Flackern der Lampe, die auf dem Felsvorsprung über dem Wasser stand, deutlich sehen. Er hörte das Geräusch ihres Eintauchens, dann ihr Herumplanschen und Wassertreten – alles völlig in Ordnung. Es wäre schwierig zu sagen, was ihn eigentlich auf den Gedanken brachte, daß *nicht* alles in Ordnung war, vielleicht hörte er ihr erschrecktes Nach-Luft-Schnappen, als sie sich auf den Rücken drehte – erschreckt, weil sie plötzlich einen Krampf in den Oberschenkeln und Waden spürte, eine Reaktion auf das kalte Wasser. Aber bei der starken Strömung durfte sie keine Zeit verlieren, um sich aus der Situation zu retten. Dummerweise war das Ufer kaum als solches zu bezeichnen, denn die Wasserlilien standen in drei Meter Schlick. «Ist alles in Ordnung?»

rief er ängstlich, denn er spürte, daß etwas nicht stimmte. «Ja! Nein!» rief sie verstört. Es war eine doppelte Irreführung, denn Aubrey war nicht auf der Höhe seiner sonstigen Schwimmkünste, und es wäre unfair, ihn ins Wasser zu rufen... Nichtsdestoweniger vermittelte sich ihm ihre Verzweiflung schnell genug, und er begriff, daß ihm keine andere Wahl blieb, als ihr nachzuspringen und ihr zu helfen bei dem Versuch, der Strömung Herr zu werden, die sie flußabwärts trieb. In stillem Gewässer wäre das Ganze kein Problem gewesen, sie hätte sich treiben lassen können, aber die Strömung brachte sie womöglich in Gefahr. Sie hörte, wie er ihr nachsprang, und ihr ahnte nichts Gutes – sie konnten jetzt beide seiner Übereiltheit wegen in Schwierigkeiten geraten. Aber er war stärker, als er angenommen hatte. Er griff ihr unter die Arme und schwamm verbissen gegen die Strömung an, fest entschlossen, sie beide bis auf Reichweite an den Felsvorsprung zu bringen, von dem aus sie ins Wasser gesprungen waren. Zuerst, und zwar ziemlich lange, war der Ausgang ungewiß, obwohl er seine ganze Kraft einsetzte, Schwimmstoß für mühsamen Schwimmstoß. Dann, unendlich langsam, gewann er die Oberhand über die Strömung. Es waren nur noch zwei oder drei Meter, trotzdem blieb die Lage kritisch, denn das Wasser tat sein Bestes, sie mitzureißen, den Fluß hinunter, dorthin, wo die römische Furt einen kleinen, aber starken Strudel entstehen ließ. Und dort konnte die Strömung stark genug sein, um einen Unfall zu verursachen – ein Schlag auf den Kopf, ein gebrochenes Handgelenk, irgend etwas in der Art. Aber seine langsamen und konzentrierten Schwimmstöße waren kräftig genug, um allmählich gegen die Strömung anzukommen. Und endlich hatte er befriedigt und erleichtert seine Mitschwimmerin an eine Stelle gebracht, wo ihre Finger den gezackten Rand des Felsens ergreifen und sie sich aus der Strömung hochziehen konnte, während sie sich mit dem anderen Arm auf seine Hand stützte. Und so gelang es ihnen schließlich mit endloser Langsamkeit und endloser Mühe, dem Wasser zu entkommen und an Land und auf den sicheren Felsen zu kriechen, wo sie erschöpft zu Boden sanken. «Ich habe noch nie einen Krampf gehabt», sagte sie, eine der vielen Entschuldigungen dafür, daß sie ihn veranlaßt hatte, ihr nachzuspringen. «Ich hatte keine Ahnung, daß man plötzlich so steif werden kann.» Und natürlich machte sie sich jetzt Sorgen um seinen Rücken – vielleicht hatte er sich verrenkt oder einen Muskel gezerrt durch die Anstrengung, und sie wollte sich nicht eher zufriedengeben, als bis sie ihn eigenhändig untersucht hatte. Aber etwas hatte sich jetzt radikal verändert – die ganze Wolke der Hemmungen, die ihn in seinem Umgang mit ihr gelähmt hatte, schien sich verzogen zu haben. War es vielleicht die flüchtige Panik, sie für immer an den Fluß zu verlieren, die ihn befreit hatte? Eine klassische Kühnheit ergriff von ihm Besitz. Er nahm sie mit einer Bestimmtheit in die Arme, als sei er ihrer Reaktion völlig sicher. Und so standen sie da, fest umschlungen und schweigend für eine scheinbare Ewigkeit. In den hohen Bäumen kreischten und jagten die Eulen, die Lampe, die gewöhnlich neben ihnen auf dem Küchentisch stand, trug ihren summenden Kommentar bei – wie das Geräusch in der Tiefe eines Nautilus. «Wie wunderbar», flüsterte er, «keine Angst mehr zu haben, daß ich bei dir etwas verpatze! Du hast mir einen solchen Schrecken eingejagt mit deinem Krampf, daß der Schock mich zur Vernunft gebracht hat. Die Angst, dich für immer zu verlieren! Mir ist jetzt alles sonnenklar. Du hast das Wichtigste gelernt, was eine Frau von einem Mann lernen kann – nicht von mir, von Affad: die Kunst der Kapitulation, die alles sicherstellt. Wie dankbar auch ich ihm bin!» Dies alles war nicht nur Gerede, denn es übersetzte sich später des Nachts in Zärtlichkeiten, die so großzügig wie gierig waren. Und danach konnte er sie auch noch lieben, konnte auch noch die Kraft und die Herrlichkeit aufbringen für die vollkommene sexuelle Begegnung. Wo zum Teufel war das alles hergekommen? Er hätte es nicht sagen können.

Und wie Liebende zu jeder Zeit und überall hatten sie plötzlich das dringende Bedürfnis, ungestört zu sein, und zwar so sehr, daß sie sich nach dieser entscheidenden Neueinschätzung ihrer Liebe für mehrere Wochen fast gänzlich von ihren Freunden zurückzogen. Sie aßen meist früh zu Abend und gingen früh zu Bett, statt lange bei Tisch zu sitzen, wie man sonst, besonders wenn der Mond scheint, den herabsinkenden Abend von alters her in der Provence verbringt. Er war eifersüchtig nicht auf sie, sondern auf die Menschen, die sie umgaben. Dem Prinzen mit seinem ägyptischen Einfühlungsvermögen und seinem scharfen Blick fiel die Veränderung sofort auf. «Endlich ist es passiert», sagte er lächelnd in einem erfreuten und schockierten Tonfall. «Ich werde an die Prinzessin schreiben und ihr berichten, daß ihre schlimmsten Befürchtungen eingetroffen sind! Der Geist der Liebe schwebt über dem Kopf des frommen Junggesellen! Ist es nicht so, Constance?»

Aber sie war so tief in den Luxus dieser wundervoll primitiven Beziehung verstrickt, daß seine Neckereien sie nicht aus der Fassung bringen konnten. «Die Prinzessin wird entzückt sein», sagte sie. «Sie hat seit jeher ein Faible für Aubrey gehabt, und sein Isoliertsein tat ihr leid.» Aber auch der Prinz war entzückt und verfaßte in Gedanken bereits den Brief. Lord Galen dagegen hatte nichts bemerkt, und als der Prinz ihn auf das Offensichtliche aufmerksam machte, wurde er ganz wehleidig und sagte mit einem Seufzer: «Niemand erzählt mir je das Geringste, aber vermutlich ist es eine gute Sache, wenn Sie es sagen.»

«Das tue ich gewiß», sagte seine Hoheit in seinem üblichen energischen und überheblichen Tonfall. Aber es wurde weniger erfreulich, als die Liebenden für einige

Wochen völlig aus ihrem Gesichtskreis verschwanden und das Gerücht umging, sie seien heimlich nach Italien gefahren. Sie fehlten dem Prinzen, er war ungemein gesellig und konnte ohne seine tägliche Ration an gepflegtem Klatsch nicht leben. Dann, wie um den Katalog unerwarteter Ereignisse zu vervollständigen, glaubte Constance, daß sie schwanger sei, und dies rief eine weitere Überprüfung der Möglichkeiten, eine weitere Periode des Nachdenkens über die Zukunft hervor. Es war wundervoll, darüber nachzudenken, zumal keiner von beiden diese Eventualität vorausgesehen und daher zu keiner Zeit Verhütungsvorkehrungen getroffen hatte. Blanford war auf furchtsame Art hoch entzückt; er fing an, sich Sorgen zu machen, ob er als Familienvorstand und Vater seinen Mann stehen werde. «Verbringt der Mann, der sonst nichts zu tun hat, seine Zeit damit, zu gähnen und im Wörterbuch nach geeigneten Vornamen zu suchen? Du kannst mir doch bestimmt irgendeine nützliche Arbeit zuweisen?» Aber im Augenblick bereitete es ihr Vergnügen, ihn in seiner Unbeholfenheit und seiner stotternden Leidenschaft zu ermutigen. Tief in ihrem Inneren wußte sie, daß diese Krise seine Mannheit entweder stärken oder zerstören würde.

Aufzuwachen und ihre Arme um sich zu spüren – es erstaunte ihn, festzustellen, wie einsam er früher gewesen war. Wieso war er sich des Glücks der Liebe nicht stärker bewußt gewesen, der aufregenden Schönheit des Miteinander-Teilens? Es war enervierend zu bemerken, daß er über diesen Ausflug in die reinen Gefühle, in die Zärtlichkeit und die Leidenschaft so erstaunt war wie ein Heranwachsender. Und dann zu fühlen, daß er noch immer gierig und unerschrocken war, nachdem ihre Liebe sozusagen über ihn hinweggegangen war, von neuem ausgedörrt wie eine Landschaft nach dem Regen. Sutcliffe trug in diesen Tagen einen leicht vorwurfsvollen Ausdruck zur Schau, vermutlich ein Fall der sprichwörtlichen sauren Trauben, obwohl er niemals behauptet hatte, in Constance verliebt zu sein, was eine Erklärung für sein Verhalten gewesen wäre. Bruchstücke der verworfenen Notizen tauchten weiter auf, die, auf Hochglanz poliert und in das geplante Buch aufgenommen, dem anwachsenden Berg von *obiter dicta* eines Tages Farbe verleihen würden. Er behauptete, den «außerehelichen Keks» und nicht krümelndes Brot erfunden zu haben, ganz zu schweigen von einem Kunstpenisnamen ‹Entschädigung›; er hatte Flügel und eine Schnauze, die durch ein spontanes Knabber-System ein Uterussaugen erzeugte. Seine Nockenwelle sei geradezu genial. Lausche der Sphärenmusik – dem Zusammenschlagen der Hoden des Herkules. «Aufhören!» rief Blanford. «In Gottes Namen, aufhören!»

In den ersten Tagen des sommerlichen Wetters trat in Avignon das neu gebildete Gericht zusammen, um über die Kriegsverbrechen zu urteilen, und die Frage von Smirgels Schuld oder Unschuld würde bald zur Debatte stehen. Der Fall war noch immer undurchschaubar und wimmelte von Unterstellungen und falschen Zeugenaussagen. Die Suche nach Helden und Sündenböcken war im Gange. Zwei Mitarbeiter der Staatsanwaltschaft wurden mit Aussagen überhäuft, die für Smirgel äußerst günstig waren, während der Prinz ihnen zwei Plätze im Vorstand der Schatz-Gesellschaft verschaffte und ihnen einen Teil der Beute versprach. Wenn man ihm zuhörte, hätte man meinen können, der Deutsche sei nicht nur für einen britischen Orden, sondern auch für eine französische Militärauszeichnung vorgeschlagen worden. Es überraschte daher niemanden, daß sein Verfahren ‹aus Mangel an Beweisen› eingestellt wurde. Unterdessen hatten die Gerichte den Anstand, die Zahlen der Vermißten zu publizieren. Die Provence hatte unter den Nazis schwer gelitten. Von den 600 000 Zwangsarbeitern, die nach Deutschland geschickt worden waren, kehrten 60 000 nicht zurück, 15 000 waren erschossen oder geköpft worden, 60 000 erkrankten an Tuberkulose... Aber das Urteil über Smirgel war höchst erfreulich, Musik in Lord Galens Ohren, denn nun stand der Schatzsuche nichts mehr im Wege. Die Gesellschaft zur Ausschüttung der Gewinne war bereits gegründet worden.

Aber nun kamen unerwartete Faktoren ins Spiel. Gerüchte über den Fund waren irgendwie durchgesickert – hatte Smirgel vielleicht eine gezielte Indiskretion begangen? Jedenfalls ließen die Stadtväter und die Behörden von Avignon wissen, daß sie informiert zu werden wünschten und daß alle Funde, die der Gesellschaft aus ihrer Tätigkeit erwuchsen, der Museumsverwaltung und den Behörden mitgeteilt werden müßten. «Hin ist alle Hoffnung, den Fund geheimzuhalten, aber vielleicht können wir die Sache in Grenzen halten, wenn wir ein paar Beamte bestechen», sagte der Prinz und versuchte, so gut er konnte, seine Enttäuschung herunterzuschlucken. «Wie dem auch sei, wir wollen uns nicht unnötig aufregen. Vielleicht existiert der Schatz überhaupt nicht, oder er ist so unbedeutend, daß er gar nicht interessant ist.» Lord Galen blickte ihn mit wehmütig beunruhigter Miene an. Jedenfalls brauchte Smirgel jetzt nur noch auf das offizielle Urteil zu warten, das ihn als unschuldig der Welt wiedergeben würde, und dann konnte er ungehindert die Pläne übergeben und die Expedition in die Höhlen anführen. «Ich finde, wir sollten keine Neidhammel sein und den Behörden erlauben, zumindest am Anfang unserer Entdeckung dabeizusein. Es ist natürlich ein großes, historisch bedeutsames Ereignis, und aufgrund der französischen Gesetze könnten sie sogar erwägen, ob sie den Fund nicht im Namen des Louvre beschlagnahmen. Aber im Moment sind sie noch nicht so weit gegangen, und ich glaube, mit einigen gezielten Bestechungen könnten wir sie dazu bringen, die Achseln zu zucken und den Fund für unbedeutend zu erklären. Irgendwas in der Art.»

Das Zeitalter des aufgeklärten Selbst-Interesses war angebrochen, das war offensichtlich, und jeder würde über Nacht zum Millionär werden! Doch hier und da kamen noch Zweifel auf. «Sind Sie von der Zuverlässigkeit Ihrer Pläne wirklich fest überzeugt? Ich wollte Sie das schon die ganze Zeit fragen», sagte Lord Galen, und Smirgel räusperte sich und nickte mehrfach mit dem Kopf. «Schließlich ist es nur logisch, daß Schultz sich eine Kopie aufbewahrt hat, damit er in Friedenszeiten zurückkommen und den Schatz heben konnte. Sehen Sie irgend etwas Unlogisches an dieser Überlegung? Ich nicht. Er würde doch wohl kaum einen wertlosen Plan aufgehoben haben, warum sollte er?»

Nein, es machte durchaus Sinn, daß der Plan, den Schultz bei sich versteckt hatte, echt war. Es konnte nicht anders sein! Mit diesem optimistischen Ausblick trennten sie sich für ein, zwei Tage, um die Papiere zumindest in eine provisorische Ordnung zu bringen. Um die Einzelheiten der Schatzsuche würde man sich sehr bald kümmern. Ein besonderer Glücksfall war, daß Quatrefages wiederauftauchte; seine Meinung über die Angelegenheit würde, das Gefühl hatte jeder, unschätzbar sein. Der Doktor hatte die Verbindung zu ihm aufrechterhalten, und Quatrefages hatte vorgeschlagen, zurückzukommen und wieder für den Prinzen zu arbeiten. Er sah sehr alt aus, und sein Haar war ganz weiß, aber er hatte einen großen Teil seines Materials über die Tempelritter wiedererlangt und hoffte, seine Studien mit einem langen Essay über den Orden abzuschließen.

Vermutlich um ihren Appetit anzuregen, hatte Smirgel sie ein- oder zweimal bis zum Eingang der Haupthöhle geführt, wo eine hölzerne Palisade mit der Aufschrift *«Danger»* und dem Satz *«Défense d'entrer»* dem Publikum den Zutritt versperrte. Sie standen dort etwas hilflos herum und diskutierten, was man tun könnte, und hofften darauf, daß der Deutsche sich endlich dazu entschließen würde, den berühmten Plan herauszurücken. Aber er war störrisch und hartnäckig und wartete auf den schriftlichen Bescheid des Kriegsverbrechertribunals. In der Zwischenzeit gerieten sie noch einmal in flatternde Aufregung, denn Quatrefages hatte in Avignon einen Zigeuner aufgetan, der behauptete, er sei zufällig in die Höhlen geraten und habe mit eigenen Augen den Schatz gesehen. Ihm zufolge war die Tür, die Smirgel fest verschlossen hatte, wieder aufgegangen, und man konnte die Höhlen betreten – oder er zumindest hatte es getan und hatte die massiven Eichentruhen voll Edelsteine und Schmuck erspäht. Er hatte nur einen Rubin genommen, den er sich an einem Nasenflügel befestigt hatte. Als er später erfahren hatte, in welcher Gefahr er gewesen war, hatte ihn das schiere Entsetzen gepackt; wie alle anderen konnte auch er die Sache nicht weiterverfolgen, da ihm kein Führer oder Plan mit den notwendigen Angaben zur Verfügung stand. Jetzt natürlich… Aber obwohl sein Bericht glaubwürdig klang, war etwas an ihm, das kein Vertrauen einflößte, eine Art fiebriger Hysterie, bei der man sich fragte, ob er nicht Märchen erzählte, um selbst etwas Gewinnbringendes zu erfahren.

Eine weitere Komplikation war das Erscheinen des neuen Préfet, der sofort anfragte, ob er vor ihnen über ein Thema sprechen dürfe, das ihm wichtig sei, weil es Gesetz und Ordnung in der Provinz betreffe. Man konnte ihn nicht gut abweisen, und so erschien ein höflicher älterer Herr vor dem Aufsichtsrat, der seine Exekutivsitzung beim Pont du Gard abhielt, um über die Daten und die Mittel für den Schlußakt zu diskutieren. Der Prinz, Lord Galen, Smirgel und Quatrefages waren die wichtigsten Geschäftsführer, während ein weniger prononcierter Gesellschafter wie zum Beispiel Doktor Jourdain mit Blanford und Sutcliffe im Garten Backgammon spielte. Der Préfet, der wie alle Franzosen einen ausgeprägten Sinn für Traditionen hatte, bestellte Champagner für alle, bevor er sich erhob, um dem Prinzen zuzutrinken und die Beratung mit einer wohlgesetzten kleinen Rede zu eröffnen. «Ich nehme an, Sie werden sich wundern, warum ich mich in Ihre Angelegenheiten einmische. Meine Herren, ich tue es, weil ich Sie bitten will, meinen Problemen einige geneigte Gedanken zu widmen. Avignon ist ein dorniger Ort, und zu den Dornen, denen ich meine Aufmerksamkeit schenken muß, gehören auch unsere Zigeuner. Sie bilden eine ziemlich große Kolonie und machen uns eine Menge Kopfzerbrechen – mehr noch als in Marseille. Aber ein Gouverneur wäre schlecht beraten, wenn er sie nicht ein wenig hofierte, denn sie sind nicht nur Störenfriede, sondern auch äußerst nützliche Mitbürger. Praktisch alle wichtigen Informationen und Beweismittel der Polizei werden, bevor sie zur offiziellen Kenntnisnahme gelangen, von den Zigeunern überprüft und beurteilt. Natürlich war es eine meiner ersten Aufgaben, mich mit ihnen in Verbindung zu setzen; ich wollte herausfinden, auf welche Weise ich ihnen meine Bereitwilligkeit zeigen kann, ein wohlmeinender und hilfreicher Schutzherr des Stammes der heiligen Sara zu sein – solch eine Geste macht, wie Sie sich vorstellen können, einen guten Eindruck. Im Verlauf dieser Bemühungen stieß ich auf eine bemerkenswerte englische Dame, die Zigeunerin geworden ist – die Tochter eines gewissen Lord Banquo, der Ihnen vielleicht bekannt ist. Sie erwies sich als eine Fundgrube von Informationen und besitzt ein scharfes Urteil; hauptsächlich auf ihren Rat kam ich auf die Idee, Ihrer Organisation einen Besuch abzustatten.

Von ihr erfuhr ich übrigens auch, daß lange bevor die österreichischen Pioniere ihre Munition in diesen Höhlen lagerten, die Zigeuner eine von ihnen als Kapelle für die heilige Sara benutzten, wo zu gewissen Jahreszeiten Taufen und Initiationen stattfanden. Ja, die «Dunkle» war eine populäre Kultfigur – bisweilen verlieh sie sogar die Gabe der Weissagung und des Zungenredens. Natürlich vertrieben die Deutschen die Zigeuner, als sie anfingen, in den Höhlen Munition zu lagern. Ich bin gebeten worden, diese Tatsachen im Gedächtnis zu behalten, wenn die Aufräumungsarbeiten und das Entschärfen der Munition akut werden. Ihre eigenen Bemühungen konzentrieren sich offensichtlich auf das gleiche, wenn auch aus anderen Gründen. Und ich bitte hiermit um das Verständnis und die Unterstützung des Aufsichtsrates, wenn diese Dinge demnächst in Angriff genommen werden. Sie verstehen, daß ich es in meiner jetzigen Situation unmöglich ablehnen kann, die Höhle der heiligen Sara zurückzugeben, deren Tonstatue und Bilder dort noch irgendwo herumliegen müssen. Bislang habe ich nur bei Herrn Smirgel vorgefühlt, und er ist durchaus damit einverstanden, daß ein Vertreter der Zigeuner beim ersten Erkundungsgang anwesend ist und ihm in die Höhlen folgt, sobald er seinen Freispruch vom Kriegsverbrechergericht bekommen hat. Uff!»

Er hielt nach dieser langen Rede ein wenig außer Atem inne und blickte von Gesicht zu Gesicht mit selbstsicherer Schüchternheit – wann hätte je sein Charme versagt, wenn er überzeugen wollte? Doch der Prinz verriet eine gewisse trübselige Bestürzung. Viel zu viele Menschen würden eingeweiht sein, gab er zu bedenken, und ganz besonders halboffizielle Stellen wie die Beaux Arts, ohne daß ihre Zuständigkeiten klar definiert waren. Angenommen, der Schatz sei nicht nur real, sondern riesengroß... Die ganze Sache gerate für seinen Geschmack außer Proportion, sie entgleite der Kontrolle, man rede sogar schon darüber, Fotografien von den Funden zu machen, jedes Stück zu filmen, während es geborgen werde!

«Ach je», sagte Lord Galen, der mit bekümmertem Gesicht zugehört hatte, denn er hatte sich im stillen alles aufgezählt, was womöglich schiefgehen und ihre Ansprüche auf den Schatz mindern könnte. (Angenommen, es gibt diesen verdammten Schatz gar nicht, dachte er dann wieder.)

Nun zu Smirgel. Er hatte den Tag nach eingehenden gewichtigen Beratungen mit Quatrefages gewählt, da ihm bewußt war, daß gewisse mystische Vorkehrungen getroffen werden mußten. Es mußte zum Beispiel ein Freitag der Dreizehnte sein, nicht nur eingedenk des Namenstages der heiligen Sara in ihrer Inkarnation als Prophetin, sondern auch des fatalen Tages, an dem der Orden der Tempelritter aufgelöst worden war. Warum strebt man instinktiv nach Kontinuität, als ob Synchronisation ein tiefes kosmisches Bedürfnis befriedigt? (Diese Frage stellte sich Blanford und beantwortete sie mit: «Weil, du Idiot, die Welt des Bewußtseins eine Welt voller historischer Echos ist, die laut danach schreien, befriedigt zu werden. Man greift nach jeder Verbindung. Zum Beispiel wurde der Templerorden in der trostlosen Stadt Vienne aufgehoben, in der ich einmal zehn Tage im Winter verbrachte, und mich verfolgte die simple historische Tatsache, die ich irgendwo aufgeschnappt hatte, daß Pontius Pilatus nach seiner Pensionierung Vienne als Wohnort gewählt hatte, weil ihm als armem Staatsrentner Rom zu laut, zu intellektuell und zu teuer war.» Das Ergebnis dieses Besuchs war eine kleine Monographie gewesen, die vorgab, die in Vienne verfaßten Lebenserinnerungen des Pilatus zu sein. Sie hieß «Die Memoiren des PP» und war von Pursewarden herablassend, aber freundlich rezensiert worden.)

«Noch Monate danach», fügte Sutcliffe hinzu, «träumte ich nächtelang davon, daß ich meine Hände in einer silbernen Schale wusch, zum Geheul einer Menge schäbiger Untermenschen!»

Zur Teezeit rollte der alte Daimler des Prinzen mit Cade am Steuer in Sicht. Der Prinz kam vom Postamt in Tubain mit einem Stapel Briefe von der Hauptpost in Avignon, die ihre zivile Funktion erst halb wiederaufgenommen hatte. Unter diesen Briefen vielfältigen Ursprungs war ein vertraut aussehender, braungelber Umschlag mit dem Aufdruck «Dienstsache», adressiert an Smirgel. Er hatte dem Staatsanwalt nicht seine eigene Adresse, sondern die Lord Galens gegeben, da sie Freunde seien. Es war der magische Freispruch, den er so ungeduldig erwartet hatte. Man bescheinigte ihm, daß er keines Kriegsverbrechens schuldig sei. Er schluchzte, als er das Dokument entfaltete, umarmte Cade zärtlich und küßte ihn auf beide Wangen. Dann hielt er das Papier in die Höhe und rief: «Herschauen, jedermann, dies ist mein Freispruch – ich bin für unschuldig erklärt worden und kann mein bürgerliches Leben wiederaufnehmen wie jeder andere Bewohner dieser Erde! Ach, Sie können nicht wissen, was das für mich bedeutet! Und was den Schatz betrifft, jetzt können wir die Sache anpacken und das große Ereignis ernsthaft planen.» Zu ihrer aller Überraschung sank er auf die Knie und betete.

SIEBEN
OB? OB NICHT?

BLAN: «Geben Sie zu, daß Sie eifersüchtig waren, es gefiel Ihnen nicht, daß ich Ihrer Kontrolle entschlüpft bin, nicht wahr?»

SUT: «Ich gebe es zu, ich war beleidigt, weil Sie mir nicht die Wahrheit gesagt haben. Ich wußte genau, daß Sie weder in Siena noch in Venedig, noch in Athen gewesen sind...»

BLAN: «Nein. Wir haben uns in der Camargue versteckt, in einem kleinen Cottage, das Sabine uns geliehen hat. Nach dieser seltsamen Episode, den Küssen und der Erweckung, hatte ich plötzlich das Gefühl, daß das lange angekündigte Buch sich fast von selbst geformt hatte. Ich werde es bald gebären müssen. Constance wird darauf bestehen. Wir taten, was alle Liebenden tun, wir versteckten uns. Ich wollte nicht, daß Sie mir über die Schulter schauen. Daher schickte ich einen irreführenden Bericht über unseren Aufenthaltsort. Die Stille und die Hitze waren für unsere Liebe ein wundervoller Hintergrund, abends kamen die Zigeuner, oder Sabine kam allein. Sie brachten uns eine Herde Weißmähniger mit, die Kavallerie des Himmels, mit dem mitreißenden Schwung eines Schubert-Impromptus, makellos wie unsere Küsse. Zu Pferde durchstreiften wir das Gewirr von Deichen, Kanälen und Seen, wir ritten in einen malvenfarbenen Sonnenuntergang hinein, eine schweigende Sabine in unserer Mitte, die denen, die die richtigen Fragen stellen, viel zu sagen hat.

(Der Mann ist Erd-Quantität und die Frau der Himmel: Mann Verstand, Frau Intuition.) Ich weiß nun, daß ich des Nachts ein paarmal fast an Liebe gestorben wäre; mein Herz hörte eine kurze Weile auf zu schlagen; ich fühlte mich in die Penumbra des Kontinuums eintreten und einen langen Augenblick in einem unemphatischen Zustand der mystischen Kontingenz schweben! Genialität ist Schweigen, jeder weiß das. Aber wer kann sie erreichen? Mit jedem Orgasmus ertrinkt man ein wenig in der Zukunft, kostet ein wenig Unsterblichkeit, ohne es zu wollen. Und an dieser Stelle hatte ich gehofft, nicht nur die Wahrheit zu sagen, sondern auch den Roman ein wenig von den Fesseln der Kausalität zu befreien mit Hilfe einer scheinbar falsch gegliederten, den Zusammenhang zerstörenden Erzählung voller einander ausschließender Erkenntnisse – Liebe auf den ersten Einblick sozusagen zwischen Constance und mir. Eine unlösbare Aufgabe, sagen Sie mir immer, aber je höher das Risiko, desto größer die Verheißung! Dies ist der Kern des menschlichen Paradoxons. Ich wollte sie zuerst nicht ficken, ich *wagte* es nicht zu wollen, weil es noch soviel Unerprobtes und Nichtverwirklichtes zwischen uns gab. Und es wäre nie zu Buche geschlagen sozusagen, wenn nicht die Berührung gewesen wäre – ihre forschende Massage meines verwundeten Rückens. Denn während ihre Hände die Reparatur des Fleisches modellierten, sprachen wir oft über die Vergangenheit, und eines Tages beichtete sie mir, daß sie mich schon immer geliebt habe! ‹Vom ersten Blick an, den wir tauschten auf dem Schiffsanlegeplatz in Lyon, als wir zu unserer Fahrt rhôneabwärts aufbrachen. Aber leider!› Leider, fürwahr, denn ich war noch ganz unreif, ganz feige, wenn auch nur deshalb, weil ich die Bedeutung dieses Blicks begriffen hatte, aber nicht glauben konnte, daß er ihr etwas bedeutete. Meine Anbetung muß jedoch in ihr nachgewirkt haben, denn unser ganzes nachfolgendes Leben, der lange Umweg, den wir machten, war geprägt von der Kraft dieses einen Blicks! Der alte Shakes hatte recht – d. h. eher Chris Marlowe. Wer hat je geliebt, wenn nicht auf den ersten Blick? Und ich war rückblickend froh, daß ich voller Feigheit und Unerfahrenheit das Ereignis abgewartet hatte, statt es durch eine *gaffe* zu verderben, denn auch sie war physisch unerfahren, obwohl psychisch reif und sich des Dilemmas bewußt. Was für ein Desaster Unwissenheit doch ist. Und dann der Krieg und die Trennung, die über uns schwebte. Man hat keine Macht über das Schicksal, wenn man jung ist. Wieviel besser ist es zu warten. Ein Enigma ist mehr als nur ein Rätsel – und eine verfrühte Heirat kann zu einem intellektuellen Babysitting werden.»

Aus Sutcliffes Notizbuch

Femme à déguster	CAUCHEMAR
Mais pas à boire	COUCHEMAR
Homme à délester	CACHEMERE
Mais pas à croire	COCHEMUR

BLAN: «Hier auf diesen ruhigen Lagunen oder über den dämmrigen, mauvefarbenen Sand bei den Saintes Maries trabend, lernte ich die Wahrheit über die Bedeutung der Liebe und ihres Zustandekommens kennen. ‹Weil die Mode sich verändert hat und die Freiheit der Frau nicht mehr in Frage steht. Sie ist aus der Öse geschlüpft.› So spricht Sabine, die kühl und nachdenklich zwischen uns reitet am rauschenden Meer. ‹Und nun werden die jungen Liebenden endlich zu Philosophen. Sie werden sich verwirklichen in der Paarung und im miteinander geteilten Orgasmus. Niemand wird bemerken, daß sie vor Einsamkeit sterben.›»

SUT: «Don Juan, wie? Nein, Bon Juan, der neue Held. Sie werden in Gedanken versunken einherwandeln und so aussehen, als hätten Sie sich Ihre Prostata von einem Gnom massieren lassen. Und wenn Sie sterben, werden Sie direkt im Dichterwinkel der Westminster Abbey landen. Man wird auf Ihre Gedenktafel schreiben: ‹Aubrey war nicht immer sein eigener bester Freund, und gelegentlich vertrat er intellektuelle Positionen, wie seine Feinde sie sich nicht besser hätten wünschen können. Schließlich, von so vielem Erkennen erschöpft, erfurzte er sich seinen Weg ins Paradies.›»

Und was das Buch anbetraf, so war es ein hoffnungsloses Unterfangen, denn was soll man mit Personen machen, die andauernd ihre Ichs zu tauschen versuchen und sich ineinander verwandeln? Und punktuellen Ereignissen einen Sinn zuschreiben? Sinn gibt es nicht, und wir verfälschen die Wahrheit über die Wirklichkeit, wenn wir Sinn hinzufügen. *Das Universum spielt, das Universum improvisiert nur!*

Sutcliffe sagt: «Wer weiß all das? Sie sollten es im Interesse der Klarheit sagen.»

«Ich überlasse es Ihnen, es zu raten.»

«Sabine?»

«Ja, beim Gehen an der Lagune oder in der heißen Krypta, wo die teerschwarze Wachsfigur der heiligen Sara steht und Wellen von Divinationen über die Schwaden der heißen Kerzen aussendet. Verstehen Sie? Es gibt keine Sutras, keine Gebete, keine Literatur, keine Anlässe für Haarspaltereien. Es ist nur Wunsch zu Wunsch, Verlangen zu Verlangen wie Speichel, der auf rotglühendes Eisen fällt. Sie zünden die schwarze Puppe, und sie beantwortet Ihnen alle Fragen, solange sie nicht die Vergangenheit oder die Zukunft betreffen! Und ich? Ich habe etwas von einer Schwindlerin und einem Eindringling. Warum? Weil ich mich ihnen aus Neugierde anschloß – und das kann man eigentlich nicht tun. Man muß als eine der Ihren geboren sein. Und so blieb ich draußen, eine leidenschaftliche Beobachterin. Die Geschichte rollt weiter, aber das Zigeunervolk folgt einem unbewußten Sternen-Rhythmus, sie nehmen nicht teil, sie führen sozusagen Aufsicht. Sie haben sich geweigert, den Impuls zu kodifizieren, zu profitieren wie die Juden. Jetzt, wo der langsame Zusammenbruch des deterministischen Christentums sichtbar wird, fragt man sich, ob Nietzsche nicht recht hatte, als er sagte, daß die Rolle des Judentums, historisch gesehen, darin besteht, das Tor von innen aufzuschließen – die intellektuelle fünfte Kolonne des Radikalismus mit ihrem messianischen Fanatismus nagt wie eh und je am Firstbalken der Tradition und Stabilität. So haben sie die Goten zugrunde gerichtet und nun uns. Teile und bereue! An diesen rein philosophischen Betrachtungen ist nichts Engstirniges oder Voreingenommenes. Für uns Zigeuner waren Stalin und Hitler Kinder des alten Testaments, die ein von Moloch inspiriertes blutiges Programm durchführten. Man kann nichts tun, um sein unvermeidliches Ende und seine Umwandlung in etwas Neues zu beschleunigen. Gott sei's gedankt! Die Menschen erliegen vorgeprägten Gedanken, weil sie sich gegenseitig kopieren. Aber wir können das Christentum mit Recht anklagen, daß es unsere intellektuelle Verwirrung absichtlich verursacht hat. Die Zigeuner haben sich nicht darum bemüht, aus der Tragödie ihrer Vernichtung in den Lagern Kapital zu schlagen, wie die Juden es taten. Danach – totales Schweigen, kein Gedicht, kein Lied, kein Fetzen Protestfolklore! Es ist unheimlich. Aber die alten Fertigkeiten sind geblieben – Korbflechten, Stehlen, Prophezeiung, die Zukunft voraussagen – das hat Bestand. Das Spiel des Schicksals.»

«Darüber wollte ich sprechen!» sagte Constance. «Denn das scheint mir alles ein Haufen Lügen zu sein. Als wir das letzte Mal herkamen, hat jeder Wahrsager jedem von uns ein anderes Schicksal vorausgesagt. Irgendeine Konstante in diesem Geschäft muß es doch geben, Sabine?»

Die dunkelhäutige Frau schüttelte den Kopf und lächelte.

«In jedem von uns stecken so viele Schicksale wie Kerne in einer Melone. Sie hausen sozusagen *in potentia* in uns. Man weiß nicht, welches reifen wird. Aber hinterher sagt man, das sei doch die ganze Zeit sonnenklar gewesen. Und manchmal hat der Wahrsager recht, er wählt richtig, sagt das Schicksal voraus, das eintritt! Sie, Constance, haben viele unterschiedliche Leben – in einem sterben Sie im Wochenbett. Aubrey hat dies erraten, obwohl er kein Wahrsager ist, es kommt in seinem ersten Romanentwurf vor. In einem anderen sterben Sie beide gemeinsam – das hat unsere Stammesmutter gesehen. Es geschieht während einer großen Katastrophe, während eines Erdbebens zum Beispiel. Sie alle, wir alle haben so viele Schicksale, wie es Sandkörner am Meeresstrand gibt.

Für Sie, Aubrey, sah ich etwas anderes, eine sehr viel unmittelbarere Erfahrung. Sie hat plötzlich bei Ihnen die Liebe gefunden, an deren Existenz sie nie recht glauben wollte, denn es schien aussichtslos, daß Sie sich je aus Ihrem Koma herausreißen würden. Doch plötzlich wurde ihr klar, wenn sie ihre Forderungen stellen und alles riskieren würde, könnten Sie neu geboren, neu geschaffen werden. Sie mußte erst mit der ganzen weiblichen Unbarmherzigkeit den Sinn des Orgasmus erraten, Ihre metaphysische Angst ergründen und dann darauf reagieren – sich hingeben und empfangen. Und das versucht sie zu tun. Sie beide begreifen die Liebe nun als zukunftsschaffenden Joga, mit einem Kind als Einsatz, dem Bewußtsein eines Kindes, das in seinem Blick zu lesen sein wird! Sie kennen das alte provenzalische Sprichwort, daß jeder ein Kind machen kann, daß man aber seinen Blick vervollkommnen muß *(faut parfaire le regard)*. Dies spielt auf die innere

Vision an, die dem Kind ein markiges Herz und einen kernigen Verstand geben wird, unter der Voraussetzung, daß der Orgasmus gleichzeitig erlebt wird. Sie wird Sie retten!»

Es sah gewiß so aus, obwohl die arme Constance, in der die Psychoanalytikerin rumorte, alles ganz anders erklärte, ja fast entschuldigte. «Ich habe im Augenblick die männliche Rolle übernommen, ich dominiere, kastriere dich fast, aber nur, damit du dich eines Tages uneingeschränkt auf mich beziehen kannst. Du bist vom Schock der Explosion immer noch traumatisiert, und dein Körperselbstbild läßt dich innerlich zusammenzucken, als hättest du Schmerzen zu fürchten. Ich hingegen weiß, daß die Wunde geheilt ist, und obwohl du einige Muskeln noch nicht bewegen kannst, sind Schmerzen und Stress vorbei. Du kannst dir alles zumuten, ohne nachzudenken oder zu zögern. Gestern abend hatte ich zum erstenmal das Gefühl, daß du die Führung übernommen hast. Sabine hat recht, wir bewegen uns auf eine fein abgestimmte Doppelkontrolle des Akts zu.» Doch er wußte, wieviel sie Affad von dieser Liebes-Kunde zu verdanken hatten.

SAB: «Man muß Umsicht walten lassen ganz wie beim Brotbacken! Indem man nach und nach die liebende Amnesie des Orgasmus besiegt und sein Bewußtseinsgebiet ausweitet – und so den Augen des künftigen Kindes mehr und mehr Bedeutung gibt. Durch diese absichtsvolle Erweiterung des Bewußtseins verfeinern Sie Ihren Tod immer mehr, den Tod, den es von Ihnen erben wird. Wenn Sie diesen Prozeß erst einmal begonnen haben und sich voll bewußt sind, was Sie tun, wird aller Stress – und auch aller Unglaube – verschwinden. Sie werden plötzlich, dank ihrer, zu dem werden, der Sie sind, und sie, dank Ihnen, zu dem, was sie ist! Aber Sie müssen darauf achten, daß es nicht zu sehr wie eine *constatation de gendarme* klingt, sonst wird Sutcliffe sich gezwungen sehen, das

Gleichgewicht in seinen Notizbüchern, die Schneppe vermutlich eines Tages erben wird, wiederherzustellen. All diese jämmerlichen Slogans der Begierde! (Nach dem Beischlaf bekunde ihm Erstaunen – Rat für junge Bräute.)

Aber wie könnte man den goldenen Körper Constances zu überschwenglich loben, der nunmehr bestäubt war vom Staub-Donner der Stierkampfarena, besprenkelt mit Sommersprossen aus Gold?

Süß wie ein Felsenpanther,
Einen Tag alt, läufig, ungepaart,
In ungestillter Brunst wie eine Katze schmilzt sie hin
In maßlosen Begierden ohne Sublimationen.
Aus keuschem Gold sind ihre Sommersprossen...

BLAN: «Warum sollte der Tod das Monopol haben? Wie? *Il faut paufiner la réalité, faut bricoler dans l'immédiat!* Warum das Opfer linkischer Wünsche bleiben? Und wenn Sie Liebe als Kampfsport interessiert, müssen Sie meinen neuen Essay über Kleopatra lesen, um die Geheimnisse der Liebe von ihr zu lernen. Sie butterte ihren Busen vor dem Beischlaf, während Antonius seine Ventile mit Honig bestrich! Weiche Sondierung der menschlichen Zunge – Hysterie ist ein Leiden, das nicht von unschuldigen Küssen, getauscht zwischen männlichen und weiblichen Gegnern, verursacht wird. Die neuen Liebenden sind zu Philosophen geworden, und sie sind der Einsamkeit gewachsen, die sie verursachen. Die ungeheure Traurigkeit wird reich, obwohl die Liebe nicht davon zu profitieren scheint. *Etwas ganz Neues geschieht!*»

Diese philosophischen Überlegungen klingen höchst sententiös, und man hat den Verdacht, daß zu viele davon Euer Lieben zur Melodie dieser trägen Nacht und diesem ruhigen einschmeichelnden Jazz, der zwischen den von

Laternen beleuchteten Bäumen aufklingt, verderben könnten. Könnt ihr Euch nicht zufriedengeben mit dem sanften Ansporn des Fleisches? Über dieses wundervolle Mädchen, von Blanford erfunden, schrieb er in seinem Buch: «Ihre Ehemänner hatten versucht, sie zu beringen wie einen wilden Schwan, aber sie gehorchte nur den Gravitationstiden der Jahreszeiten, flog nach Norden oder Süden, wohin immer das Blut sie rief, und mied die gesetzten Lebensweisen und die gesetzten Männer. An einsamen Orten fand ich sie immer, gezeiten-geboren, einsam, vollkommen, meine Geliebte und mein innigster Freund. Des Abends aßen wir beim Licht einer einzigen Kerze Oliven und tranken gekühlten Wein.»

BLAN: «Sutcliffe wurde in einer Zeit böser Omen geboren. Der Arzt sagte: ‹Er wird jung sterben, denn er hat keinen Sinn für Humor.› Aber seine französische Kinderschwester (Muse?) beugte sich über seine Wiege und flüsterte: ‹Sie haben alle Geschenke gebracht als Krippengaben: Zeus eine Knoblauchpresse, Venus einen Vorhautklipp aus purem Gold, der Lieben ohne Leiden verheißt. Und nun bedenke: die weiße Brust vom Moschushuhn mit schwärzlichen Trüffeln, punktiert wie ein Forellenbauch; ein Topf aromatischer Oliven, eingeschlossen in der süßen Introspektion ihres dunklen Öls, *pâté de foie gras*. Gib zu, mein Lieber, du bekommst eine Erektion!› Der *démon du Midi* hat ihn eines Sonntags beim Schopf.

Fehlgeborne Christen trinken Blut
Ein Durst, der stammt von vor der Flut,
Ich bin ihn leid, den Durst nach Werden,
das Kotzen, Würgen, die Beschwerden.
Nach Lebensdurst steht mein Verlangen
Um lang Versäumtes einzufangen!»

Die geheimen Gedanken ruhen nie und sind immer auf der magischen Frequenz der Liebe.

SUT: «Die Formel scheint zu lauten: *Petit talent et gros cul.* Liebevoll wie ein Stall voll Pferdehintern, auf Hochglanz gestriegelt, damit sich das Grinsen des Stallknechts darin spiegelt. Sie brennen. Sie brennen. Heutzutage muß man die Peitsche selbst mitbringen. Aber so ist es beim Adel. Bei uns und unseren kleinen weißen Steinzeitpferden ist es ganz anders; sie sind wie Haustiere und grasen frei, sobald sie abgesattelt sind, verschwenden ihr Lächeln und schütteln ungestüm ihre weißen Mähnen, als seien sie aus dem Kontext gesprungen und respektierten die von der Natur verordnete laufende Nummer nicht mehr. Man bedenke: Dem Sperma alter Männer entspringen nicht alte Männer, sondern Wickelkinder, die heranwachsen zu Kirchenvätern, in denen die rasende Paranoia eines strafenden Gottes brennt. Ein Durst nach magischen Regeln. Schizoide Zustände sind nicht kristallisierte Mystizismen. Das Kundalini des Unbewußten, zufällig ausgelöst und in Gang gesetzt wie die Frühzündung eines Motors; es kommt von unvorsichtigem Denken, unvorsichtigem Wünschen.»

BLAN: «Die Kunst ist für den Prinzen die Abbildung der Wirklichkeit auf einer ebenen Fläche – ein Artefakt ohne Volumen oder Tiefe. Sie hält einer Befragung nicht stand. Wenn man mit Fragen darin herumstochert, kann es passieren, daß man durch die Leinwand direkt ins Nichts stößt – oder ins Alles! Aber selbst das Alles hat seine Grenzen. *Bien sûr que non*, wie man auf französisch sagen kann, die rätselhafte, buddhistische doppelte Verneinung gebrauchend. Die Frau ist eine psychische Späherin, eine Pfadfinderin durch das Fleisch, ein Leutnant, ein Obermaat, der die Verantwortung mit dem Kapitän teilt.»

Als der Prinz Constance sagen hörte: «Wir bekommen allmählich eine immer schlechtere Qualität an menschlichen Wesen, für die Weisheit nur noch simple Information ist!», war er hingerissen und bat sie, ihn Ethnologie zu lehren. Zusammen besuchten sie internationale Kongresse und verglichen wehmütig Kulturen miteinander, auf der Suche nach einem Fädchen historischer Bedeutung. Gewisse Symbole stachen heraus und schienen Hinweise zu geben. Der leidende Prometheus, zum Beispiel, stand mit dem Gesicht zum Felsen, während die Aasgeier flatterten und hackten, der leidende Christus hingegen hing mit dem Rücken zum Kreuz, die Arme weit ausgebreitet wie eine Radio-Antenne, eine Krone aus wilden Akazien auf dem Kopf… zwei verschiedene Betrachtungsweisen des menschlichen Leidens! Ein Professor hatte gesagt: «Der Wille zur Selbstzerstörung scheint bei den begabteren Nationen oder Völkern ausgeprägter zu sein.» Der Prinz stieß einen ungeduldigen Ausruf aus, denn er hatte allmählich das Gefühl, daß sie so nie finden würden, wonach sie suchten. Auch hatten die Zukunftsdeuter den Tod der Prinzessin vorausgesagt, und er träumte seitdem von ihrem Trauer*cortège* – die lange Prozession von Rolls-Royces, Kühler an Heck, die sich über die achtzehn Kilometer lange glühende Wüstenstraße von Kairo nach Alexandria erstreckte. Die quietschenden Wasserräder Ägyptens sind die Zikaden dieses Landes. Er mußte bald zu ihr zurückkehren, zu dem einzigen Wesen, ohne das er nicht weiterzuleben können glaubte. *«C'est une affaire de tangences»*, hatte jemand bei einer Cocktailparty auf dem Mareotis-See ganz unvermittelt zu ihm gesagt. Und jetzt, da der Gedanke an ihr Sterben in seinem Geist widerhallte – wie schäbig erschienen ihm da seine Spritztouren, wie langweilig andere Frauen! Sie waren wankelmütig und zeigten ihm ihre lilienweißen Hintern, das war alles. (Die Summe der Hypotenuse im pythagoreischen Dreieck wird mit fünf angegeben!) Aber er durfte nicht unfair sein. Von einigen hatte er Dinge gelernt, die der Liebe zu seiner Frau nützlich waren, und bei einer – nun, sie hatte ihre Beine geöffnet und das ganze Geheimnis der Pyramiden enthüllt und das der Entropie noch dazu. Aber es gibt auch ein Prinzip der Wiederherstellung, das die Unwiderruflichkeit des Verlaufs für kurze Zeit anficht – das Allfaktum des Alltodes, die Allgegenwart des menschlichen Verschleißens. «Ich möchte, daß Sie versuchen, ein Kind zu bekommen, ein eigenes, es ist eine große Aufgabe», sagte er zu Constance, die ihm auf eine etwas orakelhafte Weise antwortete: «Obwohl Sie genau wissen, daß Liebende so selbstsüchtig sind wie Pfeile?»

«Selbst dann! Selbst dann!»

Blanford nahm sie in die Arme, was noch eine unvertraute Errungenschaft war für diese beiden unreifen Herzen, diese unruhigen Erscheinungen. Er sagte ironisch: «Mit dieser Zukunft nehme ich dich zu meinem ehelichen Weibe.» Aber sie wußten, daß dieses Kunststück längst vollbracht war, und es blieb nur noch, es zu Ende zu leben, zu Ende zu spielen. Die Realität wartet verzweifelt darauf, daß jemand an sie glaubt, daher die Manifestation, die das Festkleid der Geschichte ist!

> Blöde Fleischfresser, die verliebt,
> Spielen das Spiel, das so beliebt;
> Projektionen von unserem Selbstvertraun,
> Gespiegelt im jungen Liebestraum.
> Den Urschrei proben die Gonaden.
> Sublimer Dreck seiner Gedanken-Schwaden
> Schlafwandelt der Mann mit der obligaten
> Hageren Metze oder einer mehr vollschlanken –
> Jedem den Partner seiner Gedanken.

SUT: «Als sie durch die Dorfstraße kamen, spiegelten sich die drei Gestalten zu Pferde in den Schaufenstern. Das Blattgold ihrer Sonnenbräune leuchtete gegen ihr blondes Haar wie eine Absichtserklärung. Ohne Ehrfurcht zu leben heißt, ohne volles Bewußtsein von der Realität – ihrer Werte – zu leben. Männer ohne Ehrfurcht werden nie weise sein. Ach, wo sind die Männer, die begreifen, daß die Wirklichkeit ständig alle intellektuellen Formulierungen übertrifft. Manchmal konnten wir nicht umhin, die Welt als eine Art Bauernhof zu sehen – die Menschheit quakt und schnattert, anstatt zu sprechen. Ontologie – die Lehre vom Seienden! Unsere Kultur ist vielleicht die erste, die sich nicht entscheiden kann, ob die Antwort in der Kunst liegt oder in der Wissenschaft. Sie scheinen aus verschiedenen Quellen im gleichen Tier, dem Menschen, zu fließen. Der Mensch muß sich heute durch eine Art religiöser Erfahrung verwirklichen und dennoch Mensch bleiben. Aber wenn eine Frau eine religiöse Erleuchtung hat, ist sie gezwungen, ihrer Fraulichkeit zu entsagen und Nonne zu werden. Kann man das Grinsen haben ohne die Katze? Ich bin nicht sicher. Ein Selbstmörder schrieb kürzlich: ‹Indem ich Euch verlasse, erbe ich die ganze Welt!› Zum Essen hatte er Hummer, zart wie Christenbabies, verzehrt, und ein übervolles Gewissen ist so schlimm wie übervolle Gedärme – etwas muß nachgeben! Und dann päng!»

Sie hatten angefangen, sich zu lieben, als seien ihre Umarmungen Verlängerungen ihrer Gedanken, und ihm wurde der volle Umfang ihrer Macht über ihn bewußt. Es war ein wenig beängstigend, denn ihm war klar, daß später von ihm verlangt werden würde, diese Macht, diese Vorherrschaft zu übernehmen – das gehörte zur männlichen Domäne. Sie versuchte nur, das Gefühl für seine Verantwortungen in ihm zu wecken. Sie sprachen jetzt kaum miteinander. Die langen, schweigenden Ritte entlang dem endlosen Meer waren ein wundervolles Tonikum. Und ihre kleine Taverne war so abscheulich wie eh und je, wo es altes Eselsfleisch gab, schlecht zubereitet, lauwarm serviert und in ranzigem Öl schwimmend. Die Taverne hätte ‹Zum Blutigen Zahnstocher› heißen sollen statt ‹Mistral›. Der Besitzer hatte den außergewöhnlichen toten Blick, den man im Auge einer Fliege sieht. Man wußte, es lohnte sich nicht, mit ihm zu streiten, weil er einen nicht verstand. Der Wein jedoch war köstlich. Er kam aus St. Saturnin. Man dachte plötzlich an Kraft. *«Oui, en toi j'ai bien vendangé ma mère!»* sagte er zu ihr. Es war eine Liebeserklärung der höchsten Art, und sie verstand sie auch als solche, gute Freudianerin, die sie war, oder zu sein schien.

Und so ritten sie in süßer Symbiose dahin, während das heißhungrige blaue Meer mit kleinen Wellen den Strand beleckte, die sandigen Horizonte abschliff und seine knochigen Konturen ausweitete, gewiegt von dem liebevollen blauen Meniskus des Himmels. Sie hatte ihn endlich davon überzeugt, daß Liebende als Philosophen existieren und daß sie sich der Zeit gemeinsam nähern mußten, durch das Atom ihrer Liebe. Und dadurch wirkten sie beide zuweilen ein bißchen langweilig. «Für mich ist die *Ätiologie der Hysterie* das bedeutendste Dokument des zwanzigsten Jahrhunderts, die große Sutra sozusagen, und Freuds Ablehnung seines Wahrheitsgehalts ist ganz unerklärlich; sie ist so folgenschwer wie die andere große Verneinung (‹Du wirst mich dreimal verleugnen!›), die mit der Kreuzigungsszene endete.» Was sie meinte, war, daß das Kind von klein auf kläräugig, kräftig und frei von Bedrängnis sein würde – sie wußte, es mußte so sein. Andererseits... «Ich hatte diesen *Traum*, der mir suggerierte, daß dies das Ende des Buchs sei: Du bist nach Tu Duc zurückgegangen, um dort Ordnung zu machen, und ich fuhr nach England, um höchst passenderweise mein Opus zu beginnen. Und dort klingelte das Telefon, es war die Nachricht von deinem… ich habe das einzige Wort nie akzeptiert.»

«Sag es.»

«Nein, es muß gelebt werden, will man es in sich aufnehmen!»

Tod!

BLAN: «Dein Bewußtsein legt Zeugnis ab von dem historischen *Jetzt*, in dem du lebst, während dein Gedächtnis sich an andere Jetzts erinnert, die langsam zur Unkenntlichkeit verblassen und in die Prähistorie eingehen, die du *Vergangenheit* nennst. Diese Abfolge von Zeit, undeutlich und sich überschneidend, verknüpfst du mit einem Individuum, das du ‹Ich› nennst. Aber im Verlauf von einigen Jahren, ungefähr sieben, glaube ich, hat sich jede Zelle in dem Körper dieses ‹Ichs›, dieses Individuums, verändert oder ist sogar ersetzt worden. Und seine Gedanken, Urteile, Gefühle, Wünsche haben alle eine ähnliche Metamorphose durchgemacht! Was ist da die Dauer, die du einem ‹Ich› zuschreibst? Doch nicht nur ein Name, der es von seinen Mitmenschen unterscheidet… Eine abstrakte Folge von Erinnerungsfragmenten, die irgendwann in der Kindheit beginnt und mit einem Ruck *jetzt*, in der *Gegenwart* aufhört – derart ist die Zeit als eine Prämisse des Bewußtseins! (Trotz dieser Steinmauer liebe ich dich mehr als mich selbst!) Wenn dieses Rohmaterial den seltsamen Läuterungsprozeß, den wir als physische Intuition kennen, durchgemacht hat, verwandelt es sich in etwas, das einem meditativen Zustand nahekommt – eine Version des ‹In-Ruhe-Verharrens›, wie die Tibetaner sagen, und es wird zu einer Arche oder einem Haus, in dem das Kind der Liebe wohnt, schwimmend auf den Wassern der ewigen Dunkelheit, der Hintergrund für alles, was wir tun, oder für jeden Kuß, den wir tauschen. Wenn man – wenn überhaupt – das Glück hat, auf die Höhe eines

Schlüsse ziehenden Bewußtseins zu gelangen, dann sind die Stufen des vorausgehenden Denkprozesses nicht mehr notwendig, man kann sie beiseite schieben! Die Leiter fortstoßen, sozusagen.»

Sutcliffe wird uns Epitaphe machen
In Gedichten, bitteren und weisen,
Und in Rhythmen, die die Pendel preisen,
Doch die Menschenmetronome werden lachen.

Constance wandte lächelnd den Kopf und seufzte: «Du hast den Tod nicht so oft gesehen wie ich bei meiner Arbeit. Am Ende stand ich mich recht gut mit dem häßlichen Gesellen! Irgendwann überkommt die Sterbenden plötzlich ein luxuriöses Gefühl des Sichsinkenlassens in das Unvermeidliche. Diese Stimmung der sich allmählich vertiefenden Amnesie gehört zu den Rhythmen des pflanzlichen Lebens. Sie bringt einem zum Bewußtsein, daß Liebe in Verschleiß übergeht durch den Akt selbst – sie macht die Nichtigkeit sichtbar, die wir mit unserem schäbigen Narzißmus dekoriert haben. Sich dem Tod ohne Agonie überlassen, weich, erschlaffend. Allein dazuliegen, geführt von der barmherzigen Lähmung der verblassenden Gedanken, die einen wiegen und leiten, weiter und weiter fort bis... schnapp! Küß mich. Halte mich. Und dann eine Zeitlang das Echo der Leere, das dir durchs Haus folgt, unsichtbar wie die Schwerkraft, aber ebenso allgegenwärtig, Emphase auf einer entschwundenen Gegenwart.»

Ja, Robs Gedichte werden spannungsgeladen daherkommen, voll der originalen, perfekten Krankheit, und unsere Knoten lösen und uns schwelgen lassen in Bildern ungehinderter Lieben... Er weiß, daß auch das Fleisch abkühlt wie ein Tontopf in frisch gebranntem Schweigen, angeordnet in Gärten wie schöne Frauen, absichtslos wie

Früchte, aber ebenso lieblich in ihrer archaischen Grabesstille.

> Faustus, Verächter aller Natur,
> Ward bestraft, verwiesen von des Todes Flur,
> Und ging statt dessen nur
> Ins Fegefeuer derer, die den Tod versäumt,
> Und wurd' zu allem, was er je erträumt.

Ihm wurde der berühmte Penis mit den drei Köpfen zugestanden – das Noble Spielzeug der Alchimisten. Von jetzt an liebten sie sich, quietschend wie alte Tennisschläger, und er konnte in seinem Tagebuch notieren: *«Le temps du monde fini a commencé.»*

Ich habe eine Entdeckung gemacht, aber ich kann dir nicht sagen, welche, weil die Sprache, in der ich sie ausdrücken könnte, noch nicht erfunden ist. Ich kenne einen Ort, doch kein Weg führt hin – du mußt entweder schwimmen oder fliegen – soweit der Magier Faustus. Was ist zu tun? Nun, wir müssen weitermachen mit der Wirklichkeit, an den Rändern der Hoffnung leben.

> von tausend Vaginas das Pulsieren
> von Minderjährigen das Lamentieren
> von Ozeanriesen das Signalisieren
> von Flugzeugbauern das Sinnieren
> von Rutengängern das Sich-Konzentrieren
> gut, blas, bis ich lieg auf allen vieren
> kitzel mich am Arsch und nenn mich Chomsky!

Das Adjektiv, die Stütze jeder guten Prosa, ist der Verderber der Poesie – außer beim Limerick, wo es im Schaufenster liegt. Im Idealfall könnte man ein ganzes Buch in dieser prägnanten und bequemen Form schreiben, um das langsame Sickern des Gedächtnisses zu umgehen, obwohl der allzu rigorose Takt des Metronoms leicht zur Monotonie führen könnte. In der langsameren Prosa kann man ein wenig Schweigen wie Nebel treiben lassen. Die Wahrheit ist nicht nur seltsamer, sondern auch älter als... die ganze Wirklichkeit, die sich ein zottiger, kleiner Gott, der im Schlaf murmelt, erträumt. *Eppur si muove!* Er redet, als brauche er heiße Nieten, um seine Prosa zusammenzuhalten – ja, Aphorismen wie Nieten!

> Soll'n die, die samtne Federn führen,
> 'nen Seufzer den Emanzen reservieren.
> Der Schelm, der Gott der Liebe, muß sie fragen,
> Welch Träumen sie denn da nachjagen.

SUT: «Liebling, bald wird man die Männer abschaffen, und dann müssen Sie überlegen, ob Sie zur Samenbank gehen wollen. Die erlesenste Art von Beamten, mit garantierter Sperma-Zahl und einer Uniform wie für die Herren von der Finanzbehörde. Sie tragen ihre goldene Amtskette stolz und bescheiden. Und die Mädchen schmachten sie an – alle jene, die nur die Dienste der schlichten Plastikspritze kennen, lieblos aus einem metallenen Spender genommen, die Dosis auf Bluttemperatur gehalten, aber oft nicht mehr ganz frisch, manchmal sogar das Verfalldatum überschritten. Ach, wo ist ein richtiger Mann, ein kleiner Fleischextrakt von einem Mann zur Belebung der Überfluß-Gesellschaft unter ihrer Vorsitzenden Madame Ovary. Der Biederschwänzigen Zähmung.

«Bei Gottes Besen!» rief er aus, «wer mit jeder Dame poussiert, der macht, daß die Zukunft existiert!»

«Constance, Sie haben mich längst überzeugt – vielleicht sind wir die letzten Vertreter eines in Vergessenheit geratenen Kults. (Hätschle die Glutasche der Erinnerung, und sie wird die deine sein, sage ich mir selbst.) Noch ist nicht alles verloren. Ich sitze im Kinderzimmer der Literatur auf dem Fußboden, umgeben von den zerstückelten Fragmenten meines Molochs von einem Buch, und frage mich, wie ich die Trümmer dieses Telamon am besten wieder zusammensetzen kann. Die Bruchstücke strahlen Licht aus trotz ihrer Zusammenhanglosigkeit. Eine weise und beherrschte Frau wie Sie mit solchen unentrinnbaren umschatteten Augen, angeekelt von den kleinlichen Händeln der Zeit, findet plötzlich die einfache Liebe und deren erlesene Freuden, und so nimmt sie Kurs auf die dunklen Gestade, wo die großen Bindungen sich verbergen. Mitten in diesem konzessionierten Durcheinander eine Ahnung von Sinn. Mädchen aus gutem Hause mit Raubvogelschnäbeln und Jungfernklauen. Oder alte Männer, deren wichtigste Ventile sich längst geschlossen haben, verzweifeltes Schweigen hält sie noch aufrecht, obwohl ihre irdische Sonne längst sank... Der Liebe Nabelschnur ist durchschnitten. Neurosen sind die Norm in einer egosuchenden Kultur – Freud hat die Wurzeln bloßgelegt wie der Bohrer eines Zahnarztes die Pulpahöhlen eines Zahns – der Wurzelschmerz das Schuldgefühl wegen nicht begangener Sünden! Zivilisation ist ein Placebo mit Nebenwirkungen.»

Sie liebten sich wieder, sicher in dem verzweifelten Wissen, daß ihre Umarmungen eine Wahrheit verkündeten.

ACHT

MINISATYRIKON

«Es war schiere römische Großmannssucht, wenn Sie mich fragen», sagte Lord Galen behäbig. «Wenn Sie bedenken, daß dieses ganze riesige Bauwerk nur entstanden ist, um über fünfundzwanzig Kilometer Trinkwasser ins wasserlose Nîmes zu leiten, wohin man die elfte Legion als Kolonisten geschickt hatte... Schiere Großmannssucht war's.» Sie ergingen sich im verblassenden Licht auf der Brücke in Erwartung der angekündigten Festlichkeiten, denn endlich war der große Tag gekommen, an dem der Schatz der Tempelritter in den Höhlen entschleiert werden sollte. «Vielleicht», sagte Felix, der sich den Schlendernden in der Dämmerung hinzugesellt hatte, «vielleicht», während er in den Abendhimmel blickte, vor dem sich die edlen, honiggelben Bögen mit unprätentiöser Bestimmtheit wölbten, «war es für die Architekten gar keine große Sache – ein simples Stück Wasserleitung, funktionell und praktisch. Nicht einmal eine römische Jungfrau wurde lebendig eingemauert als Opfer für die Göttin des Wassers!» Der Prinz nickte und fügte hinzu: «Soweit wir wissen! Aber möglicherweise wollten sie nur Arbeit beschaffen und sozialen Unfrieden vermeiden, um die Gastgeber den römischen Siedlern gegenüber geneigter zu machen? Bestimmt war es nicht nur Angeberei. Wie ärgerlich, daß man es nicht weiß. Ja, wir wissen nicht, wann ein rein funktionelles Bauwerk, etwa eine Festung, ein Bahnhof, ein Staudamm plötzlich (wie durch einen

Wechsel der Tonart) ästhetisch kostbar wird.» Es war vielleicht nicht der rechte Ort oder die rechte Zeit für solche ästhetischen Betrachtungen, denn die Ankündigung des Präfekten, daß es ein Fest und *vin d'honneur* zu Ehren der wiederhergestellten Nische der heiligen Sara geben werde, war den Zigeunern nicht entgangen. Sie kamen jetzt in das Tal mit seinen hohen Felsen und dichten Wäldern, die den grünen, mit schneller Strömung an die Kieselsteinufer schwappenden Fluß umgaben.

«Wir werden es nie herausfinden», sagte Felix mit einem Seufzer. «Vor vielen Jahren haben wir ein griechisches Kloster entdeckt, in dem eine Juke Box stand, und wir waren ganz hingerissen von dem Charme des Ungewöhnlichen an einem so abgelegenen Ort. Einer der Mönche war in Amerika gewesen und hatte diesen Zivilisationsgegenstand als *ex voto* mitgebracht. Es war entzückend und völlig fehl am Platz. Einige Jahre später kehrten wir zurück und entdeckten, daß jedes Kloster auf der Halbinsel zumindest eine, wenn nicht mehrere Juke Boxes hatte, die den ganzen Tag in voller Lautstärke Musikkonserven spielten. Aus dem Einmaligen und Reizvollen war eine Scheußlichkeit geworden. Wie kam das? Ist das Gute, das Wünschenswerte, das Bewundernswerte abhängig von seiner Seltenheit und wird durch Quantität verdorben? Ich habe mich das oft gefragt.» Lord Galen fühlte sich unglücklich, er begriff nichts. Er wußte, daß er wenig Talent für aristotelische Spitzfindigkeiten hatte. «Mehr ist doch bestimmt besser als zuwenig», wagte er einzuwerfen, «wie beim Geld.»

Felix schüttelte den Kopf.

«Oder den Bazillen?»

«O je», sagte Lord Galen, «ich hasse diese Art Logik, weil sie anscheinend nie zu etwas führt. Sind Sie der Meinung, es wäre falsch, wenn die griechischen Klöster mehr für sanitäre Anlagen ausgäben? Ich persönlich fände es sehr begrüßenswert.»

Während diese freundschaftliche religiöse Debatte wei-
terging, notierte Sutcliffe in seinem Buch der Gemeinplätze die hervorstechendsten Tatsachen über Ort und
Zeit – dies mochte Aubrey dienlich sein, falls er aus
irgendeinem Grund nicht erschien oder sich verspätete,
oder was immer. Der Hauptunterschied zwischen all den
Besuchern, ganz gleich, welche Überzeugung sie vertra-
ten, war, daß sich jeder von ihnen von dem Abenteuer
etwas anderes erwartete: der Prinz und seine Geschäftsfreunde materiellen Gewinn, die Leute von Beaux Arts
Ästhetik, die Zigeuner ein weissagendes Orakel und so
weiter. Sogar der kleine Arzt und der unsägliche Quatrefages mit seinem seltsamen Epileptikeraussehen und seiner
leichenhaften Physis erwarteten eine Art Offenbarung
über die Templer-*mystique*, das Rätsel der Tempelritter.
Nach Mitternacht, wenn alles gut ging, sollte es soweit
sein. Die Zecher würden dann vom Ort der Festlichkeit
hinweggeführt werden hin zu den dunklen Steinbrüchen
mit ihrem Labyrinth von Grotten. Die Zigeuner wußten,
wie man Dinge subtil betreibt, durch allmähliches Einsik-
kern vordringt, Wagen für Wagen, Stamm für Stamm. Das
Zauberwort war ausgesprochen und weitergegeben worden entlang dem Blutstrom der Rasse, so daß Stämme
selbst aus dem weit entfernten nördlichen Balkan, aus Jugoslawien, Italien und Algerien genug Zeit gehabt hatten,
einige Vertreter zu diesem wichtigen Ereignis zu schicken,
das in der Zigeunersprache ‹eine Erweckung› genannt
wurde, das heißt die feierliche Amtseinsetzung einer
Stammesheiligen, einer Wahrsagerin und Weisen Frau. Es
war nur natürlich, daß die Stämme in und um Avignon
vorherrschten, da sie die größten waren und die besten
Beziehungen zur Obrigkeit hatten. Sie räumten die
Schwierigkeiten mit der Polizei und den anderen Behörden, die für die öffentliche Ordnung zuständig waren, aus
dem Weg. Und so war alles Organisatorische aufs beste

und in aller Freundschaft geregelt worden, obwohl der Préfet eine schlaflose Nacht verbracht hatte; er war um Mitternacht mit einem fröstelnden Angstschauer aus dem Schlaf hochgefahren – denn ihm war plötzlich die furchtbare Feuersgefahr für den dichten Wald um den Pont du Gard zum Bewußtsein gekommen. Und er hatte dort ein kurzes *Feuerwerk* zu Ehren der auferstandenen heiligen Sara genehmigt! Ihm erstarrte das Blut in den Adern, als ihm klar wurde, was alles geschehen konnte... ein einziger unvorsichtiger Raucher, eine umgeworfene Lampe... Mit einem vagen Angstgefühl erhob er sich in aller Frühe und ging zur Messe wie zu einem Sühnopfer, aber die ganze Zeit verfolgte ihn die Vorstellung des Pont du Gard in einem Flammenmeer. Es war zu spät, etwas zu ändern, aber er befahl der Feuerwehr, vorsichtshalber mit einem Zug auszurücken, für den Fall, daß...

Nichtsdestoweniger wurde die ganze Angelegenheit als eine städtische Unternehmung von einiger Wichtigkeit für Avignon betrachtet (um dem Stolz der Zigeuner zu schmeicheln), und man rechnete damit, daß das Dorf und die Schlucht von Schaulustigen und Festteilnehmern belagert sein würden. Die *pompiers* hatten die Sache sofort in die Hand genommen und sich zuerst einmal dem Problem der Beleuchtung zugewandt. Drähte waren über die Schlucht gespannt, daran hingen Girlanden von bunten Glühbirnen, den Strom lieferte ein transportabler Generator auf einem Lastwagen. Zum erstenmal war das Bauwerk vor dem Hintergrund des Nachthimmels hell erleuchtet. Daneben gab es die fest angebrachten Scheinwerfer, mit denen es an Nationalfeiertagen oder als Touristenattraktion angestrahlt werden konnte. Die schwingenden Lampen der Illumination bauten ein unwiderstehliches Dorf aus Licht in das theatralische Dunkelblau des Nachthimmels. Zu beiden Seiten erhoben sich die Felsen mit ihrem dichten Buschwerk und den Steineichenwäldern, dort hatten sich bereits die Zigeunerkapellen festgesetzt. (Es stockte einem der Atem, denn man konnte sie nicht daran hindern, kleine Feuer anzufachen, auf deren Glut sie ihre Abendmahlzeit zubereiteten.) Sie hatten ihre Gerätschaften mitgebracht, je nach Gewerbe und Stamm. Sie kamen auf alten Lastwagen oder mit langsameren Pferdekarren, mitsamt ihrer schmutzigen Schar schlauäugiger Kinder. Sie hatten sich sogar ihre eigenen Flöhe mitgebracht, wenn man der städtischen Polizei Glauben schenken wollte. Und dann war da ihre Musik, die, kaum daß sie sich häuslich eingerichtet hatten, um sich griff und in den verschiedensten Stilen und Tonarten, auf den unterschiedlichsten Instrumenten und mit einer Fülle von Melodien erklang; näselnde Mandolinen schnurrten wie Katzen, wehmütige Geigen lockten, Posaunen trugen ihre Themen vor wie Dorftrottel ihre Lieder. Darauf folgten die Tänze der Kinder. Und in dem Maße, in dem die Invasion voran kam, füllte sich der Ort mit kleinen Buden, wo man Gebäck, gebratenes Fleisch oder Früchte und Brötchen, ja sogar billigen Schmuck und Körbe kaufen konnte – Erzeugnisse des Zigeunerfleißes, denn sie ließen keine Gelegenheit aus, ihre Waren anzubieten. Hufschmiede beschlugen Pferde, Schlüsselspezialisten feilten einen Satz Nachschlüssel zurecht, Bürosafes damit zu öffnen, Scherenschleifer schärften im Handumdrehen Küchenmesser. Händler, die Schals, Spitzen und bunte Tücher aus der Türkei und Jugoslawien feilboten, hatten ihre Stände aufgeschlagen. Und nicht zu vergessen das Heer der Wahrsagerinnen, schillernd wie Papageien und alle des Handlesens kundig...

Mittlerweile war für die Würdenträger ein großes Zelt errichtet worden, hier sollte der Préfet seine Rede zu Ehren der heiligen Sara halten. Er versäumte keine Gelegenheit, in der Öffentlichkeit zu sprechen. Es war sein Amt, aber auch sein großes Talent.

Der Kern des Zigeunerlagers war eine Gruppe von einem halben Dutzend altmodischer Wagen, an den kleinen Fenstern wehten bunte Vorhänge, und die Seitenwände waren mit farbenfrohen Bildern bemalt. Im auffallendsten, pompösesten Wagen, der in der Mitte stand, wohnte die Stammesmutter. Der Geruch von Räucherstäbchen und Whisky umwehte ihn und peinigte die Nasen der Kunden, die zu der alten Dame kamen, um sie nach der Zukunft zu befragen. Der Rauch der Feuer, des Tabaks und der indischen Räucherstäbchen, vermischt mit den Küchendünsten, ebbte und flutete mit den abendlichen Flußwinden, die sanft über die Felsen der Schlucht stromabwärts wehten.

«Ich bin auf der Suche nach der Dame Sabine», sagte Lord Galen, «um mir von ihr detailliert und verläßlich aus der Hand lesen zu lassen. Das letzte Mal, in Saintes Maries, hat sie mich enttäuscht, obwohl in allem, was sie sagte, so viel Wahrheit steckte, daß man aufhorchte. Es hat mich begierig gemacht, wenn möglich mehr zu erfahren.»

«Hat sie Ihnen gesagt, ob Sie den Schatz finden?» fragte der Prinz neugierig. «Nein, eigentlich nicht. Mir nicht. Aber sie hat ihre Unsicherheit sehr geschickt bemäntelt, fand ich, sie sagte nämlich, sie könne nur sehen, was in ihrer Kompetenz läge, so wie das menschliche Auge nur auf eine gewisse Entfernung sehen könne. Aber wie Sie war ich sehr beeindruckt von dem, was sie zu sagen hatte.»

Felix Chatto, der beschlossen hatte, alles dem Schicksal zu überlassen, und von Wahrsagerei wenig hielt, war dennoch genauso begierig darauf, Sabine zu treffen, da er sie sehr bewunderte und als Gesprächspartnerin schätzte. Er war viel erwachsener geworden, und das auf eine für ihn so unerwartete Art und Weise, daß er das Bedürfnis empfand, seine neue Reife an jemandem auszuprobieren, dessen Sensibilität seiner eigenen entsprach und in dessen

Ideen er die seinen widergespiegelt fand. Er sah, daß diese Frau begierig war auf eine Unterhaltung in ihrer Muttersprache, die ihr den Trost des Humors und der leichten Wendungen verhieß. Aber wo war sie? Sie erreichte den großen Viadukt erst bei Einbruch der Nacht, weil sie nicht gleich eine Fahrgelegenheit gefunden hatte. Sie war in den letzten ein, zwei Jahren magerer geworden – sie wußte bereits, daß sie an Krebs litt. Aber sie hatte an schlichter Schönheit gewonnen, die sie durch die dramatische Zigeunertracht mit all ihrer buntschillernden Pracht gut zur Geltung zu bringen verstand. Ihr Körper spiegelte die Veränderung wider, ihr Gang war schwingend wie früher, den Kopf hielt sie leicht zur Seite geneigt, als lausche sie innerlich ihrer eigenen Schönheit. Sie hörten ihre heisere Stimme in der Menge und riefen – oder vielmehr Galen rief: «Dort ist sie! Wir müssen sie einfangen, bevor der französische Préfet sie entführt!»

Und sie trafen sich. Sabine hatte anscheinend nach Felix Ausschau gehalten; sie eilte impulsiv auf die Freunde zu, ergriff Felix' Hände und übersah Galen, der ihr gern die Hand gegeben hätte. «Ich muß Sie einen Augenblick allein sprechen», sagte sie atemlos, «wenn Ihre Freunde es mir gestatten. Ich habe Ihnen etwas zu sagen.» Und noch während sie sprach, zog sie ihn in den Wald und hieß ihn sich auf einen Steinblock setzen, einen von der Brücke herabgestürzten Barren Gold. «Als wir von Sylvie sprachen, habe ich Ihnen nicht alles erzählt, was ich sah, weil mir klar war, daß Sie etwas ganz Entscheidendes noch nicht verstanden hatten, und zwar die provisorische Natur aller Prophezeiungen. Die Tatsache, daß ich etwas sehe, bedeutet nicht automatisch, daß es auch geschieht, manchmal tritt es nicht ein, aber statistisch gesehen ereignet sich, was ich sehe, in sieben von zehn Fällen. Sie haben mich nach Sylvies Krankheit und ihrem möglichen Tod durch Selbstmord gefragt, ich bin damals der Frage ausgewichen. Ich wollte Zeit gewinnen und die *Mutter* um Rat bitten, was ich enthüllen darf und was nicht – denn ich habe weit in Ihre Zukunft gesehen, oder besser in meine Version Ihrer Zukunft. In dieser Version begeht sie nicht Selbstmord, sondern wird in einigen Jahren, in ein paar Jahren von heute an gerechnet, unter einer riesigen Schneewehe irgendwo nördlich von Zagreb lebendig begraben. In der Zwischenzeit werden Sie mit ihr eine absolut beseligende Zeit erleben, denn Sie haben ihr den Mut gegeben, wieder Vernunft anzunehmen, weil Sie die Natur ihrer sogenannten Krankheit erkannt haben. Für Sie als jungen Botschafter sehe ich Gesundheit, Reichtum und beruflichen Erfolg voraus. Die Katastrophe wird ganz plötzlich eintreten. Ich sehe Menschen, die schweigen; der uniformierte Chauffeur döst. Sie warten, daß Hilfe kommt. Sie spielt Schach auf einem Reiseschachbrett. Ich höre Rauch, die Katze, zufrieden schnurren und das leise Ticken der Uhr am Armaturenbrett der großen Limousine. Hilfe wird kommen, aber zu spät. Die Rettungsmannschaft hat mühselig einen Tunnel bis auf den Grund der Schneewehe geschaufelt, um die Leichen zu bergen, aber der Wagen ist zwischen Felsbrocken eingeklemmt und läßt sich nicht bewegen. Er muß den ganzen Winter über dort stehenbleiben bis zum Frühjahrstauwetter. Doch bis dahin wird die Feuchtigkeit den Inhalt Ihrer beiden letzten Notizbücher verwischt haben – ein großer Verlust für die Literatur, scheint man zu denken.» All das, während sie sein Handgelenk hielt und wie in Trance auf seinen Handteller starrte. Dann seufzte sie. «Das ist alles. Und nun müssen Sie mich bitte für einen Augenblick entschuldigen, ich glaube, die Franzosen sind eingetroffen.»

Die Franzosen waren eingetroffen. Das heißt, die Vertreter der Presse mit ihren Fotoapparaten erschienen als erste und waren beruhigt bei dem Anblick eines vielversprechenden Buffets, das aber erst zur Hälfte aufgebaut war.

Diese Kreation war dem berühmten Chef aus Nîmes, Tortoni, anvertraut worden, der inmitten einer Vielfalt von äußerst appetitanregenden Torten und Pâtés einen Tafelaufsatz aufgestellt hatte für die wichtigste seiner Schöpfungen: eine halb liegende Frau, ganz aus Butter geformt, mit Garnierungen aus Kaviar verschiedenster Herkunft und kleinen Portionen *saumon fumé*, und darum herum, um das Ganze abzurunden, ein Archipel aus geeistem Kartoffelsalat. Venus, sich von einer Récamiere aus baltischem Kaviar erhebend, auf dem lieblichen Gesicht das Lächeln einer Erlöserin, um jedermann daran zu erinnern, daß Tortoni die Kunstakademie besucht hatte, ehe er sich der Karriere eines Küchenchefs zuwandte, die ihm Ruhm und ein Vermögen eingebracht hatte. Aber diese außergewöhnliche Schöpfung mußte gekühlt werden, und das geschah äußerst sinnreich. Das Kunstwerk präsentierte sich in einer Kühlvitrine, die verfänglich aussehende Putten mit niedlichen Erektionen und honigsüßem Lächeln trugen. «Ich muß schon sagen», bemerkte Galen anerkennend, «zuweilen haben Sie sehr gute Einfälle.» Denn es war der Prinz, der sich diesen kleinen gastronomischen Scherz ausgedacht hatte, das Budget des Préfet für solche Festlichkeiten war spärlich bemessen. «Ich hoffe nur, daß es nicht zu teuer war», fügte er hinzu, denn der Prinz hatte in seiner hochherrschaftlichen Art die Rechnung an das Konsortium schicken lassen. Er schüttelte vorwurfsvoll den Kopf und sagte: «Ach, Sie und Ihr Geld! Ich träumte letzte Nacht, daß Sie gestorben wären und man Sie eingeäschert hat. Ihre Asche wurde von einem Hubschrauber aus über Ihre Genfer Bank verstreut.» Galen lachte herzhaft: «Und daß Sie sich im Tresorraum der Bank einen Gedenkstein setzen ließen!»

Aber Galens Fröhlichkeit wurde von einem nachdenklichen Ausdruck verdrängt, als ob ihm im nachhinein die Idee gar nicht so unwahrscheinlich vorkäme. Der Prinz fuhr in mutwillig scherzendem Ton fort: «Mir fiel Voltaires Ratschlag für Leute ein, die Genf besuchen, und ich fragte mich, ob Sie ihn kennen.» Galen kannte ihn nicht. Und so wiederholte ihn der Prinz zuvorkommend. «Voltaire hat gesagt: ‹Wenn Sie Genf besuchen und einen Bankier aus einem Fenster im dritten Stock springen sehen, springen Sie hinterher. Es wird Ihnen drei Prozent einbringen!›» Dies versetzte Galen in beste Laune. «Der alte Banquo pflegte zu sagen, wenn Sie Ihr Ohr an eine Genfer Bank legen, können Sie sie schnurren hören wie eine Perserkatze. Es sei das diskrete Geräusch, das Kapitalzinsen beim Anwachsen machen.» Felix schnalzte über so viel Frivolität vorwurfsvoll mit der Zunge, aber er meinte es nicht so. Der Prinz sagte: «Geben Sie zu, Felix, wir leben in einer Mouton-Rothschild-Welt mit viel zuwenig Frohsinn. Nun, ich kann es kaum erwarten, meinen Löffel in den Butter-Hintern von Tortonis Venus zu versenken; aber ich fürchte, wir müssen auf den Préfet warten, *non*?»

Offensichtlich mußten sie das, nicht nur im Interesse des korrekten Protokolls, sondern auch um der festlichen Gelegenheit gerecht zu werden. Natürlich war allen klar, daß den Zigeunern nur eine beschränkte Teilnahme an dieser vornehmen Feier zugestanden werden konnte. Und obwohl sie zu ihren Ehren stattfand, schienen sie diese Tatsache gelassen hinzunehmen. Die Glückwunschadresse des Préfet war vervielfältigt und an die Presse verteilt worden. Sie zu schreiben war nicht leicht gewesen, denn sie sollte zum Ausdruck bringen, daß die Statue nun endlich gefunden worden sei – aber er mußte die Rede schon vorher halten. Und so beschränkte er sich darauf, in warmen Worten Wohlwollen und guten Willen auszudrücken – Wendungen, die bei öffentlichen Ansprachen durchaus üblich sind. Die Beteiligung der Zigeuner am offiziellen Teil im Zelt hielt sich in Grenzen, dagegen beherrschten sie uneingeschränkt die *fête musicale*, die rings um das

Ereignis entstanden war. Schon jetzt verliehen der Rauch der Feuer, die bunten Lichter und die lautstarke Musik den Vorgängen etwas Wildes, eine romantische Farbe, eine Glückseligkeit und ungehemmte Überschwenglichkeit, die an andere größere Zigeunerfeste erinnerten, zum Beispiel an den Ehrentag der originalen heiligen Sara in Saintes Maries de la Mer Ende Mai jeden Jahres. Eine solche Farbenpracht entzückte das Auge, daß Sutcliffe vorzeitig trunken war, ganz ohne den allgegenwärtigen Wein. Er hatte Sabine gefragt, ob sie es in Betracht zöge, mit ihm zu schlafen, und sie hatte ihn lange auf sehr seltsame Art angesehen. «Aber ich weiß doch nicht, wer von euch beiden wirklicher ist – denn Aubrey hat mich das auch schon gefragt.» Worauf Rob gereizt antwortete: «Ist einem in der modernen Welt ein praktiziertes *alter ego* nicht mehr gestattet? Ich bin der Affen-Träger der Tradition, denn in eleganten Häusern trug der Narr gewöhnlich den Affen seines Herrn! Warum all diese Geheimnisse? Wenn man von der diesseitigen Seite aus über eine tief beglückende Erfahrung schreibt, ist eine gewisse Ausgelassenheit völlig in Ordnung, und wenn sie nur dazu dient, eine gehobene Stimmung auszudrücken. Darum liebe ich dich, denn du hast begriffen, daß unsere individuelle Identität nur eine Illusion von Kontinuität ist. Dein Ich, mein Ich haben ungefähr so viel Konsistenz wie Wasserdampf. Sabine, ich verwandle mich in einen Regenbogen! Ich spüre es. Langsam, aber anmutig. Ich bin voller Liebe und böser Ahnungen, denn ich habe gelernt, wie man Gedichte schreibt. Es gibt einen Kampf, ein Gefühl des Erstickens, einen *agon*, eine Konvulsion, bevor man den entscheidenden Schritt nach vorn ins Unbekannte tun kann! Ich möchte der Zeit entfliehen durch die vollkommene Amnesie des Orgasmus. Zeit! Hast du nicht bemerkt, wie sehr eine Sekunde der anderen gleicht? Alle Zeit ist nur der gleichmäßige Fluß des Ablaufs. *Wir* sind es, die altern und verschwinden!»

«Komm in meinen Wohnwagen», sagte sie. Es war ein Befehl.

Obwohl sie das Essen noch nicht angerührt hatten, begannen sie, den Champagner zu attackieren, und genossen das Aufzucken der guten Laune, das er mit sich brachte. Blitzlichter leuchteten auf, und jeder hatte das Gefühl, für die Ewigkeit festgehalten zu werden. Die Musik steigerte sich, die allgemeine Unterhaltung wurde lauter, bis jener Lärmpegel erreicht war, der allen Cocktailparties gemeinsam ist – als sei das kollektive Unterbewußtsein wie eine Schale Wein ausgegossen worden. Galen sagte: «Sie haben mich mit Ihren Geschichten von Schlangen und vergrabenen Schätzen so erschreckt – die ägyptischen Volksmärchen, erinnern Sie sich? –, daß ich mir einen dicken Stock mit einer Stahlspitze gekauft habe, den werde ich vorsichtshalber mitnehmen.» Der Prinz kicherte. «Typisch!» sagte er. «Wo doch die wirkliche Gefahr darin besteht, daß man auf eine Mine tritt!» Neuankömmlinge erschienen, Doktor Jourdain und der düstere Quatrefages und (überraschenderweise) sogar Max, der mehr denn je wie Gottvater aussah – es war, als hätte der Geist des Alters in Person sich bei ihm eingenistet, seine Apotheose in dieser weißhaarigen Würde und Schönheit gefunden. Galen hatte dafür bezahlt, daß er kommen konnte, zumal Max auch stiller Teilhaber der Gesellschaft geworden war. «Was ist mit Constance?» wollte er wissen und war entzückt, als Felix antwortete: «Das Beste und das Schlimmste! Sie hat sich in Aubrey verliebt und ist verschwunden. Aber sie haben versprochen, daß sie heute abend zu der Zeremonie erscheinen. Vielleicht sehen wir sie also bald.» Der alte Mann neigte den Kopf. Er dachte bei sich: «Liebe, die nicht körperlos ist, muß in Verzweiflung und Vergebung enden. Man wird sich selbst befragen, ob das alles war, was das Leben zu bieten hat. Aber das Leben hat seine eigenen Gebote, und alles hat seine Zeit. Sie hatte vollkommen recht, sich so zu verhalten, wie sie es mußte. Die einzig lernenswerte Kunst ist, mit der Wirklichkeit und dem Unvermeidlichen zusammenzuarbeiten!» Und sogleich machte er sich Vorwürfe wegen seiner bestechenden Formulierungen, aber gleichzeitig erkannte er, daß sie aus seinen Joga-Übungen resultierten – die Treue zur Einsicht und zum Sauerstoff! Aber ungeachtet dessen sehnte er sich danach, Constance wiederzusehen, und hoffte, daß er lange genug wach blieb, um mit ihr reden zu können, denn seit einiger Zeit hatte er (zu seinem größten Bedauern) die Gewohnheit angenommen, nach dem Essen einzuschlafen. Ein ärgerliches Symptom des Alters, gegen das er machtlos war.

Der Préfet hatte auf Grund seiner Stellung bei wichtigen offiziellen Veranstaltungen Anspruch auf drei Kesselpauken, aber aus Bescheidenheit hatte er für dieses kulturelle Ereignis nur zwei bestellt. Ein Paukenwirbel war fast die einzige Möglichkeit, eine außer Rand und Band geratene südliche Menge zur Räson zu bringen, ihr seine Gegenwart anzukündigen oder klarzumachen, daß man etwas Wichtiges, weil Amtliches, zu sagen habe. Kesselpauken sorgten vor einer offiziellen Rede für die nötige Ruhe.

An diesem Abend stand er jedoch unter dem Einfluß einer angenehmen Vorstellung: wie er aus seinem Dienstwagen steigen und die letzten paar hundert Meter bis zur Brücke zu Fuß zurücklegen würde, die beiden Trommler einige Schritte vor ihm. Und so machte er es auch. Sein Gang war würdig und ohne Eile, auf seinem Gehrock trug er stolz seine Orden. Die Trommler schritten ihm voran zum Klang ihres sonoren Rallentando, und als er näher kam, erspähten ihn die Zigeuner, machten ihm Platz und spielten einen Willkommenstusch. Unterdessen überflog der erfahrene Blick des Beamten die Szenerie und nahm alles auf – vor allem, ob die Anführer der Zigeunerstämme korrekt gesetzt worden waren, in Übereinstimmung mit den ungeschriebenen und unerforschlichen Regeln des Protokolls. Es beruhigte ihn zu sehen, daß die alte Dame, die Stammesmutter, die bereits reichlich mitgenommen aussah, an einem Seitentisch, der an den Haupttisch angrenzte, untergebracht war, vor sich die unerläßliche Ginflasche und brennende Räucherstäbchen, die ihren Duft verbreiteten. Ihr Mann und ein ganzes Rudel Söhne leisteten ihr Gesellschaft, obwohl sie sich nicht ganz wohl in ihrer Haut fühlten, wegen des vielen Lichts und der Anzeichen einer Amtshandlung. Andrerseits jedoch waren sie sichtlich geschmeichelt. Der Préfet machte jetzt einen langsamen offiziellen Rundgang, um die Hände der Geladenen zu schütteln, wobei er voller Interesse feststellte, daß einige von ihnen aus anderen Zeitzonen oder aus anderen zufallsbedingten Wirklichkeiten kamen – wie Toby und Drexel; letzterer hatte zwei reizende jugendliche *ogres* mitgebracht, die fast wie Personifikationen von Piers und der Sylvie der Vergangenheit aussahen. Es fehlte wirklich kaum jemand, außer den beiden Liebenden, die noch immer auf dem langen Umweg ihres Alters waren, der begonnen hatte mit dem ersten Blick, getauscht vor so vielen Jahren am Flußufer in Lyon.

Da nun ein Amtsträger anwesend war, durften die Scheinwerfer eingeschaltet werden, und man konnte das Bauwerk in seiner ganzen Großartigkeit bewundern. Die weißen Bögen erhoben sich vor dem Himmel in ihrer ganzen wohlproportionierten Eleganz. Nein, man konnte es wirklich nicht als ein ganz ordentliches Beispiel für römische Klempnerarbeit abtun, dachte Felix, als er zu ihm aufsah, mit neu entflammter Begeisterung. Es warf das alte, quälende Problem wieder auf: ‹Schön ist wertvoll› oder ‹Schön ist kostbar› – was von beiden? Es war eine Frage von Geldwert gegen ästhetischen oder geistigen Wert. Max an seiner Seite sagte, als hätte er seine Gedanken gelesen: «Nein, es ist voller Geistigkeit. Man könnte hier ein sehr gutes Joga machen, und es wäre durchaus am Platze.»

Der Wein hatte sein Werk getan, die Musik hatte ihren Zauber walten lassen, die Schatten des Laubs und das weiße Licht hatten die ganze reiche Schönheit des Spätfrühlings offenbart. Und überdies würden sie alle heute abend wahrscheinlich sehr reich werden, und die denkwürdige Heilige, die nun schon seit Jahren vergessen war, würde zu neuem Leben erstehen. Mit schweifenden, neugierigen Blicken sah der Préfet sich suchend um, er hielt nach jemandem Ausschau. Bald kam sie in sein Blickfeld und schlängelte sich durch die Menge an seine Seite. Es war Sabine, er hatte offensichtlich auf sie gewartet. Mit ihrer tiefen Stimme sagte sie: «*Monsieur le Préfet*, ich habe die Erkundigungen eingezogen, um die Sie mich baten, das Mädchen ist verfügbar und kann zu Ihnen ins Haus kommen, wann immer es Ihnen beliebt. Ihr Ehemann hat mir versichert, daß sie nicht krank ist – ich kann Ihre Sorge verstehen, so viele von ihnen haben Geschlechtskrankheiten. Die einzige Schwierigkeit ist, daß er *en contrepartie* etwas von Ihnen haben möchte, das Sie ihm vielleicht nicht geben wollen…» – «Mir ist alles recht, wenn es sich in vernünftigen Grenzen hält», sagte er, vor Freude errötend, denn das Mädchen war ein entzückender Paradiesvogel – oder vielleicht passender ein Goldfasan. Sabine fuhr fort: «Er will für alle Jahrmärkte in Avignon den besten Stand, den Stand gleich links an der alten Bastion – Stand G.» Der Préfet stöhnte: «Aber diesen Stand will jeder, er liegt am günstigsten. Nun gut, ich werde in diesem Sinne mit dem *placier* sprechen, und er kann ihn von morgen an haben. Ich hoffe, das Mädchen wird morgen abend gegen acht Uhr verfügbar sein. Ich kann Ihnen gar nicht sagen, wie dankbar ich Ihnen für Ihre persönliche Fürsprache bin. Manchmal sind solche Dinge schwer zu arrangieren, wenn man Beamter ist. Ich danke Ihnen tausendmal.» Sabine lächelte. Man ist immer in einer guten Position, wenn man selbst nichts will. Aber sie wußte, wenn sie je offizielle Unterstützung für irgendein Vorhaben brauchte, konnte sie sich auf ihr *piston* beim Préfet verlassen. Und das war wichtig.

Aber noch hatten sie nicht von dem gesprochen, was ihnen beiden am meisten am Herzen lag – die Frage von Julios einbalsamierten Beinen. Es verlieh ihrem Schweigen eine Art gewichtige Bedeutung, denn keiner von beiden hatte die Unterhaltung abgebrochen, sie versandete einfach in Schweigen, in einer Pause. Sie überließ es dem Beamten, das peinliche Thema anzuschneiden. «Natürlich ist mir völlig klar», sagte er endlich, «welche politische Bedeutung es für den Stamm hat, den Schrein unberührt und in gutem Zustand vorzufinden. In gewisser Weise bin ich genauso an der Sache interessiert wie Sie, denn es ist meine Aufgabe, dafür zu sorgen, daß nichts die öffentliche Ordnung stört.»

«So ist es», sagte sie und sah hinunter auf ihre Hände, als sei die Antwort auf das Geheimnis dort verborgen. «So ist es.»

Der Beamte holte tief Luft und stürzte sich mitten hinein: «Haben Sie über meinen Vorschlag betreffs der Beine weiter nachgedacht?»

«Natürlich habe ich das.»

«Ich habe wiederholt Angebote des Musée de l'Homme erhalten. Wie Sie wissen, möchten die die Originale in ihre Sammlung aufnehmen. Es scheint für sie von großer Wichtigkeit zu sein, und ich bin sicher, die Sache könnte so arrangiert werden, daß niemand davon erfährt. Schließlich, ein paar Plastikkopien – wer soll das schon merken?»

«Darum handelt es sich nicht. Ich habe den Leuten einen Preis genannt. Sind sie gewillt, ihn zu zahlen oder nicht? Wenn ja, stimme ich zu, wenn nein, dann nicht!» Der Préfet hüstelte hinter der Hand. «Sie haben Ihren

Preis akzeptiert», sagte er, und sein Gesicht verzog sich zu einem Lächeln. Aber sie lächelte nicht. Das also war die entehrende Tat, die sie für sich in den Karten gesehen hatte. Denn Plastikimitationen konnten den Blitzstrahl der Heilung natürlich nicht auf den Bittsteller lenken! Sie nahm den angebotenen Scheck und starrte benommen und erstaunt darauf, verwirrt von ihrem eigenen Verhalten. Es war ein rituelles Opfer, aber sie verstand es nicht. Die Karten hatten sie gewarnt. Der Stamm würde sie ermorden – ein Ritualmord durch Steinigen –, und sie wollte es nicht glauben. Sie schüttelte sich wie ein Schäferhund. «Unsinn, das alles!» rief sie aus. «Unsinn?» sagte der Préfet. «Mir scheint, es ist ein guter Preis für so eine Sache. Es ist sowieso alles Aberglaube, also was liegt daran!»

Er ging langsam weiter und ließ sie verwirrt stehen. Sie fragte sich, ob sie den Scheck zerreißen sollte, aber sie wußte, sie würde es nicht tun.

Alles verlief zur allgemeinen Zufriedenheit, und ein unerschütterlicher Optimismus beherrschte die Stimmung. Es war jetzt an der Zeit, sich dem Buffet zuzuwenden, und der Préfet steuerte auf die üppigen Speisen zu mit dem ganzen Eifer und Enthusiasmus eines echten Franzosen, den ein gutes Essen erwartete. Es ist fast eine religiöse Pflicht, einer guten Mahlzeit Gerechtigkeit widerfahren zu lassen. Die Stimmung steckte an, und alle folgten seinem Beispiel. Bruchstücke von Gedanken und Gesprächsfetzen flatterten im windigen Schatten des römischen Monuments. Alte Beziehungen zwischen Bekannten, die sich jahrelang nicht gesehen hatten, wurden erneuert. Man hob das Glas auf die heilige Sara, und *«trinc»* wurde wieder einmal zur Losung!

«Wer die heilige Sara wirklich war, werden wir vermutlich nie erfahren: die verleugnete Frau von Pilatus, eine Dienerin der Jungfrau Maria oder irgendeine vergessene ägyptische Königin, die Reinkarnation der Isis, die einst über die Camargue herrschte. Vielleicht ist es auch unwichtig, ausgenommen für diese dunkelhäutigen Kinder, die während der *fête* so ehrfürchtig ihren Bauchnabel küssen.» So der Prinz, der entzückt war über das vorzügliche Essen und Trinken und überhaupt darüber, wie die Dinge sich entwickelten.

> Vom Liebesbiß funkelnd Kleopatra kam,
> Santa Sara sprach sie frei von Scham.
> Der Bauchnabel von einer Jungfrau Kuß
> wandelt ihren Atem in Hochgenuß.

Im steten Goldschimmer des Kerzenlichts funkelten und leuchteten die Messingbeschläge des Wohnwagens. Sabine starrte auf Rob Sutcliffes beide Hände, ließ zu, daß ihre Konzentration sich in sie versenkte, in ihnen unterging, bis sie ihr so durchsichtig vorkamen wie Glas. «Wir werden, wenn überhaupt, von den Juden gerettet, die ein neues Erbe antreten; Verfolgte machen Fehler, und sie haben einst den Fehler gemacht, Zinsen vom Kapital mit Sicherheit gleichzusetzen; dies übersetzte sich in Blut als eine Art alchimistischer Investition plus wirklichem Wucher. Es wird andere Wege geben, die Staatsfinanzen ins Gleichgewicht zu bringen, und sie werden uns neue Wege weisen.» Sutcliffe trug nur sein Hemd. In sein Notizbuch hatte er geschrieben: «Die unberührbaren Träume von erlaubten Zärtlichkeiten.» Er hatte sie gebeten, ihn zu heiraten, wie er schon so viele gebeten hatte, und wie so viele hatte sie nein gesagt. (Kann man Leben [aus]tauschen? Kann man Tode [aus]tauschen?)

Lord Galen hielt einen Vortrag über Träume. «Manchmal», sagte er, «wünsche ich mir prophetische Träume, einträgliche Träume, die ohne Warnung kommen. Letztes Jahr zum Beispiel erwachte ich mit einem Schrei des Erstaunens, als ich eine Stimme sagen hörte: ‹Nach einem so zerstörerischen Krieg, wie der letzte es war, ist das Vernünftigste ein Vertrag über Schrott.› Es war wie eine Erleuchtung – das Offensichtliche ist es immer! Binnen zehn Tagen verhandelte ich mit zehn Regierungen über die Übernahme ihrer verlassenen Schlachtfelder!»

«Ja, auch ich hatte Angst vor Schlangen», sagte Max, «bis ich zum Studieren nach Indien fuhr. In dem *ashram* war eine Königskobra mit einem Gefährten, und sie waren ganz zahm. Sie kamen bei der Dämmerung zum Vorschein und tranken mit ihren züngelnden Zungen Milch aus einer Untertasse. Man könnte sie, wenn sie nicht verängstigt waren, als gutmütig und völlig unaggressiv beschreiben. Aber in anderen Teilen Indiens tötet man Schlangen, und dort fiel mir auf, wie treu die Weibchen sind und wie gefährlich. Sie kommen immer zurück, um das Männchen zu rächen. Wenn ein Männchen getötet worden war, herrschte im ganzen Ort tagelang akute Angst, und man wartete auf ihr unvermeidliches Wiedererscheinen. Für gewöhnlich kommt sie drei oder vier Tage nach der Tötung des Männchens. Man sagt, das sei so, weil sie ihren Angriff genau vorbereitet und bei ihrer Rache einem bestimmten Plan folgt. Sie legt sich an einem Ort auf die Lauer, wo Menschen vorbeikommen – an einer belebten Straße, einem Pfad, in einer Küche oder bei einem Schrein, und wenn irgendeine unaufmerksame Person sich ihr nähert, schlägt sie zu. Ich war tief beeindruckt von der Angst, mit der der ganze Haushalt auf ihr Kommen wartete. Meine Lehrer benutzten es als Gleichnis. Der Zustand der Wachsamkeit vor der Wiederkunft!»

Der Lärm der Musik übertönte seine Worte, und er fühlte, wie kurze Perioden des Schlafs in sein Bewußtsein eindrangen, kleine Paroxysmen des Wohlbehagens. Der Zusammenprall verschiedener Sprachen, die sich ineinanderwoben und vermischten, verlieh dem Jahrmarkt eine wundervoll barbarische Note. Man konnte sich Gepräche ausmalen, wenn man nicht verstand, was gesagt wurde.

Wer ist Ihr Freund dort drüben? Der Kannibale?

Der Tod!

Er sieht recht nett aus.

Er gewinnt bei näherer Bekanntschaft. Der Mann hat die ganze Tasche voll Toden.

Er kam mir gleich bekannt vor.

Der Wagen des Prinzen war voller Zigeunerkinder. Sie hatten gefragt, ob sie mitfahren dürften, und wurden nun über die Brücke chauffiert und durch die belaubten Straßen mit ihren zuckenden Lichttupfen. Der schwere Motor schnurrte, weich wie Elefantenhaut, ein Botschafter aus der Welt der Langfinger, der Vox Pop und der homogenisierten Bürger. «Alle sind da, außer den Liebenden und Smirgel», sagte der Préfet in beunruhigtem Ton, da er mit seiner raffinierten Rede rechtzeitig vor dem Gang zu den Höhlen beginnen wollte.

«Sie werden schon kommen», sagte Felix beruhigend. Und tatsächlich waren sie schon ganz in der Nähe. Die beiden Liebenden hatten beschlossen, vom Meer her hinaufzufahren, und mit einbrechender Dunkelheit hatten sie Remoulins erreicht, von wo aus die kurvenreichen Straßen sie gemächlich zur Brücke führten; von Zeit zu Zeit erhaschten sie zwischen den Bäumen einen Blick auf die vielversprechenden Lichter vor dem weiten Himmel. Bald würde sie der ferne Klang von Mandolinen begrüßen. Sie bewegten sich vorwärts wie Reiter in einem Traum; er hatte sich bei ihr eingehakt. Sie waren übereingekommen, sich für eine Weile zu trennen, vielleicht für mehrere Monate, damit sie sich mit ganzer Kraft auf das Buch konzentrieren konnten, das zu beginnen er sich endlich entschlossen hatte. Aber dies konnte erst geschehen, wenn sie sich ein letztes Mal mit Sutcliffe getroffen hatten; ihn hatte wieder einmal das Gefühl vollkommener Verzagtheit überwältigt, er war verzweifelt, weil er Sabine nicht gewinnen konnte. Während sie langsam durch die dunklen Waldschneisen fuhren, erzählte er ihr seinen Plan und bat sie um Erlaubnis, ihn auszuführen.

Sie stimmte ihm begeistert zu, ja sie fühlte, daß das *œuvre*, das er schaffen wollte, ebenso ihr Werk war wie das seine, daß auch sie Verantwortung dafür trug. Und so war es. Um die mystische Ehe von vier Dimensionen mit fünf Skandas zu feiern und dem Königskobrapaar im Fleische Wirklichkeit zu geben, dem König und der Königin der Affekte, der geistigen Welt. «Mein spinales Ich und ihr finales Sie.» Einiges davon versuchten sie Sutcliffe zu erklären, der aber nicht ganz überzeugt schien. «Gut», sagte er schließlich, «unter der Bedingung, daß ihr nicht wie hundert Abfalleimer schreibt. Aber zuerst wollen wir ein Auge auf den Schatz werfen, oder? Um uns über die Kälte und Feuchtigkeit unserer heimischen Insel hinwegzutrösten – diesem barbarischen Ort mit seinen zwei Stämmen.» Der Prinz erläuterte diese Anspielung: «Zuerst einmal macht es Schwierigkeiten, die Bewohner zu mögen. Dann stellt man fest, daß es zwei Arten von ihnen gibt: Briten und Engländer. Die ersteren sind Nachkommen Calvins, die zweiten die Nachkommen von Rupert Brooke! Poeten und Idealisten auf der einen, protestantische Krämer auf der anderen Seite. Daher die Doppelzüngigkeit, die einen so oft zur Verzweiflung treibt. Immerhin sollten wir nie vergessen, daß in dem grauenvollen Krieg, den wir gerade durchgemacht haben, Halifax bereit war, mit Hitler zu verhandeln, es brauchte einen Churchill, um das abzulehnen. Englands Sieg über Britannien!» Es war eins seiner Lieblingsthemen und eins, das seinem ägyptischen Temperament sehr lag. Wie er wohl wußte.

Die beiden übrigen – Smirgel und Quatrefages – trafen in einem altmodischen Gig ein; das Pferd, das es zog, war über die besten Jahre hinaus. Sie wirkten benommen und doch irgendwie triumphierend. Der Deutsche hatte, wie versprochen, den Plan der österreichischen Pioniere mitgebracht, ohne den man nicht zu dem Schatz gelangen konnte. Aber zuerst die Warnungen! Und hier konnte der Préfet rhetorisch ein wenig prunken, er rief auf zu Vorsicht und Umsicht und Ehrfurcht für die Heilige, wenn man sie denn fand. Seine Stimme ertrank manchmal im Klagen der Mandolinen. Aber endlich kündigte sich der große Augenblick an; Cade erschien in gleißender Helle in einer Rauchwolke – eine optische Täuschung, hervorgerufen vom Spiel des Lichts zwischen den Bäumen. Er hatte eine ganze Rolle Lotteriescheine bei sich, die er sich um die Schultern gelegt hatte wie ein Bandolier. Das war Smirgels Idee gewesen. «Man sollte lieber kontrollieren, wer hineingeht. Die Zigeuner sind so eine unzuverlässige Bande, daß ich sie am liebsten gar nicht hineinlassen möchte. Aber wenn wir jedem ein Billet geben, können wir später nachzählen, falls etwas schiefgehen sollte.» Außerdem wurden Taschenlampen und Wunderkerzen verteilt... Und alle Anwesenden mußten irgendwie in eine gewisse Ordnung gebracht werden. Langsam versiegte der blumige Redeschwall des französischen Amtsträgers.

«Und nun, meine Kinder» – denn er konnte einem onkelhaften Ton nicht widerstehen –, «wollen wir uns in aller Demut auf die Suche nach unserer Heiligen begeben, denn nur sie allein kann das Wohlergehen aller hier Lebenden garantieren. Viva Sara!» Der Schrei ging los wie ein Pistolenschuß, und die Musik schwang sich in einem grandiosen Arpeggio himmelwärts, während einzelne Stimmen dem Schatten der Heiligen ihre wilde Botschaft zuriefen: «Viva Sara! Viva Sara!» Und nun begann das Feuerwerk auf dem Aquädukt zu sprühen und zu zischen – Kronen und Kugeln aus kreisendem Licht vor einem tiefblauen Himmel. Die Musik wurde leiser, und eine einzelne volltönende Frauenstimme hob an, ein Liebeslied zu singen, eine andalusische Volksweise, deren seltsame peristaltische Rhythmen und wechselnde Atemzüge an den menschlichen Orgasmus denken ließen. Sutcliffe sagte grimmig: «Sex – die Speisekammer des Menschentiers.» Und sein Doppelgänger sagte: «Ja. Oder sein gefährliches Kesselhaus. Wir könnten so viel aus ihm machen, wenn wir nur wüßten, welchen Regeln er gehorcht!» Aber der Prinz, der von der tödlichen Krankheit der Prinzessin erfahren hatte und in der Morgendämmerung nach Kairo reisen wollte, dachte an andere Dinge. An die Todsünde, parodiert von der Krankheit der physischen Hülle! Er konnte klar in die Zukunft ihres Todes sehen, klarer als jede Zigeunerin. An jedem Jahrestag ihres Todes wäre das Telefon übersät mit Rosen – weißen Rosen und roten. Um auf diese Weise gegen den Trost zu konspirieren und die Hoffnung auf ihrer beider Liebe am Leben zu halten. Aubrey sagte: «Wenn wir uns trennen, werden wir miteinander korrespondieren, was meinen Sie?» Sutcliffe sagte: «Natürlich. Denken Sie nur an den Band mit unserem Briefwechsel! Ein Austausch von Hieroglyphen zwischen zwei keilförmigen Persönlichkeiten, was? Eine Korrespondenz in Mandarin.»

Die Prozession formierte sich. An der Spitze fuhren der Prinz und der Préfet im königlichen Daimler, danach folgte der Dienstwagen, anschließend kamen die anderen Autos und die Schlange der Wohnwagen. Angeführt wurde die Prozession von der prächtigen singenden Zigeunerin in ihrem besten Sonntagsstaat; die Wagen folgten ihr und paßten sich ihrem Tempo an. So legten sie die Viertelmeile bis zum Eingang der Höhlen zurück, der noch mit Brettern verschlagen war, auf denen in großen Buchstaben die Aufschrift stand: *DANGER!* Davor stand Cade und gab jedem Besucher sein Billet, ehe er ihn durch die Barriere ließ. Die erste Höhle war riesig, groß wie eine Kathedrale, und füllte sich schnell. Nun war es an der

Zeit, unter der Führung von Smirgel und Quatrefages in die Stollen vorzustoßen. Die Liebenden ergriff ein ahnungsvoller Schauer, und Blanford dachte, wenn er diese Szene beschreiben sollte, würde er sagen: «Genau in diesem Augenblick eilte die Wirklichkeit dem Roman zu Hilfe, und das Unvorhersagbare begann sich zu ereignen.»

Seine Figuren sind melancholische Diplomaten, mysteriöse Kabbalisten, nubische Huren, Spione, Schauspieler und zynische Schriftsteller.
Lawrence Durrell schildert die Welt des Vorderen Orients, die Bordelle und Paläste, die Cafés und winkligen Gassen als verwirrende Wirklichkeit voller Magie und malvenfarbener Geheimnisse.
1912 als Sohn irischer Eltern am Himalaya geboren, ging er in Canterbury zur Schule. Sein Leben verbrachte Durrell in England, Paris, Athen, auf Korfu, Cypern, Rhodos und in Ägypten. Er starb 1990.

Monsieur oder Der Fürst der Finsternis *Roman*
(rororo 12909)
«Der Roman zeigt eine Raffinesse erzählerischen Könnens, die selbst das Beste von Durrell noch übertrifft.» Times

Justine *Roman*
(rororo 710)
Ein mittelloser irischer Lehrer verfällt im exotischen Alexandria der schönen und rätselhaften Frau eines koptischen Millionärs.

Balthazar *Roman*
(rororo 724)
Der kabbalistische Arzt Balthazar verstrickt sich in den Netzen seiner Leidenschaft.

Mountolive *Roman*
(rororo 737)
Durrells dritter Alexandria-Roman erzählt vom britischen Diplomaten Mountolive, der die Frau eines reichen Orientalen liebt.

Clea *Roman*
(rororo 746)
Das krönende Werk des Alexandria-Quartetts spielt im vom Krieg heimgesuchten Ägypten.

Bittere Limonen *Erlebtes Cypern*
(rororo 993)

Blühender Mandelbaum *Sizilianisches Karussell*
(rororo 5690)

Leuchtende Orangen *Rhodos – Insel des Helios*
(rororo 1045)

Schwarze Oliven *Korfu – Insel der Phäaken*
(rororo 1102)

Im Rowohlt Verlag sind außerdem erschienen:

Nuncquam *Roman*
Deutsch von Susanne Lepsius
336 Seiten. Gebunden.

Tunc *Roman*
Deutsch von Susanne Lespius
352 Seiten. Gebunden.

Henry Miller wuchs in Brooklyn, New York auf. Mit dem wenigen Geld, das er durch illegalen Alkoholverkauf verdient hatte, reiste er 1928 zum erstenmal nach Paris, arbeitete als EnglischLehrer und führte ein freizügiges Leben, ausgefüllt mit Diskussionen, Literatur, nächtlichen Parties – und Sex. In Clichy, wo Miller damals wohnte, schrieb er sein erstes großes Buch «Wendekreis des Krebses». Als er 1939 Frankreich verließ und in die USA zurückkehrte, kannten nur ein paar Freunde seine Bücher. Wenig später war Henry Miller der neue große Name der amerikanischen Literatur. Immer aber bewahrte er sich etwas von dem jugendlichen Anarchismus der Pariser Zeit. Henry Miller starb fast neunzigjährig 1980 in Kalifornien.

Insomnia oder Die schönen Torheiten des Alters
(rororo 4087)

Jugendfreunde *Eine Huldigung an Freunde aus längst vergangenen Zeiten*
(rororo 12587)

Der klimatisierte Alptraum
(rororo 1851)

Lachen, Liebe, Nächte
(rororo 758)

Nexus *Roman*
(rororo 1242)

Sexus *Roman*
(rororo 4612 und als gebundene Ausgabe)

Stille Tage in Clichy
(rororo 5161)

Wendekreis des Krebses *Roman*
(rororo 4361)

Wendekreise des Steinbocks *Roman*
(rororo 4510 und als gebundene Ausgabe)

Im Rowohlt Verlag sind außerdem erschienen:

Tief im Blut die Lockungen des Paradieses *Henry Miller-Lesebuch*
Herausgegeben von Heinrich Maria Ledig-Rowohlt
256 Seiten. Gebunden.

Der Engel ist mein Wasserzeichen
Sämtliche Erzählungen
Deutsch von Kurt Wagenseil und Herbert Zand
352 Seiten. Gebunden.

Ein Verzeichnis sämtlicher Bücher und Taschenbücher von Henry Miller finden Sie in der Rowohlt Revue – jedes Vierteljahr neu und kostenlos in Ihrer Buchhandlung.

«Lolita ist berühmt, nicht ich», sagte **Vladimir Nabokov** in einem Interview. Geboren wurde er als Sohn begüterter Eltern 1899 in St.Petersburg. Vor der Revolution flüchtete die Familie nach England, Vladimir folgte seinem Vater nach Berlin, wo er vierzehn Jahre lang, von 1923 bis 1937, lebte, ohne sich je mit Deutschland anfreunden zu können. Er verdiente Geld als Englisch- und Tennislehrer oder mit Übersetzungen – und schrieb, auf russisch. Erzählungen, Romane, Gedichte. Vor dem Nationalsozialismus floh Nabokov mit seiner jüdischen Frau 1937 erst nach Frankreich, dann in die USA. Von nun an schrieb er in Englisch. Sein Roman Lolita löste 1958 bei Erscheinen in den USA einen Skandal aus und machte Nabokov weltberühmt. Er starb 1977 in Montreux.

Ada oder Das Verlangen *Aus den Annalen einer Familie* (rororo 4032)

Das Bastardzeichen *Roman* (rororo 5858)

Durchsichtige Dinge *Roman* (rororo 5756)

Einladung zur Enthauptung *Roman* (rororo 1641)

Lolita *Roman* (rororo 635)

Die Mutprobe *Roman* (rororo 5107)

Lushins Verteidigung *Roman* (rowohlt jahrhundert 62)

Der Zauberer *Erzählung* (rororo 12696)

Seit 1989 hat der Rowohlt Verlag mit einer umfassenden **Neu-Edition der «Gesammelten Werke» Vladimir Nabokovs** begonnen, herausgegeben von Dieter E. Zimmer. Alle bisherigen Übersetzungen sind überarbeitet, die Werke mit einem ausführlichen Anmerkungsteil kommentiert. Sämtliche Bände erscheinen in einer neuen, schönen Ausstattung: in Leinen gebunden, Fadenheftung, Büttenumschlag mit Silberprägung, Büttenvorsatz und Lesebändchen.